琴帝
典藏版
14

唐家三少 著

湖南少年儿童出版社
HUNAN JUVENILE & CHILDREN'S PUBLISHING HOUSE

图书在版编目（CIP）数据

琴帝：典藏版. 14 / 唐家三少著. -- 长沙：湖南少年儿童出版社，2018.9
　　ISBN 978-7-5562-3767-8

　　Ⅰ. ①琴… Ⅱ. ①唐… Ⅲ. ①长篇小说－中国－当代 Ⅳ. ①I247.5

中国版本图书馆CIP数据核字(2018)第106947号

QIN DI　DIANCANG BAN 14

琴帝 典藏版14

唐家三少 著

责任编辑：阳　梅　梁　洁　刘青蓝
特约编辑：孙宇程　邹　帆
装帧设计：张　鼎

出版人：胡　坚
出版发行：湖南少年儿童出版社
社址：湖南省长沙市晚报大道89号　　　邮编：410016
电话：0731-82196340（销售部）　　82196313（总编室）
传真：0731-82199308（销售部）　　82196330（综合管理部）
常年法律顾问：北京市长安律师事务所长沙分所　　张晓军律师

经销：新华书店　印刷：湖南天闻新华印务有限公司
书号：ISBN 978-7-5562-3767-8
印张：18　　　　字数：260千字
开本：710 mm×1000 mm　1/16
版次：2018年9月第1版
印次：2018年9月第1次印刷
定价：29.80元

版权所有　　侵权必究
质量服务承诺：若发现缺页、错页、倒装等印装质量问题，可直接向中南天使调换。
读者服务电话：0731-82230623
盗版举报电话：0731-82230623

目录
CONTENTS

/001/
第二百七十七章 征服法蓝的是我的孩子

/020/
第二百七十八章 法蓝庆典

/034/
第二百七十九章 暗塔考验，天罡北斗

/048/
第二百八十章 神龙遗迹

/062/
第二百八十一章 东龙先祖神龙王

/076/
第二百八十二章 生命之水的秘密

/090/
第二百八十三章 生命之水旁边的神秘中年人

/104/
第二百八十四章 琴曲全境，通过考验

/118/
第二百八十五章 生命之水和最后一条神龙

/132/
第二百八十六章 我和他一起睡的

目录
CONTENTS

/146/
第二百八十七章 她有那个资格

/161/
第二百八十八章 五帝重逢

/175/
第二百八十九章 觉醒吧，永恒之树

/188/
第二百九十章 精灵王

/201/
第二百九十一章 生命之火分阴阳

/214/
第二百九十二章 一家团聚

/229/
第二百九十三章 礼物

/243/
第二百九十四章 开启另一位面的通道

/257/
第二百九十五章 初临深渊

/271/
第二百九十六章 灵魂操控

第二百七十七章
征服法蓝的是我的孩子

激动了一会儿之后,叶音竹逐渐平静下来。他很快就想到,奥布莱恩肯定也知道暗塔内有很多珍稀之物。奥布莱恩既然知道,还让他成为暗塔塔主,这说明了什么?奥布莱恩不可能想不到他会想把里面的东西全部运回琴城,可奥布莱恩之前什么都没说,也没有警告他,完全就是一副毫不在意的样子,这是为什么?恐怕,这空间里的东西没那么容易带走。

很快,事实就证明叶音竹的猜测是正确的。在这个空间中,须弥神戒失效了,他无法往须弥神戒内装入任何东西,也无法从须弥神戒内取出任何东西。

从那个空间出来之后,周围的一切又恢复了正常。想起那个空间的特征,叶音竹决定暂且称那个空间为暗黑空间。

经过仔细的探察,叶音竹发现,他不仅无法在暗黑空间内使用须弥神戒,在暗塔之中也不能使用。简而言之,就是他在暗塔中无法使用空间系的储存宝物。在暗塔中,他甚至连传送魔法阵都无法开启。

之后,他又发现,不仅在暗塔之中无法启动传送魔法阵,在整个法蓝城内都无法做到。

叶音竹还记得，上次来到法蓝城的时候，这里好像就有这些限制，只是那时候似乎并没有这么明显，而且出了法蓝城后，这些限制就没有了。

之所以出现这样的情况，应该是因为法蓝七塔。尽管这些限制只在法蓝城内存在，可这已经足够了。叶音竹总不能将那些珍稀材料一件一件地带出暗黑空间，然后再堂而皇之地运送出城吧。

叶音竹不禁有些失望，寻得宝山却只能空手而归的感觉并不好受。

欢迎晚宴在光明塔举行，参加的人只有另外六位塔主加上光明圣女玛丽娜，算上叶音竹、苏拉、海洋，也只有十人。

令叶音竹有些惊讶的是，其他几位塔主并没有提到他开启暗黑空间的事，七座塔的能量是相连的，几位塔主不可能不知道他成功开启了暗黑空间。

既然人家不说，叶音竹也乐得装傻，这场欢迎晚宴顺利进行着。

"音竹，还没来得及恭喜你。"

奥布莱恩微笑地对叶音竹说，眼角的余光却落在苏拉身上。

叶音竹自然知道他的意思，脸上的微笑顿时变得温和起来。

"多谢师兄，这是我和苏拉的第一个孩子。"

奥布莱恩微笑着道："音竹，如果你不介意的话，我想赐福给他，可以吗？"

叶音竹有些惊讶地道："师兄，你要亲自赐福给我的孩子吗？"

要知道，光明系魔法师都有赐福的特殊能力，这是其他派系的魔法师无法相比的，就算叶音竹可以通过原力模仿光明系魔法，他也没有赐福的能力。

赐福不属于魔法范畴，是一种神圣的能力。除了黑暗生物以外，一般人都不会排斥赐福。所以，就算苏拉修炼的是暗魔系的斗气，也不会受到影响。

赐福的作用很简单，一般会让婴儿身体健康，同时还可以改造婴儿的身体。

获得赐福的孩子，哪怕其先天条件不好，在成长的过程中，也会拥有超过普通人的能力。

赐福的效果根据魔法师的实力来决定，光明系魔法师的实力越强大，赐福时的神圣气息也就越强。但是，这赐福有一个极大的限制，就是任何一位光明系魔法师，一生之中只能赐福三次。

像奥布莱恩这样的绝世强者，他的赐福可以说是无价之宝。对于婴儿来说，得到这样一次赐福比得到超神器还值得开心。如果叶音竹的孩子能够得到奥布莱恩的赐福，可以肯定的是，不论这个孩子是男是女，将来必定是天纵奇才。

面对如此巨大的诱惑，叶音竹犹豫了，他并不是怕奥布莱恩要什么手段，而是不想欠奥布莱恩的人情，而且，这个人情也太大了。

光明塔塔主的赐福，对于婴儿来说，是这世界上最好的礼物。叶音竹相信，他和苏拉的这个孩子，会继承他和苏拉的天赋，如果再得到奥布莱恩的赐福，将来只要教导得当，这孩子的成就肯定不在他之下。

苏拉没有吭声，看向叶音竹的目光充满了希冀，她不会擅自答应这件事，还是要看叶音竹的意见。只不过，作为一个母亲，谁不希望自己的孩子能够健康地降临到这个世界呢？

一般来说，得到赐福的孩子会出生得非常顺利。除非母亲遭遇不测，不然孩子是绝对不会夭折的。而且，赐福对母亲的好处也很大，会让其身体很快恢复。

苏拉望着叶音竹，浑身散发着母性光辉。其他六位塔主也望着叶音竹。

"师兄，这份礼物实在太贵重了。"叶音竹有些艰难地道。

对于他来说，这个世界上具有诱惑力的东西并不多，奥布莱恩的赐福绝对是其中之一，且排在最前列。

奥布莱恩微微一笑，道："我一生未婚，自然不可能有自己的孩子。法蓝已经有很多年没有新生儿出现了。过了这么多年，我只赐福过一次，那次用在了玛丽娜身上。那时候，玛丽娜已经一岁了，而我的等级是次神级四阶。

"要想赐福的话，最好在孩子未出生前进行，那样对孩子的帮助会更大一些。对我来说，留着这两次赐福的机会并没有什么作用。你们初来法蓝，这就算是我代表法蓝送给你们的一份见面礼吧。"

奥布莱恩很真诚，这是叶音竹的感受。

奥布莱恩再次开口的时候，叶音竹将天人合一的能力发挥到了极限，对奥布莱恩的灵魂进行了全方位的监测，可是他只感受到奥布莱恩的真诚和善意。

于是，叶音竹对奥布莱恩的敌意减少了很多，他脸上露出了一丝微笑。

"既然如此，就麻烦师兄了。能够得到师兄的赐福，是这个孩子一生的荣耀。如果师兄愿意的话，我希望您能成为孩子的亚父。"

这一次，轮到奥布莱恩惊讶了。他提出赐福，确实是出于真心。因为他确实想要笼络叶音竹，让叶音竹成为法蓝的一分子，让琴帝叶音竹与琴城原本的联系逐渐淡去。

可是，他没想到叶音竹会让他当孩子的亚父。当叶音竹说出这句话的时候，奥布莱恩感觉自己的心都颤抖了。

正如苏拉所说，奥布莱恩和菲尔杰克逊一样，是法蓝有史以来最杰出的天才。他和菲尔杰克逊一样，将自己的一生都奉献给了魔法，奉献给了法蓝。

除了处理法蓝事务以外，奥布莱恩将其余的时间都用在了修炼上，这就令他很少能够体会到普通人的乐趣。

奥布莱恩收玛丽娜为徒，不是出于私人感情，而是看上了她的资质。他将玛丽娜当成下一任光明塔塔主来培养，希望她今后能够继承自己的衣钵。

亚父，这两个字中有一个"父亲"的"父"字。这简单的一个字，比威力最大的禁咒更让奥布莱恩感到震撼。

奥布莱恩瞬间想象出一个漂亮的孩子将自己唤作亚父的情景。这一刻，他的目光变得十分柔和。

他注视着苏拉的肚子，发现有一种奇妙的感觉在自己心间蔓延，那种感觉是无法用语言来形容的，他仿佛找到了最为珍贵的，值得自己用一生去守护的东西。

奥布莱恩从未想过，有一天会有一个孩子将自己唤作亚父。如果这个建议是由普通人提出来的，他最多只会一笑置之。

他是什么身份？他是法蓝七塔塔主之首，普通人谁会向他提出这样的建议？哪怕是龙崎努斯大陆各国帝王的孩子，也没有这个资格。

但是，叶音竹不一样。

叶音竹是奥布莱恩最敬佩的菲尔杰克逊大师的关门弟子，是法蓝有史以来最年轻的次神级强者，也是唯一一个冲破魔武极壁达到次神级的天才。可以想象得出，叶音竹未来的成就绝对不在菲尔杰克逊大师之下，会令天下震惊。叶音竹的第一个孩子，完全有资格当奥布莱恩的义子或义女。

奥布莱恩无法想象，如果有一个孩子继承了叶音竹的优良血统，并且获得了自己的赐福，在他和叶音竹的教导下，这个孩子将会取得怎样的成就。更令他心颤的是，这个孩子会叫他亚父。

另外五位塔主的目光都变得有些怪异了。尽管他们不像奥布莱恩感触那么深，可在这一刻，他们心中同样是五味杂陈。

他们没有奥布莱恩那样的天赋，能够拥有今天的成就，他们付出的努力绝对不会比奥布莱恩少。

他们也面临着和奥布莱恩一样的问题，他们从来没有爱人，更没有孩子。

这一刻，他们都感觉到了自己心底的一丝渴望。他们都静了下来，将目光集中到奥布莱恩身上，等待着奥布莱恩下决定。

叶音竹的感知能力何等敏锐，在这方面，没有谁能够和他相比。几位塔主的感情变化自然被他发现了。

他也没想到，这个建议居然会产生这样的效果。他当然知道奥布莱恩提出给自己的孩子赐福，在满满的真诚和善意下，还隐藏着对自己的笼络之意。

他也知道，只要答应了奥布莱恩，让奥布莱恩给孩子赐福，就相当于欠了奥布莱恩一个极大的人情。

到时候，就算奥布莱恩提出让他帮忙，助其突破到神级，因为此时欠的人情，叶音竹也只能答应。

为了逆转形势，叶音竹才会将计就计，提出这个建议。

至少，只要奥布莱恩答应了，那么，他的赐福就是赐予自己的义子或义女。叶音竹欠下的人情，相对来说，也就没有那么大了。

而且，以奥布莱恩的身份，不论今后发生什么事，他都绝对不可能伤害自己的义子或义女，必定会用尽全力保护这孩子。

这孩子可以说是叶音竹与奥布莱恩之间的纽带，有了这么一层关系，未来叶音竹与法蓝之间如果产生了矛盾，也会有缓和的机会。

只是，叶音竹没想到奥布莱恩的反应会这么大，居然出现了这么明显的情绪变化。他发现，奥布莱恩的手竟然不受控制地微微颤抖着，虽然幅度并不大，但依旧被叶音竹感觉到了。

奥布莱恩的变化，只有其他五位塔主和叶音竹能够感受到，苏拉、海洋，甚至是光明圣女玛丽娜都无法察觉。

苏拉惋惜地道："音竹，奥布莱恩大师是何等身份？他肯为我的孩子赐福，已经是我最大的荣幸了。大师忙于法蓝事务，又怎么会有时间当孩子的亚父呢？"

听到苏拉的话，叶音竹脸上立马露出一丝微笑，他知道，苏拉感受不到奥布莱恩的情绪变化，可是，她说的话就像助推器一般，催促着奥布莱恩下决定，不愧是他的妻子啊！跟他真有默契。

果然，奥布莱恩下意识地做出了决定。

"不，我当然有时间。"

苏拉的话在奥布莱恩听来，就好像在提醒他，他马上就会失去那最宝贵的东西一般，这令他有些失态。

当他说出这句话之后，他自己也陷入了极度惊讶之中，但是，话都说了，自然不可能再收回。

短暂的惊讶之后，奥布莱恩很快就恢复了平静，他的目光也变得更加柔和了。既然话已经说出口了，自然也不可能反悔，更何况，他也不愿意反悔。

隐约中，奥布莱恩脑海里其他的东西都淡化了几分，他感受着那还在苏拉腹中的小生命心脏跳动的声音。

"我，奥布莱恩，以光明之本源起誓，愿成为叶音竹与苏拉第一个孩子的亚父。以亚父之名，赐福于我的义子或义女。"

奥布莱恩没有念咒语，光元素瞬间聚集，顿时，观星台中的星光消失了，一个巨大的太阳出现。众人感觉无比温暖。

紧接着，光明气息骤然消失，一股特殊的神圣气息代替光明气息从天而降，落在奥布莱恩身上。

柔和的乳白色光芒射出，奥布莱恩的身体飘浮而起，在他背后，一轮特殊的光影已经出现，那光影中的虚幻的身影缓缓抬起手臂，一道粗如手臂的乳白色光芒飘然而下，落在了苏拉的小腹上。

奥布莱恩用行动兑现了自己的承诺。

刹那间，乳白色光芒宛如桥梁一般连接着奥布莱恩与苏拉腹中的那个小生命。乳白色光芒逐渐变成金光。

感受到了神圣气息，叶音竹和其他五位塔主全部闭上了双眼，他们静静地进一步感受着那神圣气息。

叶音竹脑中的第一反应是：这还是简单的赐福吗？

这已经不仅仅是奥布莱恩本身的力量了。奥布莱恩借助了光明塔，引动了整个法蓝的光元素，才请来这样的神圣气息，这样的神圣赐福的场景，就算是真神降临，恐怕也不过如此吧？

叶音竹笑了，他是真的笑了。从这一刻开始，他就对奥布莱恩放下了防备。他是孩子的父亲，奥布莱恩是孩子的亚父。有了这层关系，他还怕奥布莱恩害自己吗？

金光足足闪耀了半个时辰才消失，苏拉的身体已经完全变成了金色。她倒在海洋身上，呼吸平稳，缓缓睡去。

承受了那样的神圣气息，别说是孩子，就连苏拉也得到了巨大的好处。她在沉睡的前一刻，甚至看到了腹中那还未成形的孩子已经完全变成了金色的。

金光收敛，观星台消失了，众人出现在光明塔塔主奥布莱恩的房间之中。

奥布莱恩盘膝坐在地上，双目紧闭，进入了冥想状态。他的脸色十分苍白，众人一看就知道他消耗的能量不少。

要知道，他刚才在光明塔的帮助下，召唤神圣气息所消耗的能量，甚至超过了斯隆当初召唤魔神时消耗的能量，恐怕他要休息很长一段时间才能恢复了。

这个人情，叶音竹已经欠得无穷大了，但无穷大也代表着另一层含义——这究竟还算不算是人情呢？

法蓝另外五位塔主看向叶音竹的目光变得更加怪异了，而叶音竹的心态反而变得极为平稳，完全是一副老神在在的样子。

魂塔塔主麦克米兰看着叶音竹，苦笑着道："音竹，我突然发现，你加入法蓝，最大的优势并不是你冲破了魔武极壁，达到了次神级。"

"哦？"叶音竹笑了笑，"那我的优势是什么呢？"

麦克米兰苦笑着道："你结婚了，你可以有孩子。这才是我们这些老家伙绝对不可能做到的。你知道吗？就在刚才那一刻，我们感觉到了生命的气息，那种感觉似乎比魔法等级的提升更令我们震撼。如果不介意的话，我是说，你的下一个孩子，能不能给我当义子或义女？"

"啊？"

叶音竹呆呆地感受着麦克米兰的真诚，一时间竟说不出话来。

法蓝七塔塔主竟是这样就能收买的？叶音竹不禁有一种啼笑皆非的感觉。

确实，他不可能了解几位塔主现在的心境。

在普通人眼中，法蓝塔主已经是神一般的存在，谁又能够知道，他们承受了多少孤寂？

就在刚才，叶音竹提出让自己的孩子成为奥布莱恩的义子或义女时，不经意间唤起了几位塔主作为人的本性。

父母与孩子之间的爱是最无私、最纯真的，几位塔主想起了自己的家人，回味起了亲情的温暖。

在这一刻，他们沉浸其中，无法自拔，迫不及待地想要体会亲情。

奥布莱恩如此沉稳，都无法抵挡这种情感，更何况是其他五位塔主。

当然，能够让他们产生这种感觉，也是机缘巧合。毕竟叶音竹与他们已经达到了同等地位，对于众位塔主来说，能够拥有血脉如此优秀的义子或义女，也是美事一桩。只要他们日后悉心教导，他们的义子或义女必定前途无可限量。

海洋掐了叶音竹一下,示意他赶快答应。不管下一个孩子什么时候出生,多一个魂塔塔主当亚父也是好的。加上奥布莱恩,以后法蓝不全是叶音竹自家人了?

叶音竹是想答应,不过,他还没来得及开口,另外四位塔主已经异口同声地抢着道:"麦克米兰,你不能这样,下一个孩子应该认我当亚父才对。"

几位塔主这样急切,这样异口同声,让叶音竹再次大吃一惊。

这……似乎谁也不能得罪,而且,几位塔主都很真诚,叶音竹也不知道该如何选择。

叶音竹突然发现,眼前这六个人已经不再是魔法师的信仰,不再是强大的圣魔导师,而只是六个老人,六个孤独而可怜的老人。

现在,玛丽娜比叶音竹更吃惊。她从来没有看到过自己的老师脸上出现那样的表情,也没想到自己的老师会如此不顾一切地施展神圣赐福。

这些法蓝塔主竟然会争着当某个孩子的亚父。看他们这争抢的样子,似乎比抢超神器还要激动。天啊!这究竟是怎么回事?玛丽娜想不通了。

"是我先说的,总得有个先来后到吧。"麦克米兰不满地看着其他四位塔主。

火塔塔主桑德斯的脾气就像他的魔法属性一般,非常火暴。

"这事情也有先来后到的吗?音竹他们还没有第二个孩子呢,应该让音竹来挑选才对。"

麦克米兰傲然地道:"音竹本是精神系魔法师,和我同源,当然会选我。"

桑德斯哼了一声,道:"难道你以后教孩子精神系魔法能比音竹教得更好吗?从这点上看,我们四个都比你有优势,我们可以教孩子不一样的魔法。"

令叶音竹大跌眼镜的是,水塔塔主西拉斯,土塔塔主威尔肯斯和风塔塔主德文凯西竟然同时点头，赞成桑德斯的话。

"你，你们……"麦克米兰大怒，举起手中的魔法杖，就要朝桑德斯打去。

"等一下！"

一声带着灵魂震慑的喊声令几位塔主停了下来，他们同时望向声音传来的方向，用眼神无声地呐喊：音竹，选我！好像叶音竹能够看到他们一样。

叶音竹无奈地道："各位大师，现在我的第一个孩子尚未出生，你们就开始争当下一个孩子的亚父，是不是太早了点？"

几位塔主愣了一下，这才发现自己失态了。他们没想到，自己的情绪竟然会变得如此激动。要知道，他们的精神力极为强大，经过多年的修炼，他们的心性早就变得十分沉稳了，一般不出大事的话，他们是不会出现情绪波动的。

不过，他们很快就释然了，连光明塔塔主奥布莱恩也因为那小生命而变得激动，更何况是他们呢？或许，他们是真的太寂寞了吧。

他们回想起了自己这一生的经历，法蓝固然带给了他们强大的力量和高高在上的地位，但同时剥夺了许多原本应该属于他们的东西。

几位塔主眼中闪过一丝落寞，他们重新坐回自己的座位上，情绪明显低落了几分。

叶音竹感受到了几位塔主情绪上的变化，微微一笑，道："各位大师，你们不必如此，为了法蓝，你们已经付出了太多。我和我的妻子都还很年轻，不如这样好了，我们以后再有了孩子，就请各位大师做孩子的亚父。我想我的妻子应该也希望能多生几个孩子。"

听了叶音竹的话，几位塔主的眼睛重新亮了起来。

麦克米兰的反应极快，他赶忙道："我预约下一个孩子。"

"不行，第二个孩子应该做我的义子或义女。"

争执再起。

一旁的光明圣女玛丽娜失笑，道："各位老师，第二个和第三个又有什么区别呢？"

麦克米兰脱口而出，道："当然有区别，奥布莱恩只能再赐福一次了。"

叶音竹这才明白过来，原来这五位塔主打的是这个主意，他们都想成为接受了赐福的孩子的亚父。

他无奈地摇了摇头，道："各位大师，我想，你们并没有做父亲的觉悟。"

麦克米兰皱了皱眉，道："做父亲的觉悟？"

叶音竹点了点头，道："大师，您认为，如果我有了孩子之后，我会如何对待他？"

麦克米兰不假思索地道："当然是把最好的东西都给他，让他继承你的力量，传授他最强大的魔法，让他成为龙崎努斯大陆上的强者。"

叶音竹摇了摇头，道："不，您错了，我从来都没有这么想过。"

闻言，几位塔主看向叶音竹的目光略微变化了一下。

桑德斯忍不住问道："为什么？难道你不希望看到自己的孩子有所成就吗？"

叶音竹摇了摇头，道："不，我不希望。想要获得什么，就一定要有所付出。各位大师，这个道理你们一定比我理解得更透彻。

"外人看到的，只是你们的强大，他们又怎么能理解你们背后付出的努力呢？我不希望我的孩子没有童年，我对他也没有任何期望，只要他能健健康康地降生，幸福快乐地过一辈子，我就已经满足了。作为父亲，这是我唯一的心愿。"

这时，苏拉已经清醒过来。她这么快就能够醒转，和奥布莱恩有很大的关系。

奥布莱恩自然知道苏拉本身修炼的是暗魔系的斗气，所以，在进行赐福的时候，他刻意将自己身上的光明能量都过滤掉了，只留下神圣气息注入苏拉体内，这也是他自身能量消耗那么大的重要原因。

苏拉在承受那神圣气息之后，经过短暂的沉睡，身体并没有出现任何不适，自然能够很快醒转。她感觉全身都很舒服。

苏拉将温软的小手放在叶音竹掌心。叶音竹转向苏拉，虽然他看不到苏拉的表情，但他能够感受到苏拉心中的满足。

是的，作为父母，最希望的是什么？当然是孩子健康，平安，幸福。

望子成龙者不是没有，可是，正像叶音竹所说的那样，想要成功往往需要付出极大的努力，儿女需要承受多少艰辛？

父母对孩子的爱，永远都是最无私的。

麦克米兰皱了皱眉，道："可是，你们自己的条件如此好，名满龙崎努斯大陆，难道你们希望看到自己的孩子平凡地过一辈子吗？"

叶音竹微笑着道："大师，您还是没明白我的意思。我会尊重孩子自己的选择，并且支持他做出的选择。

"如果他希望变得强大，那么，他就要为之付出努力，反之，如果他只是希望平淡快乐地过一生，我也不会逼迫他去修炼。一切都由他自己决定，我想这样才是最好的。

"强加给他太多东西，可能会令他在未来变得强大，可是，他真的会感到快乐吗？"

麦克米兰深吸一口气，眼中多了感动。

"是的，我明白了。谢谢你，音竹，你给我上了一课。看来，我们的思想还是一直局限在法蓝，局限在这狭小的空间之中。看来，我们都不配成为你孩子的亚父。"

叶音竹微笑着道："怎么会？其实，我衷心地希望各位大师能成为我孩子的亚父。各位实力超强，将来也是他们最好的保护伞啊！"

几位塔主都笑了，他们能够感受到叶音竹的真诚，那尚未出生的孩子仿佛成了联系他们的纽带，他们之间的隔阂正在悄然消失。

晚宴结束了，因为能量消耗太大了，奥布莱恩一直都在修炼，玛丽娜代替自己的老师将众人送出了光明塔。

回到暗塔，叶音竹终于忍不住大笑起来，心中的畅快难以用言语来形容。

"真没想到，征服法蓝的，竟然会是我们的孩子。"

苏拉和海洋对视一眼，也忍不住笑了起来。

苏拉很是满足，她的孩子今后有光明塔塔主奥布莱恩做亚父，她实在是很开心。

光看奥布莱恩给孩子赐福时那全力以赴的样子，就知道奥布莱恩是真心的，从这一点来看，未来，叶音竹想和奥布莱恩闹矛盾也难了。

笑完之后，叶音竹大大地松了一口气。

"这次，我终于放心了。几位塔主的感情波动是假不了的。"

海洋轻叹一声，道："没想到，法蓝的塔主竟然只是几位可怜的老人。"

叶音竹沉默了，海洋说得没错。

尽管奥布莱恩他们拥有着强大的实力，可是他们真的很可怜，生活中只有修炼，没有亲情。今天晚上发生的这一切令人难以置信。这几位老人的亲人已经离开他们上百年了，他们也早已忘了亲情的温暖。叶音竹的那几句话唤醒了他们埋藏的情感，浇灌着他们内心渴望亲情的种子。一旦种子发芽，一切都会变得不一样。

毫无疑问，叶音竹得到了法蓝六位塔主的认可，第二天一早，光明圣女玛丽娜亲自来到暗塔，邀请叶音竹参加法蓝会议。

七塔塔主全员到场的会议显然十分重要。有关法蓝最关键的决策都是在这类会议上决定的。

这回重聚光明塔，六位塔主的神色都恢复了正常，叶音竹没有带苏拉和海洋前来，光明圣女玛丽娜也没有参加会议。

在场的，只有叶音竹他们七个人。

"奥布莱恩师兄，您消耗的能量都恢复了吗？"叶音竹微笑问道。

奥布莱恩微笑着道："已经没关系了。今天请大家来，是要商议后期封印维护的事。音竹，你虽然尚未正式继任，但也算是法蓝七塔塔主之一，有些事情也该告诉你了。你也好和我们一起商量一下接下来的行动计划。"

叶音竹点了点头，道："师兄请讲。"

奥布莱恩道："法蓝有着悠久的历史，从当初龙崎努斯大陆统一，到后来大陆分裂，形成现在的各国，法蓝的目标始终没有改变，那就是守护这片土地，守护人类和龙崎努斯大陆各族。音竹，或许你已经感受到了法蓝七塔是怎样的存在，可是，凭借这样强大的力量，也无法稳住封印。"

叶音竹眉头紧皱，道："师兄，难道法蓝七塔的力量相加还达不到神级吗？"

此言一出，其他几位塔主彼此对视一眼，同时在心中暗道：他果然已经知道了法蓝七塔的秘密。

奥布莱恩叹息一声，道："我们也不知道怎么回事。按理说，法蓝七塔的能量，应该足以稳住封印了，或许是因为我们的实力不够，无法完全调动七塔的能量，才会出现这样的结果吧。"

叶音竹心中疑惑，不禁问道："为什么？师兄，您应该清楚，我也拥有超神器。自从我的实力达到次神级之后，从来没有感觉被外力限制，无法使用超神器，更何况，法蓝七塔建立了这么多年，如何使用它们，各位应该十分清楚才对。"

奥布莱恩道："不，你想错了。封印不稳，并不是因为深渊位面的母妖在冲击封印，而是我们自己的问题，简单地说，也就是这法蓝七塔的问题。音竹，你知不知道法蓝对深渊位面的封印在何处？"

叶音竹摇了摇头，心中暗道：你们不说我哪知道？

奥布莱恩道："其实，这封印比你想象中的大得多。整个法蓝城都是封印的一部分。我直接告诉你好了，眼前你所看到的法蓝七塔，是法蓝诞生以后才建起来的，法蓝七塔塔顶的七颗宝石才是关键所在，但是这七颗宝石在法蓝建立之前就已经存在了。"

隐约中，叶音竹已经明白了几分，他喃喃地道："这七颗宝石在法蓝七塔建立前就已经存在？那这么说来，这七颗宝石就是封印本身的组成部分吗？那不就是……"

奥布莱恩颔首，道："你很聪明。整座法蓝城就是当初深渊位面与我们这个世界连接的一个通道。而封印这个通道的，就是当初你们东龙帝国的先祖神龙。神龙用自己的身体组成了整个封印，将自己的力量完全融入这片土地之中。所以，法蓝城的地底下就是东龙帝国的先祖神龙们沉睡的地方。神龙们将自己的身体化为了一个特殊的阵法，其中，神龙王大人的身体化为了七颗拥有无比强大魔法力的宝石，宝石按照特殊的方位排列，置身于这个阵法之上，这才形成了整体的封印。"

听了奥布莱恩的话，叶音竹不禁心头大震，他虽然也猜测过神龙的实力，但从未想到神龙居然如此强大，神龙的身体竟然形成了如此巨大的封印。法蓝七塔的七颗宝石，竟然就是神龙王的身体的一部分。

"这么说，法蓝并没有我先祖留下的遗迹。"叶音竹忍不住说。

奥布莱恩摇了摇头，道："当然不是。在法蓝七塔的核心处，有一个特殊的地方，那里或许就是你所说的遗迹吧。神龙们将自己的力量灌注于通道之中，最后将通道封闭，而它们的身体则渐渐缩小，与神龙王身体所化的七颗宝石一起，成了那个阵法的核心。

"当初的魔法师，来到这里之后，得到了神龙王的遗命，于是，他们建起了这座法蓝城，为的就是更好地维护封印。法蓝七塔就是那阵法的阵眼，我们七塔塔主虽然可以借助宝石的力量，但是我们始终不明白，这阵法究竟是什么。"

叶音竹道："师兄，难道还有你们不懂的魔法阵？它很复杂吗？"

奥布莱恩苦笑着道："正好相反，这由你们东龙先祖神龙留下的阵法不仅不复杂，反而非常简单。四十七条神龙，分成七个方位，以神龙王化身的七颗宝石为起点，组成了这个以七个点为核心的阵法。阵法中并不含任何魔法阵的原理，似乎只用这七个点，就将整个通道封印住了。

"仅由七个点组成的阵法，我们从来都没见过，即使研究了这么多年，我们也没有得出任何答案，所以我们一直不敢称它为魔法阵，只是叫它阵法而已。"

七个点组成的阵法？叶音竹眉头微皱，他觉得这阵法颇有意思。原来并不是越复杂的东西越难以理解，只要有脉络可循，就算再复杂的谜团，也终有被破解的一天。

可像先祖神龙留下的这个阵法，除了七个点之外，再没有任何脉络可循，这么简单的阵法，反而令法蓝的魔法师们束手无策。

"师兄，你的意思是，正是因为这简单的阵法，你们才无法完全将七塔的能量调动起来吗？而且法蓝的封闭也是因为这个？"

奥布莱恩严肃地点了点头，道："同时，这也是我们让你加入法蓝，成为暗塔塔主的重要原因。

"最初的时候，这封印十分稳固，每年只要我们法蓝七塔塔主和魔法师将魔法力注入其中，封印就不会出现任何问题。随着时间的推移，这种情况却慢慢开始变化。

"多年之前的一天，塔主们突然发现，不知道为什么，封印松动了。他们发现，封印出现了微小的裂痕。更令他们感到奇怪的是，法蓝七塔所拥有的能量并没有减少，甚至比之前更多了。

"那是法蓝第一次封闭。他们足足用了十年的时间，其间，无数名魔法师付出了努力，将庞大的魔法力注入封印之中，终于使其重新变得稳固。

"但是，从那次开始，每过一段时间，封印都会出现松动的情况。每当这个时候，我们能够从法蓝七塔中借助的能量就会变少，所以我们不得不聚集魔法师，全力以赴，为封印提供能量，巩固封印。

"最近一次封印松动，是在法蓝宣布封闭的三年前，而且，这一次松动得极为厉害，就连法蓝七塔也剧烈地晃动起来。

"从《法蓝法典》所记载的内容来看，这是封印随时有可能破掉的迹象，所以我们才着手与蓝迪亚斯帝国联系，试图尽快让龙崎努斯大陆统一，从而调动龙崎努斯大陆各方面的力量，来应付有可能出现的危机。"

听到这里，叶音竹问道："奥布莱恩大师，请问，《法蓝法典》是由第一代法蓝七塔塔主所著吗？"

奥布莱恩颔首，道："是的，但也可以说不是。因为《法蓝法典》中的一部分内容来自于当年的神龙王大人，那些内容是神龙王大人留下的遗命。

"譬如，这次封印出现裂痕之后，法蓝之所以会支持一个国家统一整个龙崎努斯大陆，就是因为遵照了神龙王大人的遗命。神龙王大人在遗命中要求：

如封印破坏,母妖重临,需凝聚全大陆之力,与母妖抗衡,统一指挥,与其决一死战。"

叶音竹突然想到了什么,但那点灵感一闪而过,他没能抓住。他没想到,蓝迪亚斯帝国与米兰帝国之所以会有一场大战,竟然是因为先祖神龙王的遗命。

第二百七十八章
法蓝庆典

"师兄,如果我们真的能够调动法蓝七塔的能量,那么,这个封印是不是就不会被破掉了?或者说,你们在维护封印的过程中,能否感觉到另一个位面的母妖的冲击呢?"

奥布莱恩摇了摇头,道:"《法蓝法典》中从没有这方面的记载,我们也没感觉到母妖的存在。但我可以肯定的是,如果法蓝七塔的能量能够为我们所用,那么,封印就不会出现任何问题。现在最重要的就是要看你能否调动法蓝七塔的能量了。如果可以的话,我们以后也不需要担心封印的问题了。"

叶音竹点了点头,道:"我明白了。不知道我什么时候能去看看神龙遗迹?"

奥布莱恩犹豫了一下,道:"还是等等吧。我们已经传书给龙崎努斯大陆八国,各国的君主将在短时间内齐聚法蓝,也算是祝贺你登上暗塔塔主之位。等你正式继任暗塔塔主之位以后,再去神龙遗迹比较好。"

叶音竹并没有表现出焦急的心态,他点了点头,道:"好,就按师兄所说。不过,师兄你这次让龙崎努斯大陆八国的君主前来,是打算让他们早做准备吗？"

奥布莱恩神色凝重地道："音竹，你应该知道母妖有多大的破坏力。法蓝虽然拥有强大的实力，可是，我们也不知道现在的法蓝和当初的东龙帝国相比实力如何。我估计，我们绝对比不上东龙帝国。所以，一旦封印被破坏，让母妖来到我们这个世界，那么，灾难必将降临。按照封印现在松动的情况看，如果没有转机的话，三十年内，封印必定会被破开，那时候，我们必须拥有一支集合龙崎努斯大陆最强力量的军队，跟母妖以死相拼。为了龙崎努斯大陆的和平，我们必须早做准备，未雨绸缪。这次蓝迪亚斯帝国不仅没能统一大陆，还令各国元气大伤。我们这次请各国君主前来，也是想跟他们谈一谈，让他们积蓄力量，让军队尽快驻扎到法蓝周围，随时准备应对突发情况。"

虽然叶音竹早就猜到情况是这样，但奥布莱恩凝重的神情还是令他心头微沉。叶音竹点了点头，柔和地道："这件事就由您来主持了。届时，琴城、兽人族都会加入其中。"

奥布莱恩的神色放松了几分，他轻叹道："其实，我们最希望看到的，还是能够维护好封印。音竹，这几天你先做一些准备吧。"

叶音竹点了点头，道："好的。师兄，您答应运往琴城的资源什么时候可以运过去？既然要做准备，赶早不赶晚，准备得越早，对我们就越有利。"

奥布莱恩深深地看了叶音竹一眼，道："随时可以。我已经让人去准备了，包括各种稀有金属、魔兽晶核、魔法水晶，法蓝会尽可能提供材料给琴城，希望能够早日看到矮人族和地精部落大师们制造出的精品。音竹，还有一件事我想和你商量一下。"

叶音竹道："您说。"

奥布莱恩犹豫片刻后，道："琴城的魔导炮给我们留下了很深刻的印象。这种武器威力极大，虽然会消耗较高等级的晶核，但也不算什么。如果法蓝能够拥有魔导炮，就算将来封印被破，也能阻挡一下母妖。法蓝可以提供制造魔导炮的全部材料，甚至会出工钱，你看，琴城能否为法蓝也定做一批魔导炮呢？"

叶音竹眉头大皱，道："师兄，您也知道，制造魔导炮十分不易，琴城建设了这么多年，才拥有那一些魔导炮。而且，制造魔导炮需要消耗很多资源，费时又费力。法蓝城有法蓝七塔守护，就算是数百门魔导炮加起来，也不可能和七塔的攻防能力相比吧？"

奥布莱恩似乎早就猜到了叶音竹会拒绝，他淡然一笑，道："多些力量总是好的。更何况，到目前为止，我们还没有完全操控七塔的能力，还是保险一些比较好。这样好了，法蓝愿意出双倍的材料制造这些魔导炮，你看如何？而且，法蓝可以立下契约，不论未来情况如何，琴城永远都是法蓝的盟友。"

奥布莱恩的话都说到这个份上了，叶音竹就不可能再拒绝了，毕竟，法蓝现在对琴城也很重要，而且法蓝十分强大。

突然，叶音竹心中一动，想到了一个可能性。

"师兄，您的意思是，未来，只要有足够攻击力的魔导炮帮助你们打击母妖就可以了，是吧？"

奥布莱恩点了点头，道："正是如此。"

叶音竹笑了笑，道："既然如此，我可以答应您。我可以保证，琴城会尽最大的努力来制造魔导炮。但是，我有一个条件。"

奥布莱恩微笑着道："你说吧。还需要更多的材料吗？这个好商量。"

法蓝的财富只有他最清楚，普通人绝对想不到，法蓝的财富积蓄了千万年，家底有多厚。

叶音竹道："材料方面我相信您一定不会吝啬，我这个条件是，魔导炮的安装位置要由我们琴城来决定。只有这样，魔导炮才能发挥出最强的攻击力，才能更好地配合全方位监测控制系统。"

奥布莱恩看着叶音竹，还是感觉有些不妥。然而，如果没有昨天发生的事，或许他还会好好考虑一下，可经过了昨天的事情后，他对叶音竹的防范之心已经降低了很多。他直接点了点头，道："好，这点我可以答应。"

叶音竹开玩笑似的道："师兄，您就不怕等魔导炮制造完毕，并且在法蓝安装好之后，有一天我控制它们直接攻击法蓝吗？"

奥布莱恩故意大声问道："你会吗？或许你还不知道，一旦法蓝封印受到一定程度的攻击，那么，它就会直接被破掉。所以，你才会看到法蓝有一层魔法屏障，这就是为了阻挡外界的人闯入，避免封印受到攻击。你这些魔导炮是装在法蓝内部的，除非你想看到龙崎努斯大陆毁灭，不然就不会做出那样的事情。更何况，如果连这点起码的信任都没有，我也不会请你来法蓝了。不管怎样，你都不会伤害孩子的亚父吧？"

说到最后，奥布莱恩竟然故意做了一个夸张的表情，引得众位塔主一齐笑了起来。

只是，叶音竹真的会将魔导炮安装在法蓝城内吗？尽管他对法蓝的敌意已经减少了很多，可防备之心还是有的。

三天后，叶音竹通过刻画在法蓝城外的传送魔法阵返回琴城，将赶制而成的传送门带到了法蓝，使法蓝与琴城之间的来往更加方便。

叶音竹并没有向六位塔主隐瞒传送门的信息，反而主动将其中的奥秘告诉他们。毕竟，他要利用这个传送门把法蓝的资源运回琴城，不说实话是不行的，而且，身在法蓝，他的一举一动又怎么瞒得住六位塔主呢？

第四天，法蓝提供的第一批物资开始运往琴城。当叶音竹听苏拉给自己念了一遍这批物资的清单时，整个人足足呆愣了五分钟。

清单中的东西种类并不是很多，但有一点可以肯定，这些东西的价值已经无法用金钱来衡量了。

法蓝给的秘银、魔银、精金、金刚精等十余种稀有金属，都是以吨为单位来计算的。法蓝还为他们提供了一百千克氪金。

各种魔法宝石、魔兽晶核都是用袋来装的，品质超过七阶的，足有三千颗。

奥布莱恩看到叶音竹呆呆的样子后，还特意走上前拍了拍他的肩膀，道："这只是第一批。只要琴城能用得上，这些东西有的是。"

根据叶音竹后来回忆，当时奥布莱恩就像是在菜市场里卖大白菜，把大批大批的珍贵物品运到了琴城，就像那些东西根本不是法蓝的，没有一点价值一样。

第一批物资运走之后，叶音竹让离杀驾驶着琴帝号返回琴城去了。至于去干什么，只有他和离杀知道。直到十天后，离杀才通过传送门回到法蓝，她将琴帝号留在了琴城。

法蓝的几位塔主问过叶音竹怎么将琴帝号调回琴城了，叶音竹给他们的解释很简单：把琴帝号留在琴城帮忙作用更大，它可以运载很多物资，又能飞行，能够节省人力，在布伦纳山脉中运送物资很合适。琴城不缺乏魔法高手，像安雅那样的人都能操纵琴帝号。

离杀带着琴帝号离开法蓝的那一天，龙崎努斯大陆八国君主也陆陆续续来到了法蓝。

叶音竹终于知道法蓝为什么这么富有了，八个国家，包括那已经穷困潦倒的佛罗王国，都为这次法蓝举办的庆典带来了大量礼品，他也不清楚到底有些什么东西，因为实在太多了，他只知道那些都是好东西。

最先抵达法蓝的是离法蓝相对较近的几个国家的君主，其中自然包括了蓝迪亚斯帝国的马西莫和米兰帝国的西尔维奥。

在君主们到来的同时，法蓝也开始了紧锣密鼓的安排。在法蓝的历史上，从未出现过外来魔法师担任塔主的情况，叶音竹继承暗塔塔主之位，可以说是史无前例的。可是，在其他六位塔主全部赞同的情况下，没人能够提出反对意见。毕竟，《法蓝法典》对这一点并没有做任何规定。

奥布莱恩告诉叶音竹，庆典结束之后，他们就必须再次开始加固封印了，那时也将是叶音竹进入神龙遗迹的时候。

暗塔。

"苏拉，别这样，心情不好可是会影响到孩子的。"叶音竹将苏拉有些冰凉的娇躯搂入自己怀中，轻声安慰着。

苏拉知道马西莫来了，虽然两人没有见面，但是苏拉听到这个消息后，整个人的情绪还是变得十分低落。就算她不愿意承认，当初在蓝迪亚斯城的那段时间，马西莫还是让她感受到了亲情的存在。

发觉叶音竹在担心自己，苏拉勉强笑了笑，摇头道："我没事。"

叶音竹轻抚着苏拉那暗蓝色的长发，心疼地道："傻瓜，要是连你有没有事我都看不出来，我还配当你的丈夫吗？其实，马西莫本性不坏，只是他对权力太过热衷了。从政治角度看，他是一位出色的帝王，也可以说是一代明君。其实，在我心中，我认为他比西尔维奥叔叔还厉害。"

"可是，他害死了我母亲和弟弟。"苏拉的情绪明显变得激动了许多，幼年痛苦的记忆汹涌袭来，她的身体不受控制地颤抖起来。

叶音竹搂紧苏拉，道："我并不是在替他开脱，不管怎么说，他终究是你的父亲。没有他，你不可能来到这个世界上。哪怕他对你没有一点爱，我也依旧要感谢他。因为是他将我最珍贵的宝贝带到了龙崎努斯大陆上，不是吗？苏拉，既然你认为自己和他之间已经没有任何关系了，那么，何不坦然面对呢？为了我们的孩子，抛弃心中所有的恨吧。将他当成一个普通人，或许，你心里会好受很多。"

叶音竹自然不会替马西莫说话，只不过，他还记得，当初他与斯隆在蓝迪亚斯城大战时马西莫的种种表现，正是那个时候，他算是认可了马西莫这个岳父，此时他这么说，更多的是希望苏拉不要悲伤。

苏拉默默地点了点头，眼中那一丝怨恨却并没有减少，幼年时的伤痕实在太深了。

叶音竹现在的身份已经不同了，他自然不方便单独去见马西莫，所以两人也没有见面。

两天之后，八国君主终于到齐，庆典定于当晚开始。

法蓝，魔导广场。

这里是法蓝的魔法师集会的地方，每当有重要的事情宣布，或者是要举行庆典，大家都会聚集在这里。

法蓝已经几十年没有像今天这样热闹了。天还未黑，一个高大的平台已经搭建完成。这可不是一个普通的平台，尽管平台面积只有三百平方米，可是整个平台都是用魔法材料搭建而成的。

法蓝骑士们临时客串了一下工匠的角色，他们的工作效率相当高，从开始到结束，才用了不到六个小时。

法蓝城内不会有闲杂人等，但当平台搭建完毕后，整整三万名法蓝骑士团的骑士还是将魔导广场团团围住，当太阳开始西斜的时候，法蓝的魔法师们陆陆续续出现了。

在这里，魔法师们属性的区别非常明显，不同的魔法师根据魔法属性的不同穿着不同颜色的魔法袍。

水系的蓝色、火系的红色、风系的青色、土系的黄色、精神系的灰色、暗魔系的黑色，空间系的银色和光明系的金色。

同一属性的魔法师站在一起，分成八个方阵在骑士的护卫下缓缓进场。

以往的法蓝庆典都是这样进行的，只是今天有些特殊。因为，今天除了法蓝骑士和魔法师以外，还多了另外一个团体。那个团体的人数不多，只有一千人。如果不是一些身体极其强壮的比蒙巨兽过于显眼，不了解法蓝的人会把那个团体的人当成法蓝骑士。

一百个比蒙巨兽，三百名死神龙狼骑兵，二百名巨龙骑士，再加上各族的精锐战士，这数量只有一千且占据了魔导广场最佳位置的团体来自琴城。

之前，叶音竹只被允许带一百名护卫进入法蓝城，因为今天是个特殊的日子，所以有些不同。这些战士都是叶音竹的心腹，奥布莱恩和其他几位塔主商量过后，允许他带一千人参与这场盛典。

这些琴城战士与法蓝骑士交战过，以至于现在大部分法蓝骑士还用仇恨的目光看着他们。可这并不影响琴城战士的情绪，不论是死神龙狼骑兵还是比蒙巨兽，或者是巨龙骑士，其实力绝对不比法蓝骑士的实力弱，甚至更加强大。琴城战士就像没有感觉到法蓝骑士眼中的恨意一样，雄赳赳、气昂昂地进入法蓝，来到魔导广场之上。

在那高约三十米的三百平方米平台之前，魔导广场空旷处，八国代表都已经来了。和龙崎努斯大陆上的形势一样，八国依旧分成两个集团，尽管蓝迪亚斯一方有五个国家，可他们在气势上再也无法和米兰帝国一方相抗衡。

与马西莫的高大魁伟相比，西尔维奥看上去矮小许多。马西莫气势十足，一看就非平常人，西尔维奥跟他不一样，看上去就像邻家大叔一般，让人更容易亲近。

西尔维奥脸上始终带着笑容，用米兰帝国一方的话来说，那叫亲和力。如果让马西莫来评价，那就是欠揍。

"好久不见了,马西莫。"西尔维奥主动走了过去。

这里是法蓝的地界,他不怕马西莫做出什么不利于他的举动,要知道,每个国家的君主都只能带十名随从进法蓝城。

马西莫冷冷地看着西尔维奥,淡然地道:"我从来没想过会在这里与你相见。"

西尔维奥失笑道:"那你想在哪里和我见面呢?米兰城吗?坦白说,我真的很欢迎你。要是有一天,马西莫兄亲临米兰城,小弟一定亲自到城门前迎接,而且欢迎你在米兰城多住一段时间。"

一个君主如果到了其他国家的都城,并且长久地待在那里,那么只会有两种解释,一是打败了对手,二是被对手打败了。在场的人都知道西尔维奥是什么意思,他就是在讽刺马西莫,欢迎他成为米兰帝国的阶下囚。

"西尔维奥,你不要太得意。这次你要不是运气好,恐怕你现在就在蓝迪亚斯城了。"站在马西莫旁边,比马西莫还高的一名光头男子怒声说道。

此人正是波庞王国的国王赫尔南德,他挺着一个大肚子,一看平常就过得很享受。因为有个光头,所以赫尔南德倒和波庞王国的最强兵种——庞贝巨汉有几分相像。他的脾气比马西莫暴躁得多。为了帮助蓝迪亚斯帝国打败米兰帝国,从中分一杯羹,波庞王国参与了混战,虽然兵力损失不大,但国力下降了很多,因为支撑这么一场大战,国内经济也已经出问题了。

西尔维奥也不生气,微笑着道:"运气也是实力的一部分,你说是不是?马西莫兄。"

马西莫没有吭声,尽管战争结束时,双方并没有分出胜负,可谁都知道,这场战争是蓝迪亚斯帝国一方败了。

西尔维奥一转头,原本温和的眼神突然变得冷厉起来,道:"德拉瓦莱,我们也好久不见了啊!"

此言一出，跟随在西尔维奥身边的阿斯科利王国国王与巴勒莫王国国王的目光同时变得冷厉起来。

如果不是佛罗王国背叛了他们，米兰帝国一方又怎么会面临那样巨大的危机？可以说，这次战争最初的变数就出在佛罗王国身上。佛罗王国人的背叛，致使米兰帝国在七国七龙排位战上险些败给蓝迪亚斯帝国，后来又承受了雷神部落和战神部落的攻击，东方地区的形势也变得非常紧张。正是因为佛罗王国，米兰帝国才陷入了那样的境地。

德拉瓦莱的神色明显变得不自然起来，尽管佛罗王国的形势因为割地换粮而暂时稳定了下来，可是米兰帝国始终虎视眈眈，东方军团的兵力和以前相比大幅度增加，大有随时攻入佛罗王国的可能。佛罗王国许诺给米兰帝国的三个地方，也已经被米兰帝国完全接收。

德拉瓦莱既不愿意得罪马西莫，又不敢得罪西尔维奥，一时之间，这位国王陷入了两难之地，十分尴尬，或许，这就是叛徒的下场吧。

"您好，西尔维奥。"德拉瓦莱面色僵硬地说道。

西尔维奥冷哼一声，道："我是很好，我永远都记得东方军团的将士们是怎么死的。"

说完这句话，他连看都不看蓝迪亚斯帝国一方的各国国王，就转身朝观礼台走去。

"这家伙也太嚣张了。"

赫尔南德大怒，就要追上去，却被马西莫拦住了。

马西莫冷然道："如果这次战争的胜利者是我们，恐怕我们会比他更嚣张。既然输了，就要承受输的代价。我们这次来不是与米兰帝国对抗的。"

夕阳西斜，傍晚的彩霞令天际变得通红如火，绚丽的余晖给人一种梦幻般的感觉。在以法蓝七塔为背景的法蓝城中，这种感觉尤为明显。

淡淡的光芒闪烁，叶音竹眼神柔和，与另外六位塔主一起，缓缓地走到了魔导广场之中。他们一出现，立刻成了全场焦点，所有的目光都聚集到了他们身上。

今天的叶音竹依旧身穿一件白色的魔法袍，另外六位塔主则换上了对应属性的颜色的魔法袍。

光明塔塔主奥布莱恩身上的金色魔法袍最为耀眼，在夕阳余晖的照耀下，闪耀着夺目的光彩，和奥布莱恩身上的金色魔法袍相比，叶音竹穿的纯白色神源魔法袍并不吸引眼球。但是，所有观礼的人都知道，他才是今天的主角。

不论是法蓝的人还是八个国家的人，都不能否认一点，那就是叶音竹非常出色。他们有的人欣赏叶音竹，有的人妒忌叶音竹，有的人憎恨叶音竹，不管怎样，现在叶音竹达到了他们无法企及的高度，他们不得不服。

叶音竹年纪轻轻，才二十几岁，就令整个龙崎努斯大陆的形势随着他的出现而变化，几乎形成了席卷龙崎努斯大陆的一场风暴。

看到叶音竹出现，心情最复杂的，恐怕要数阿卡迪亚王国的国王，在所有关于叶音竹的记载中，都写着一条，他来自阿卡迪亚王国，就连注册也是在阿卡迪亚王国的魔法师公会注册的。可是，这个人才早已经不属于阿卡迪亚王国，或者说，叶音竹已经不能用"人才"来形容了，"天才"两个字最适合他。

当然，现在这位国王已经不指望叶音竹回到自己的国家了，他只是在想：如果当初叶音竹一直留在阿卡迪亚王国发展，也拥有这样强大的力量，那么，现在的阿卡迪亚王国还会是龙崎努斯大陆上最弱小的国家吗？

"欢迎各位来到法蓝，我代表法蓝向各国君主表示衷心的感谢。"

奥布莱恩走到广场中心，朝着观礼台的方向缓缓行礼。

虽然分成了两大集团，但各国君主这时行动还挺一致。各国君主都不敢受奥布莱恩的礼，纷纷站起身，赶忙给这位光明塔塔主还礼。

奥布莱恩面带微笑，不论是身上的魔法袍还是他本身，都释放着那令人舒适而崇敬的神圣气息。

"今天，对于法蓝来说，是一个重要的日子。"

说到这里，奥布莱恩停顿了一下，眼眸之中流露出几分怅然之色，似乎在回忆往事。

"不久之前，法蓝发生了一件不幸的事，经过我们的详细调查，我们发现暗塔塔主斯隆在多年之前杀害了他的老师，也就是曾经的暗塔塔主——菲尔杰克逊大师，这令我们万分震惊，而且，由于他的挑拨，法蓝向琴城出兵，伤了两方的感情。这是法蓝的错误，法蓝不会掩饰，在这里，我代表法蓝，向琴城表示歉意。"

奥布莱恩一边说着，一边弯腰行礼。他竟然在一天之中两次行礼，这一次，他并不是朝着叶音竹行礼的，而是朝着琴城大军所在的方阵。他这样的行为令琴城战士减少了一些对法蓝的敌意，毕竟，奥布莱恩可以说是法蓝第一人啊！他都这样道歉了，琴城战士还能怎样？

"错已铸成，当我跟其他几位塔主赶到琴城的时候，斯隆已经败在琴帝叶音竹手下，最终死去。那时我们才知道，当年菲尔杰克逊大师虽然身亡，但他的灵魂被斯隆封印了，毕竟，菲尔杰克逊大师曾经是法蓝有史以来最聪明的天才，灵魂没那么容易消散，而琴帝叶音竹正是菲尔杰克逊大师的传人，是大师的最后一位弟子。叶音竹杀斯隆，正是为了清理门户。"

不了解内情的人当然不知道，此时奥布莱恩所说的是经过刻意修改的，其实，早在他们救出玛丽娜的时候，他们就知道了这些事情，这样做是为了让叶音竹能够顺利继任暗塔塔主之位。

"斯隆已死，暗塔不能无主。经过我们协商，再加上叶音竹特殊的身份，最后，我们六位塔主一致决定，由叶音竹来继承暗塔塔主之位，这不仅是对他实力的肯定，而且是出于对已故的菲尔杰克逊大师的尊敬。我们相信，大师在天之灵，也会想看到这样的结果。"

听奥布莱恩提到菲尔杰克逊，叶音竹的神色顿时变得凝重起来，对于他这最后一句话，叶音竹是很认可的，如果菲尔杰克逊还活着，也会希望叶音竹成为暗塔之主，这一点奥布莱恩说得很对。

"法蓝已经很久没有举行过盛典了。"奥布莱恩继续说道，"我们没有过多的仪式，只有一项考验，要想成为法蓝塔主，都要通过一项考验。我们当初继承塔主之位的时候，也经历过这项考验。因为只有通过考验，塔主们才能借助本属性宝塔的能力，更好地保护法蓝，维护那远古的封印，所以这是任何一位法蓝塔主都避免不了的。音竹。"

奥布莱恩的目光转向叶音竹，向他点了点头。

虽然叶音竹看不见，但叶音竹能够感觉到奥布莱恩的一举一动。他朝奥布莱恩微微颔首，下一刻，他的身体便如同被什么东西托着一般冉冉升起，朝着那三十米高的平台飘去。

到达三十米的高度对在场大多数人来说都没什么难度，很多人只要催动斗气，纵身一跃就能上去，风系魔法师更是可以借助风力直接飞上去。但是，要像叶音竹这样，如此缓慢地飞上去，而且不引起一丝能量波动，那就不是每个人都能做到的了。

六位塔主都静静地看着叶音竹，尽管他们早就知道了结果，可真到了这个时候，他们还是不由自主地紧张起来。毕竟，他们当初继任塔主时接受的考验，都令他们无比痛苦，那种精神世界的冲击绝对不是普通人受得了的。

叶音竹飘然落于高台之上，脸色很平静。他直接在平台中心坐了下来。光芒一闪，乳白色的古琴出现在他双膝之上。

每一位君主都可以带十名随从前来，而马西莫带来的十个人中，就包括一对父女——克雷斯波父女。

知道父亲要跟随马西莫前来法蓝观礼，克蕾娜用尽心思争取到了一个名额，跟着父亲到了法蓝。当然，她并没有哀求自己的父亲，而是直接找上了马西莫。不知道是不是因为苏拉离去的关系，马西莫将感情转移到了这个干女儿身上，对克蕾娜非常在意，竟然真的同意了。

就在这一刻，克蕾娜终于再次看到了那个始终在自己心中的男人，连克蕾娜都不清楚自己现在到底是一种怎样的心情，但有一点可以肯定，再次见到这个人，她完全无法抑制自己内心的喜悦。而这个人，却是使自己的国家面临险境的人啊！

"爸爸，什么是来自宝塔的考验？他要干什么？"看着俊朗清秀，飘然上台的叶音竹，克蕾娜带着复杂的心情，忍不住向父亲问道。她一直注视着叶音竹的眼睛，潜意识里，或许是希望叶音竹能够看自己一眼。克蕾娜觉得他的眼睛虽然像自己刚认识他时那么明亮，但是还是有些空洞。

克雷斯波传音道："不要说话，这个时刻对法蓝极为重要。至于叶音竹要做什么，我也不清楚。据说，法蓝七塔都有属于自己的魔法力，那些魔法力也是法蓝的核心所在，七位塔主其实就是守护七座宝塔的人，作为守护者，当然要得到宝塔的认可才行，至于要怎样才能得到宝塔的认可，别说我不知道，恐怕就连陛下也不知道。因为这是千百年以来，法蓝第一次对外公开塔主继任仪式。看来，这个叶音竹的实力跟上次在蓝迪亚斯城时相比，又进步了许多啊！唉，为什么这样的人才不属于我们国家呢？"

克蕾娜皱眉道："不，不是他不属于我们蓝迪亚斯帝国，而是我们从来没有去争取过他啊！公主不是他的妻子吗？有这层关系在，难道我们就不能和他化敌为友吗？米兰帝国可没有公主成为他的妻子。"

第二百七十九章
暗塔考验,天罡北斗

克蕾娜的声音虽然不大,但在前面的马西莫显然听到了她的话。马西莫的身体略微颤抖了一下,他缓缓回过头,看向克蕾娜。

克蕾娜见马西莫看向自己,赶忙低下头,有些难为情地道:"对不起,陛下,是我多嘴了。"

马西莫温和地一笑,摇了摇头,道:"不,是我们错了。没想到,我们身为上位者,看得还没有你清楚,你并没有说错。或许,真的是因为我们太自傲了。如果我早一点争取,如果我在凤凰告诉我让我不要试图伤害叶音竹的时候做出正确的选择,或许,蓝迪亚斯帝国就不会像现在这样被动了。"

克雷斯波叹息一声,道:"但是,现在一切都晚了,错已铸成。"

马西莫淡然一笑,道:"不,或许还不晚。机会时刻存在,关键要看我们能否抓住。"

说完这句话,他回过头去,再次将目光投向高台中央的叶音竹,此时此刻,马西莫的眼神中没有半点憎恨,有的只是欣赏。

如果不考虑国家之间的事情,能够有这样一位出色的女婿,恐怕马西莫做梦都要笑醒。

淡淡的光芒闪烁，叶音竹眼神柔和，他双手在琴弦上轻拂，所面对的方向正是暗塔所在的方向。

"叶音竹，你准备好了吗？"奥布莱恩的声音传来。

叶音竹神色依旧不变，淡然地道："开始吧。"

奥布莱恩点了点头，没有人看到他和另外五位塔主是怎样行动的，下一秒，他们六个人就站到了魔导广场中央，六个人站的位置，正好是六芒星的六个顶点，紧接着，随着低沉的吟唱声响起，六种颜色的光芒从他们身上亮起来。

没有彩虹等级的束缚，或者说，达到了次神级之后，元素会回归到原本的颜色。水系、火系、土系、风系、光明系、精神系，六种魔法元素顿时活动起来，一下绽放出夺目的光彩，广场中央就像有六个颜色不同的太阳一般，周围的一切黯然失色。

这仅仅是个开始。

随着六位塔主的吟唱声越来越高昂，他们身上的元素波动也变得越来越恐怖，光芒掩盖了他们的身体，其他人只能隐约看到他们的身影。

突然，分别处于六个方向的六座宝塔的塔顶同时亮了起来，璀璨的光芒冲天而起。远处的晚霞刹那间失去了光彩，法蓝城被照亮了，天空也被照亮了。

六道巨大的光柱腾空而起，与此同时，六道光芒也分别从六位塔主射出，冲上了天空。

庞大的能量成了几位塔主与宝塔之间的桥梁，剧烈的能量波动令整个法蓝城内的魔法元素都聚集起来。

直到这一刻，几个国家的君主才真真切切地感受到了法蓝的可怕。那庞大的魔法元素波动绝对不是禁咒能比得上的，那早已经超越了禁咒，如果不是亲眼看到，那些君主都无法相信，魔法元素竟然能够凝聚到这种程度。

那六道光芒在空中形成了一个巨大的旋涡——六色能量旋涡，整个法蓝城都处于这巨大旋涡之中，仿佛在颤抖着，也在期待着。

"六塔齐聚，暗塔何在？"

六位塔主的声音同时响起，那唯一没有射出光柱的暗塔塔顶顿时亮了起来，庞大的暗魔系能量并没有冲上天空，而是在塔顶不断聚集。

"伟大的法蓝七塔啊！今天，你们将迎来一位新的守护者，请你们亲自检验他吧。"

巨大的六色能量旋涡剧烈地旋转起来，突然，暗塔塔顶的暗魔系能量升入了空中，就像被其他六塔的能量吸着飞到空中一样。

但是，那些能量并没有融入那巨大的旋涡之中，与六色能量旋涡刚接触，那些能量反弹了下来，往坐在平台上的叶音竹身上落去。此时，观礼的众位君主才发现，那盘旋的六色旋涡竟然正好在平台上空。

"嗡——"

能量形成的光柱凌空而下的瞬间，叶音竹拨动了古琴的琴弦，一层水波般的光芒出现在他身体周围。下一刻，光芒变幻，光柱一瞬间就将他的身体完全笼罩了。

叶音竹周围的一切都变了。他自己也感觉周围变黑了，即使有天人合一的能力的帮助，他所感应到的一切也都是黑色的。

在魔导广场上，有上万的人在观礼，但此时此刻，叶音竹所能感觉到的，就只有他自己和暗魔系元素。

暗魔系元素充满了腐蚀性和各种负面情绪，长期接触暗魔系元素，魔法师会显得比较苍白，这也是暗魔系魔法师一般都显得比较怪的原因。

这庞大的暗魔系元素第一时间就和叶音竹利用原力幻化出的暗元素融为了

一体,紧接着,叶音竹就感觉到一股充满吞噬性的精神力直接冲进了自己的大脑之中。

精神之海剧烈地动荡起来,他抚琴的双手瞬间停了下来,只有先前的嗡鸣声依旧在空中回荡着。

没有人能看到叶音竹的身影。

考验终于开始了。

周围很黑,一切都似乎回到了最原始的时候,叶音竹心中产生了一种极特殊的感觉。

原本,他以为凭借菲尔杰克逊的魂珠,自己早就应该得到了暗塔的认可,但是,当那股充满吞噬性的精神力冲进大脑的时候,他才发现,一切都没有想象中那么简单。

尽管那股精神力对他并不存在敌意,可是,这精神力好像拥有和暗魔系元素一样的特性,一进入自己的精神世界,就展开了它腐蚀和吞噬的本能,开始蚕食叶音竹的精神力。

面对如此突然的情况,叶音竹没有惊慌,毕竟,叶音竹也算是一名精神系魔法师,一名神音师。

就算失去了精神控制,导致他的手无法继续弹奏,他也可以在精神之海里面,用精神力幻化出七根金色琴弦,并且可以把自己的灵魂烙印化成人形。

精神之海内,缩小版的叶音竹就端坐在那七根金色琴弦前方,释放出自身的精神本源之力,一边对抗着那股外来的精神力,一边开始演奏。

只有他自己才能听到柔和的乐曲,他弹奏的并不是有攻击力和防御力的琴曲,而是一首简单的《培源静心曲》。

《培源静心曲》是叶音竹最常弹奏的琴曲。他在那里静静地弹奏,令他自己的灵魂烙印更加稳固,而他自己的魂珠则飘在他面前,释放着淡淡的金光,金光随着琴音缓缓向外扩散，没有被那股精神力侵蚀。

叶音竹没有把菲尔杰克逊的魂珠释放出去，只是让它飘浮在自己的精神烙印上方，守护着最重要的地方。他之所以这么做，就是要试试，单凭自己的实力能否通过暗塔的考验。

原力的模拟令他所释放的能量和暗魔系能量没有任何区别，现在的较量，就是精神世界的较量。

在此之前，叶音竹甚至不知道这场考验的衡量标准是什么，也不知道如何才能让暗塔认可自己，可他一点也不惊慌。这一路以来，他能够走到现在，拥有现在的实力，固然跟好运有一些关系，但说到底，跟他前十六年的苦修是分不开的。

十六年苦修打下的基础，再加上不断地修炼，早已令他的琴魔法到了出神入化的地步。更何况，还有菲尔杰克逊的魂珠做保障，因此他一点也不怕。

自从修炼出自己的魂珠之后，尽管魂珠只有黄豆粒大小，可叶音竹的灵魂烙印早已不像以前那么脆弱了，他的精神世界绝对不比肉体力量弱，甚至可以说更强。潜意识中，他有种感觉，只要依靠自己的魂珠，在这场考验中，他就能立于不败之地。

就在叶音竹不断承受来自暗塔的那股精神力的冲击，并且渐渐凭借《培源静心曲》令自己的灵魂镇定下来，最后缓缓地将那股精神力逼退时，突然，他在自己的精神世界内听到了一个苍老的声音。

"泉实而虚，石坚而空，清浊合之，自成宫商。昔人有采药入山，忽闻琴声者，穿松林出溪口，初微渐甚，行里许，见飞泉淙淙然石上流出，遂徘徊竟日不去，归而象其音，乃为是曲。"

听到这个声音，叶音竹的第一个感觉就是震撼。这段话出自一本古琴谱，叶音竹跟着秦殇修炼的时候，最后学的几首曲子就出自其中，其名为《杏庄太音续谱》。

虽然那个声音很苍老，但叶音竹绝对不会认为是菲尔杰克逊的灵魂复苏了，先不说声音的区别，单是这句关于曲子的话，就不可能是菲尔杰克逊说出来的。

在短暂的震惊之后，叶音竹的情绪很快又稳定下来，因为，他从这个声音中并没有感受到一点敌意，感受到的只有希望、亲切等。

"你是谁？"叶音竹开始询问。

"我是谁？"苍老的声音再次响起，这一次，他的声音中多了许多感慨，"过了多少年了？连我自己都忘记了——终于有一个跟我拥有相同血脉的人达到可以与我交流的层次了。多少年了，我以为延续着我血脉的人已经很少了，就算有实力也应当很弱了，没想到啊！当来自远方的气息令我惊喜时，我知道，我等待的人已经出现。"

叶音竹静静地聆听着，并没有开口，但是，他感觉自己有种精神不稳的迹象。

仅仅凭借声音，就能震慑到自己，这样的威力甚至比自己的琴曲的威力还恐怖。叶音竹心想，这个人肯定不是菲尔杰克逊老师，因为他的精神力，或者说这道突然出现在自己大脑中的灵魂气息，比菲尔杰克逊还强大。

他是谁？难道是暗塔以前的塔主吗？

"不，我不是。"

令叶音竹更惊讶的事发生了，那个声音竟然知道他心中的想法。

"你是谁？"

叶音竹再次发出疑问，和先前相比，这次他明显要急切得多。他甚至已经顾不得稳定情绪了，第一时间将菲尔杰克逊的魂珠调到了自己的魂珠旁边，谨慎地守护着自己的魂珠。

"多么美妙的古琴声啊！能够达到这种境界，就算是在我那个年代，也没有几个人能做到。你知道吗？古琴曾经也是我最喜欢的东西，琴棋书画，都令我流连忘返，任何一种，都是陶冶情操最好的选择。它们都是我们东方最美的文化。"

"我们东方？"

叶音竹灵光一闪，大吃一惊，突然，他明白了，明白为什么会觉得那个声音亲切，也明白了那个声音的主人到底是谁。

"您、您是……"叶音竹的灵魂颤抖了，那亲切的声音令他心中涌起了一种难以言喻的感觉。

"感觉到了吗？傻孩子。在我的牵引下，你终于来到了这里。不要着急，你刚才不是做得很好吗？不管遇到什么情况，都能够始终保持冷静的人才是真正的强者。我很高兴看到你有这样的成绩，继续努力吧。你的到来也给了我希望。我等着你，在你想去的地方等着你。"

声音渐渐远去，暗塔所有的精神攻击也随着这个声音的离去而静静地消失了。

叶音竹感受到周围不再是一片黑暗，而是一片绚丽的彩色，外界的一切重新出现在他的感知之中，甚至比以前更加清晰。他惊讶地发现，不知道什么时候，自己的魂珠竟然变大了一些，原本黄豆粒大小的魂珠就算变大一倍也不会很明显，可他能感受到其中的变化。

叶音竹快要抑制不住内心的狂喜了，正像他所猜测的那样，先祖真的还在。

叶音竹的感受外界的人自然不可能知道，就算是其他六位塔主，也不可能知道发生在他大脑中的精神活动。

其他六位塔主看到了接下来奇异的一幕，不禁为之震惊。

落在叶音竹身上的光柱变得越来越耀眼，突然，光柱直直地射进了暗塔，连接起了叶音竹和暗塔，紧接着，还连接起了天空中的旋涡、大地。与此同时，天空中的暗魔系元素也开始融入旋涡之中。

在这个时候，六塔塔主虽然惊讶，但更多的是敬佩。因为，出现这样的情况，正代表着叶音竹已经得到了暗塔的认可，可以和他们一样，通过暗塔中的能量，让暗魔系元素融合到空中的旋涡之中。

以前塔主通过考验，成功继任的时候，最短的通过时间纪录保持者是菲尔杰克逊，时间为四个小时。可叶音竹从开始接受考验到现在，连一个小时都没有。即便塔主们早就知道叶音竹已经能够和暗塔沟通了，他们也很惊讶，考验跟沟通是不同的，只有在其余六塔同时发力的情况下，暗塔考验的难度才会提升到极限。一个小时都不到，就得到了暗塔的认可，这已经不是破纪录那么简单了。

现在，这六位塔主越来越明白，为什么叶音竹能够在短短几年内取得这样的成就，尽管这和他本人的努力是分不开的，可天分同样重要。

他们没想到，令他们更加惊讶的事情还在后面。

通过叶音竹的引导，暗魔系元素很快与空中巨大的元素旋涡融为一体，此时，天色已经渐渐暗了下来，太阳早已经从西方消失。

就在这个时候，奇异的一幕出现了。

半空中，那原本极为稳定的能量旋涡突然发生了变化，在法蓝七塔的能量支持下，旋涡缓缓朝高空升去。

要知道，要想控制能量，控制者自身必须拥有强大的实力。距离越远，对于控制者的要求越高，这是能量守则，任何人都无法改变，法蓝的六位塔主也不例外。六位塔主环视一周，万分惊讶，因为他们并没有操纵那个旋涡升入高空。

就在六位塔主准备让那个旋涡落下来，然后等叶音竹清醒过来，围绕在叶音竹身边的能量消失后，就结束这次的考验时，突然，那庞大的旋涡瞬间脱离了他们的控制，能量极不稳定地动起来。

一瞬间，六塔塔主同时色变，这里是什么地方？这里是法蓝城，也是封印龙崎努斯大陆与深渊位面连接通道的地方，在这里要步步小心。别说现在聚集在天空中的能量旋涡，就是一个普通禁咒在这里爆炸，都可能影响到封印，给龙崎努斯大陆带来重创啊！而天空中的这些能量是叶音竹和其他六位塔主一起凝聚的，这些能量一旦爆炸，威力甚至比法蓝与琴城一战的时候，三千名魔法师与巨龙魔法碰撞产生的魔法乱流还要恐怖，到时候，就算六位塔主联手，也绝对无法保住封印。

"啊！"

奥布莱恩低喝一声，无法掩饰内心的惊恐，一根金色的魔法杖骤然出现在他手中。就在他和其他五位塔主准备施展最强大的魔法，尽可能地保护法蓝城时，空中那缓缓升起的旋涡又发生了变化。

旋涡变成了一道聚集七种魔法能量的巨大光柱，腾空而起，直奔高空射去，引起了剧烈的能量波动，令整个空间都变得扭曲起来。现在，能量的每一次波动都令六位塔主胆战心惊。他们终于松了一口气，毕竟，这光柱是朝空中射去的，并没有落向地面。

刚刚暗下来的天空原本还有些蓝，不知道为什么，当这巨大的光柱升空之后，整个天空都变得漆黑如墨了，就像进入了深夜一般。

随着能量的不断释放，那巨大的光柱逐渐缩小，空气中的能量波动也没那么剧烈了。

奥布莱恩暗暗松了一口气，看着平台上的叶音竹，目光变得古怪起来，这是怎么回事？以往对塔主的考验，可从来没有出现过这种情况啊！难道是因为叶音竹修炼的不是暗魔系魔法吗？可是，叶音竹先前释放出的能量，模拟得很成功，连他都辨别不出来，不应该出问题才对啊！

正在奥布莱恩思索的时候，空中的光柱完全消失了。叶音竹开始接受考验的时候还是傍晚，又有法蓝七塔上的光芒在，众人并没有太注意天色的变化，此时，光柱完全消失之后，整个法蓝城变得漆黑一片，法蓝七塔上的光芒也不知道为什么彻底消失了。

魔法师的圣地——法蓝城，陷入了一片黑暗，神秘而令人恐惧的黑暗。

奥布莱恩眉头大皱，就在他准备用光明系魔法点亮法蓝城的时候，他惊骇地发现，自己与光明塔的联系竟然没有任何预兆地中断了。

"啊！快看。"

惊呼声传来，法蓝城又亮了，并非塔主施展魔法发出的光芒照亮了法蓝城。

这突然出现的光来自天空。

遥远的天际，七颗璀璨的星星同时亮了起来。在整个天空之中，只有这七颗星星闪耀着光彩，那光芒极为耀眼，连法蓝城也蒙上了一层蓝光。

与此同时，六位塔主同时感觉到自己与宝塔之间中断了联系，就在这个时候，法蓝七塔突然同时亮了起来，发出不同颜色的光芒，显得无比柔和。

克蕾娜呆呆地看着这一幕，不明白为什么会这样。别说是她，在场的每一个人都是第一次看到这种情况。至于为什么会发生这种情况，谁也解释不通，光明塔塔主奥布莱恩也想不明白。

"爸爸，为什么那几颗星星的位置和法蓝七塔的位置是一样的？"克蕾娜突然问克雷斯波。

她这一出声，打破了场上原本的寂静。或许是她的声音太清脆，又或许是奥布莱恩的听力太好，这声音同样传入了他耳中。

奥布莱恩立刻发现克蕾娜说的是事实。半空中的七颗星星排列的位置正好和法蓝七塔排列的位置一模一样。四颗星星组成一个四边形，另外三颗星星不规则地排列着，七颗星星连在一起，形状看上去就像一个勺子，只不过勺柄是弯曲的。

七颗星星与七塔相对，排列方式一模一样，这是怎么回事？没有人知道，也没有人能够解释。

此时，大家甚至都忘记了叶音竹还在承受暗塔的考验，而他身上的光芒也悄无声息地消失了。

叶音竹也看到了这令人吃惊的一幕。

他确实是看到的，而不是感觉到的，连叶音竹也不知道自己为什么会有这种感受。尽管他的眼睛看不见，可此时此刻，这一幕奇景清晰地出现在他的脑海之中。

七颗星星，这，这是北斗七星吗？

叶音竹心中的震撼绝对不比在场的其他人少。

北斗七星被记载在东龙八宗的典籍之中，当初秦殇教叶音竹琴魔法的时候，给叶音竹讲过关于北斗七星的事。

当时，秦殇对他说："东龙典籍中记载，在东龙大陆与西龙大陆碰撞之前，东方有七颗星星，名为北斗七星。这七颗星星与另外一颗名为北极星的星星遥遥相对。据说，我们的先祖神龙王就是北极星转世。有七位强大的神龙一直守护着神龙王，就像北斗七星守护着北极星一般。七位神龙所组成的天罡北斗阵威力非同一般，甚至可以让七位神龙与神龙王相抗衡。"

只有东龙八宗的人才听过这个传说，此时出现在空中的北斗七星，不就和秦殇跟他说的一样吗？

法蓝七塔，是啊！法蓝七塔也是这样排列的。

如果没有天空中的北斗七星，或许叶音竹永远也不会发现法蓝七塔排列的奥秘。

现在，他终于发现法蓝七塔的排列方式和北斗七星是对应起来的。

北斗七星，七位神龙，法蓝七塔。伟大的先祖啊，您究竟要告诉我什么？

这一刻，叶音竹热血沸腾，成婚以后，他已经很久没有像现在这样激动了。他猛地抬起头，望向天空，试图利用天人合一的能力寻找到第八颗星——最明亮的北极星。

但是，叶音竹很快就失望了，他并没有在空中找到自己想找的，在那漆黑的夜空之中，只有七颗星星闪耀着光芒。那七颗星星与地面的法蓝七塔遥相呼应，释放出一层蓝光，笼罩着法蓝城。

怎么会这样，这究竟是怎么回事？其他六位塔主都震惊了。

他们也是第一次看到这种情况，法蓝的典籍里面也没有记载过相关信息。而这一切变化，都是因为叶音竹才出现的。对于叶音竹，这六位塔主都生出了一种特殊的感觉，似乎一切都因为叶音竹的到来而改变了。

空中的七颗星星逐渐变暗，法蓝七塔发出的光芒也随之变暗了，仿佛它们本就是一体。光芒渐渐消失，周围的一切都恢复了正常。

天空重新变成了暗蓝色的，法蓝七塔停止发光之后也恢复了本来的样子。

以奥布莱恩为首的六位塔主发现自己与宝塔之间的联系恢复了，周围一切如常，什么变化也没有，这样的平静不禁让他们怀疑自己刚才是在做梦。可是，刚才那是梦境吗？哪有几万人同时做梦，并且梦到同一个场景的可能性呢？

叶音竹逼着自己渐渐平静下来，强忍着内心的激动，回忆着之前那温和而苍老的声音，英俊的脸上露出了一丝淡淡的微笑。他缓缓站起身，朝着台下的六位塔主道："六位师兄，我算通过考验了吗？"

叶音竹的声音令奥布莱恩从沉思中清醒过来，现在不是思考的时候，他也不好问叶音竹到底为什么会出现这样的情况，没等他开口，山崩海啸一般的欢呼声就传遍了法蓝。

"赞美法蓝，赞美法蓝……"

除了六位塔主，其他人都不了解刚才的变化到底意味着什么，他们不清楚法蓝七塔的内情，也没发现六位塔主有多震惊，六位塔主掩饰得很好。

对于普通人来说，哪怕是法蓝骑士，都觉得刚才出现的星星和光芒是吉兆，八国君主更不用说了，法蓝的神奇又一次征服了他们，征服了在场的所有人。

琴城战士是最骄傲的，那七颗星星之所以出现，是因为他们的琴帝大人在接受考验。这所有的变化都是因为叶音竹才出现的，他们又怎么能不骄傲呢？

奥布莱恩深吸一口气，今天发生的一切实在太怪异了，从结果来看，对法蓝来说，这是一件好事。这次请八位君主前来法蓝，可不仅仅是观礼的，法蓝需要八位君主的支持。他们刚才做的一切，明显震慑到了八位君主，可谓是歪打正着，接下来，他们再和八位君主交流的话，就容易得多了。

奥布莱恩也没遇到过这样的情况，作为六位塔主之首，他还是决定先稳住场面。

于是，他缓缓抬起双手，示意欢呼的人群安静下来。他身上亮起了金光，天已经黑了，他身上发出的金光还是令每个人有种如沐春风的感觉。

欢呼声渐渐淡去，现场慢慢安静下来，所有人的目光都集中到了奥布莱恩身上，众人静静地等待着他的决策。

奥布莱恩温和地笑了笑，仰头看了看台上的叶音竹，点了点头，道："当然，你通过了考验。从现在开始，琴城领主——叶音竹，正式成为暗塔塔主，享受一切法蓝塔主应有的荣耀。我相信，有了他的加入，法蓝的未来会更加辉煌。"

"赞美法蓝，赞美法蓝……"

欢呼声再次响起。

克蕾娜不受控制地鼓起掌来，小脸因为兴奋而涨得通红。

暗塔塔主，他竟然成了法蓝的暗塔塔主，这是一件多么不可思议的事啊！

他真的成功了，真的成功了啊！

克蕾娜有些骄傲，仿佛叶音竹的荣耀就是她的荣耀一样，可是她知道，自己不该有这种感觉。

克雷斯波看着自己的女儿，有些心疼。他知道女儿已经喜欢上了叶音竹，他也劝过她，让她试试将心意转到另一个人身上，可没有结果。在这个时候，他实在不愿意提醒克蕾娜克制自己的感情，如此真挚的笑容已经很久没有出现在克蕾娜脸上了。

淡淡的光芒闪烁，六位塔主徐徐地飘了起来，就像之前叶音竹一样，飘上了高台。

上了高台之后，光明塔塔主奥布莱恩手中多了两样东西，一件黑色的魔法袍和一根镶嵌着拳头大小黑色宝石的魔法杖。

尽管这两样东西并不是神器，可它们象征着法蓝的权威。

奥布莱恩亲自将那黑色的魔法袍抖开，披在叶音竹身上。在魔法袍左胸的位置上，绣有一个七芒星，那是法蓝的代表，也是塔主的代表。法蓝七芒星的一个角从这一刻开始代表叶音竹，叶音竹早晚会站在七芒星的一个角上。

穿上代表暗塔塔主的黑色魔泫袍，接过奥布莱恩递来的魔法杖，叶音竹抬起头，缓缓地将魔法杖举起。

与此同时，六位塔主站在他身边，做出了同样的动作。

法蓝七塔同一时间亮了起来，庞大的魔法元素在空中聚集，最后形成了一个巨大的光罩，将整个法蓝城笼罩在内，那如梦似幻一般的感觉，令所有人记忆深刻。

庆典的过程很简单，原本以为时间会很长的考验一个小时就结束了，剩余的就是狂欢。以往法蓝是不允许出现混乱情况的，今天是个例外，新塔主上任，大家都很开心，狂欢一下也可以。

第二百八十章
神龙遗迹

一些法蓝骑士在警戒,法蓝将进行为期三天的狂欢活动。法蓝会提供所有食物和饮料,参加的人可以无限取用,整个法蓝都变成了一片欢乐的海洋。

法蓝中的普通人员已经很久没有见过这样的盛况了,他们也不会去想,暗塔塔主更替之后,法蓝会发生什么。

当然,法蓝七塔的塔主和八国的君主可能没有时间参与这次狂欢,他们有更重要的事情要做。

"音竹,恭喜你。"奥布莱恩微笑地看着叶音竹。

叶音竹还礼道:"谢谢。"

一层魔法屏障出现在两人身体周围,将他们的声音隔绝在内,奥布莱恩说的话只有叶音竹一个人能听到,就算是和他们同级别的强者,在突破这层魔法屏障之前,也绝对无法得知他们交谈的内容。

"音竹,能否告诉我,你在通过考验的时候都发生了什么?"奥布莱恩一脸严肃地问叶音竹,之后还补充了一句,"这很重要。"

叶音竹有些茫然地摇了摇头,道:"师兄,怎么了?有什么不对吗?还是说，我并没有通过考验。"

以他的精神力，想要掩饰自己内心的真实想法很容易，就算是奥布莱恩也没有任何办法强迫他透露出来。在精神力方面，叶音竹绝对不弱于法蓝任何一个人，哪怕是魂塔塔主麦克米兰也不会比他强。

奥布莱恩苦笑道："我忘了，你看不见。"

当下，他便将之前发生的事情完完整整地告诉了叶音竹，他又哪里知道，当时的场景早就出现在叶音竹脑海中了。

"对不起，师兄，我也不知道怎么回事。您也知道，我虽然不是第一次来法蓝，但是我对法蓝的一切并不熟悉。难道这不是历任塔主继承塔主之位时都会出现的场景吗？我接受考验的时候，只感觉到一股很强大的精神力冲击着我的身体，这种精神力和暗魔系魔法有差不多的效果，会吞噬和腐蚀精神层面上的东西。"叶音竹道。

奥布莱恩无奈地道："如果是那样的话，我现在也不需要问你了。算了，或许，这一切都是天意吧。"

叶音竹的话并没有漏洞，当初奥布莱恩接受考验时，也承受了精神冲击，而且，法蓝法典上记载的考验的过程也是这样的。他实在想不出有任何不妥之处，也不好让叶音竹讲得再详细一些。

"师兄，明天开始，你们是不是要和八国君主讨论联手的事情了？"叶音竹问道。

奥布莱恩点了点头，道："你应该说'我们'，而非'你们'，现在你是暗塔塔主，是法蓝的一员，你的意见也很重要。同时，你还代表着琴城。要知道，琴城的实力已经不弱于一个国家，我们需要你的帮助。"

叶音竹摇了摇头，道："可是，我并不想参加这次讨论。既然我已经成了法蓝的一员，那么，我会维护法蓝的利益，站在法蓝的角度上来处理事情。我已经和您商量过了,未来如果法蓝和深渊位面的母妖真的爆发战争,那么,琴城的战士一定会出现在第一线,所以和各国君主的讨论,我想,我没必要参加。我现在更想做的,是看看法蓝的法典,以及想去看看封印的核心,看能否悟出一些东西。"

与八国君主交流什么的,叶音竹完全没那个心情,可以说,他从没有像现在这样急切过,他希望能够立马看到法蓝核心的神龙遗迹。为了这件事,他可以放弃了解龙崎努斯大陆的局势,他也不关心那些君主对他的看法。今天在考验中听到那个声音,让他觉得一切并不像表面看上去那么简单。他想要了解内情,就必须尽快到神龙遗迹那里去。

叶音竹将自己急切的心情隐藏得很好,奥布莱恩不知道他内心真实的想法,只当他是不想见到某些人。奥布莱恩知道叶音竹以前的事,知道叶音竹和米兰帝国以及蓝迪亚斯帝国之间的关系很微妙。叶音竹跟米兰帝国人的关系很好,却娶了蓝迪亚斯帝国的公主——苏拉,就算苏拉跟马西莫感情不好,血缘也是割不断的。奥布莱恩认为,叶音竹不参加讨论是在避嫌,这样的做法是正确的。奥布莱恩也不希望这些影响到法蓝和八国的谈判。

奥布莱恩毫不掩饰对叶音竹的赞许,笑着道:"音竹,现在我已经完全相信你将自己看成了法蓝的一员,我应该跟你说声感谢才对。"

"师兄,您客气了。"叶音竹微微一笑,他能够感觉到奥布莱恩是真的高兴,也知道奥布莱恩误解了自己的想法,不禁在心中苦笑,心道:奥布莱恩大师,对不起了,我只能欺骗您了,因为接下来我要做的事对我和整个东龙八宗来说实在是太重要了。

自从那天奥布莱恩不惜消耗自己的本源之力,甚至用了光明塔中蕴含的最纯正的光元素为叶音竹未出生的孩子进行赐福之后,叶音竹就对奥布莱恩改观了不少。他知道,经过那件事之后,奥布莱恩变得有些不一样了。虽然奥布莱恩依旧会把法蓝的事放在第一位，但不会像以前一样不通人情了，亲情令这位光明塔塔主变得更加豁达，而且，叶音竹隐约感觉到，自从那天之后，奥布莱恩就隐隐有了要突破的迹象。

这也是奥布莱恩对叶音竹的态度越来越好的重要原因之一，连奥布莱恩自己都有些惊讶于自己身体的变化。那天，他以感性的态度为孩子进行赐福之后，他发现，自己的心似乎变了，变得充满了对孩子的爱，也没以前那么执着，内心深处多了几分温暖和期待。

以前，奥布莱恩将所有的精神都放在了修炼上，给孩子进行赐福之后，一切都发生了变化。虽然修炼也很重要，但他现在已经不会刻意追求了。除了法蓝的事情，他最关心的就是孩子，他想看到孩子早日降生。在这种期待之中，奥布莱恩突然发现，自己竟然有了突破的迹象，他修炼多年，一直想要更上一层楼，都没能成功，没想到为孩子赐福后反倒有了进展。

这是他始料未及的，这令他对叶音竹有了感激之情，对那未出生的孩子更是期盼得很。孩子尚未出生就已经对他有如此帮助，谁知道出生后会对他有什么影响呢？而且，那未出生的孩子让他体会到了百年来都没有体会过的亲情，让他觉得自己更像个活生生的人了。

叶音竹眼神柔和，道："师兄，那您是答应了？"

奥布莱恩微笑着道："我有不答应的理由吗？今天是你成为暗塔塔主的日子。明天一早，我送你到神龙遗迹去。你已经让法蓝产生了奇迹般的变化，我真的希望看到奇迹再次发生。如果能够稳住封印，我们也就没有必要和八国君主交流了。坦白说，现在我除了对孩子有兴趣，对任何事情都提不起兴趣呢，哈哈。"

淡淡的光芒闪烁，魔法屏障消失。此时，八国君主在专人的带领下，来到了这个平台之上。

走在最前面的正是米兰帝国国王西尔维奥。西尔维奥看着一身黑色魔法袍的叶音竹和魔法袍上夺目的七芒星,顿觉百感交集。他张开双臂,给了叶音竹一个大大的拥抱。

"音竹,恭喜你,谢谢你。"

简单的八个字包含了西尔维奥太多的情感。

周围的人自然都听到了西尔维奥的话,蓝迪亚斯帝国一方的五位君主脸色变得僵硬了几分,他们当然知道,西尔维奥那"谢谢"二字中包含了多少东西。没有琴城,龙崎努斯大陆的局势绝对不会是现在这个样子。

阿斯科利王国与巴勒莫王国的国王表现得甚至比西尔维奥还热情,完全没有因为叶音竹十分年轻而怠慢他,反而像西尔维奥一样尊敬叶音竹。

马西莫站在一旁静静地看着,他还在回想克蕾娜之前所说的话,他的脸色很平静,他甚至还在微笑。别人看不出他到底在想什么,不知情的人还会误以为他是真心为叶音竹感到高兴呢,殊不知叶音竹正是令他美梦破碎,令蓝迪亚斯帝国失败的人。

"恭喜你,叶音竹。"

终于轮到了马西莫走上前来了。叶音竹能够感觉到,站在马西莫背后的其中三位国王都在拼命隐藏内心深处的怨毒与憎恨,而阿卡迪亚王国的国王更多的是茫然和焦急。很显然,阿卡迪亚王国的国王想和他交流,但又因为身处蓝迪亚斯一方,不能跟叶音竹亲近,以免惹怒了身边那些大人物。

叶音竹感觉到马西莫对自己的恭喜是真心的,他没有感受到马西莫流露出一点仇恨的情绪,反倒感受到了几分欣喜和几分佩服。叶音竹觉得有些奇怪,心想:难道经历了一场大败之后,马西莫大受打击,最后竟然想通了吗?

对于蓝迪亚斯帝国,叶音竹本身并没有什么敌意,龙崎努斯大陆的纷争是蓝迪亚斯帝国和米兰帝国的事,跟他与琴城并没有直接的关系。帮助米兰帝国，固然是因为他与米兰帝国有些渊源，跟米兰帝国人的关系不错，可他也不是盲目地帮助，他为琴城考虑了很多，为了琴城今后的发展，他需要跟米兰帝国合作，所以他才义无反顾地支持米兰帝国，对抗蓝迪亚斯帝国。

琴城在米兰帝国境内，一旦米兰帝国灭国，琴城也不会有好果子吃。当时，蓝迪亚斯帝国与兽人族联盟，要是兽人族真的攻进米兰帝国，琴城说不定也会有损失。更何况，蓝迪亚斯帝国还让佛罗王国背叛了米兰帝国，而且佛罗王国的血色卫队杀了很多死神战士，这些都将琴城推到了蓝迪亚斯帝国的对立面去。

实际上，蓝迪亚斯帝国本身并没有危害到琴城，眼前这代表蓝迪亚斯帝国最高权威的人还是他的岳父。尽管苏拉恨马西莫，不肯原谅马西莫，可无论如何，她身上还是流着他的血。

"谢谢。"

叶音竹向马西莫点了点头，露出一个微笑。

"叶音竹。"

另一个声音从马西莫背后传来，叶音竹感觉那个声音有些颤抖，又像黄莺出谷一般清脆。

叶音竹没反应过来，先是愣了一下，紧接着，他就利用了天人合一的能力，一个人的轮廓出现在他的精神世界中。那人的气息有些熟悉，又有些陌生，突然，他仿佛想起了什么，惊讶地道："是你，克蕾娜，你也来了。"

刚才出声的正是克蕾娜，她恳求马西莫带她一起来法蓝，给叶音竹贺喜。原本克雷斯波要制止她，没想到马西莫同意了。

"你还记得我。"

克蕾娜的声音中多了几分幽怨。她站在马西莫身边，近距离地看着叶音竹，看着他那英俊的脸庞，她感觉到他似乎不像当初在蓝迪亚斯城中一样拒人于千里之外了，现在的他，气质优雅高贵，十分沉静。

"当然记得。"叶音竹微微一笑，对于这个善良而温柔的女孩子，他印象还不错。

"恭喜你了，没想到再次相见，你的身份已经完全发生了改变。"克蕾娜不无感叹地说道。

叶音竹道："人这一生中，身份总是在不停变化，从孩子，到少年，到成年，再到为人父母，为人师长，都在变。可是不论如何变化，从本质上来说，人都还是原来的样子。我当初把你当作朋友，现在你依旧是我的朋友。"

"你当我是朋友？"克蕾娜的美眸亮了起来，她看着叶音竹，声音中流露出难以掩饰的惊喜。

叶音竹点了点头，道："我们一直都是朋友，不是吗？"

克蕾娜也点了点头，她发现自己的眼眶都湿了，即便他只当她是朋友，她也很开心，这说明他还记得她。克蕾娜是一个很容易满足的人，现在的叶音竹已经不是当初的叶音竹了，他还愿意跟她当朋友，她已经满足了。

西尔维奥站在一旁，眼神怪异地看着叶音竹和克蕾娜，心中不禁有些吃惊，心中暗想：看样子，音竹和马西莫并不是绝对对立的。对了，音竹的妻子是苏拉，而苏拉是马西莫的女儿，他们之间的关系非常复杂。这个女孩子又是谁呢？马西莫，好一个马西莫啊！

或许，西尔维奥不如马西莫有魄力，有野心，可在这些细节观察方面，西尔维奥比马西莫强。西尔维奥脸上带着一丝微笑，很自然地打断了叶音竹和克蕾娜的交谈："音竹，苏拉和海洋呢？她们今天怎么没在这里？"

叶音竹果然被西尔维奥的话吸引了注意力，微笑着道："今天苏拉有些不舒服，海洋在照顾她。"

怀孕之后身体总是容易不太舒服，这些都是正常反应。更何况，那天奥布莱恩给孩子赐福之后，苏拉的身体状态就一直有一些微妙。她的饭量明显增加，每天睡眠的时间也增加了许多，这是正常情况，她的腹中有神圣能量，会自行加速吸收外界的元素，在神圣能量的引导下，有益的元素会进入她体内，滋润她的身体和孩子。

"凤凰怎么了？"马西莫有些紧张地问道。

叶音竹看着马西莫，犹豫片刻之后，还是回答了他的问题："苏拉有了我跟她的孩子，你放心吧，她很好。"

"你、你说什么？她有孩子了？"刹那间，马西莫整个人都变得呆滞了。

马西莫当然知道叶音竹和苏拉结婚了，但他们两人结婚远没有这个消息令他吃惊。一时间，他百感交集，低下了头。他想起自己以前对苏拉的忽视，和无形中带给她的苦痛，想到了她令人心疼的童年。现在，他心中满是对苏拉的愧疚。他失神地道："好，好，你们有孩子了。这孩子一定会比凤凰小时候幸福得多，是我对不起她。"

叶音竹淡然一笑，道："我的孩子当然会很幸福，奥布莱恩师兄成了孩子的亚父，而且他已经给孩子进行了神圣赐福。"

不管怎么说，马西莫都是他和苏拉的孩子的外公，有权知道孩子的情况，所以叶音竹并没有隐瞒马西莫，直接说了出来。

"神圣赐福？光明塔塔主奥布莱恩大师成了孩子的亚父？"

马西莫的心脏剧烈地跳动起来，眼中满是惊喜之色。他看着叶音竹，身体竟然在微微颤抖，隐约中，他知道自己还有同叶音竹和苏拉二人重归于好的机会，还有拉拢琴城的机会。

见此情景，西尔维奥暗道：不好。他原本想让叶音竹跟蓝迪亚斯帝国人保持一点距离，没想到弄巧成拙，不禁大为后悔提起苏拉和海洋，但现在后悔也已经晚了。那也没办法，之前他并不知道苏拉怀孕了。他明白，有了苏拉肚子里的这个孩子，以后再想让叶音竹帮助自己对付蓝迪亚斯帝国就没那么容易了。不过，这并不会影响米兰帝国现在的地位，毕竟，经过这次战争，蓝迪亚斯帝国已经完全落了下风。

"音竹，能不能让我见见凤凰？"马西莫急切地说道。

叶音竹摇了摇头，道："对不起，我问过苏拉，她并不想见你。"

听到这样的回答，马西莫很是失望，苦笑道："我早就应该猜到的，这是必然的结果。我不应该有这样的奢望。音竹，凤凰说过，和你在一起是她这一生中唯一幸福的事情。请你好好照顾她。身为帝王，我却没能照顾好自己的女儿，实在无颜面对你们，告辞。"

马西莫的声音变得哽咽了，他强忍着泪水，向几位塔主行礼后转身朝台下走去。

克蕾娜虽然还想和叶音竹说说话，但她毕竟是跟随马西莫来的，马西莫都走了，她也不好留在那里，只得转身下台。

这个时候，西尔维奥张口欲言，又不知道说什么才好，犹豫片刻之后，他看了看叶音竹，眼神复杂，心中思绪万千，他很矛盾，在想该不该将那件事告诉叶音竹。可是，如果他这么做的话，恐怕自己的女儿和母亲都不会原谅他。算了，一切就顺其自然吧。不管怎么说，琴城也不会站在蓝迪亚斯帝国一边。

庆典活动正式开始，叶音竹这个主角并没有参与其中，在他心里，暗塔塔主的身份远不如苏拉和海洋丈夫的身份重要。他惦记着自己的妻子，所以直接回到了暗塔。在进入神龙遗迹之前，他希望能多跟苏拉和海洋待一会儿，谁知道明天进入遗迹之后，他要在里面停留多长时间呢？

一夜无话。

第二天清晨，太阳还没有升起，天边已经有了光亮，万物开始悄悄复苏，新的一天即将到来，清晨总是会给人一种心旷神怡的感觉。

法蓝的庆典气氛依旧很浓，昨天晚上大家或许太高兴，都玩得很疯，以至于大部分人之后都睡得很沉，进入了甜美的梦乡，这个清晨显得格外寂静。

叶音竹醒得很早，今天他没有穿象征暗塔塔主的魔法袍，依旧穿着自己的神源魔法袍。他一起来就来到了光明塔。

奥布莱恩早就起来了，或者说，到了他这样的境界，睡不睡觉已经没什么影响了。

看到叶音竹清晨就来了，奥布莱恩微微一笑，道："我们走吧。"

叶音竹点了点头，和奥布莱恩一起进入了光明塔内。

奥布莱恩带叶音竹来到自己的观星台，道："音竹，进入遗迹之后，你必须谨慎一些，我们六个人会稳住封印，如果你无法从遗迹中发现什么，就早些出来，加入我们。有了你，我们才能更好地稳住封印，才能最大限度地发挥出七座宝塔的力量。"

"好，我明白。"叶音竹答应一声。

奥布莱恩道："进入遗迹的方法很简单，可只有我们七个人才能做到。因为你今天是第一次进入遗迹，所以我会带你进去，你要记住，在遗迹内，不能使用任何魔法，哪怕是施加在自己身上的防御魔法也不行，除非你是要稳住封印。"

叶音竹惊讶地看着奥布莱恩，显然不太明白奥布莱恩的意思。奥布莱恩也没有做过多的解释，只道："下面，你要记住我用的方法，今后要想再进入遗迹，你直接从暗塔中就可以进入。"

奥布莱恩脚下开始出现淡淡的白光，紧接着，观星台半空之中，一道金光从天而降，笼罩住奥布莱恩的身体，不用问，叶音竹也知道这金光来自光明塔。联想到昨日的北斗七星和考验中那神秘而苍老的声音，他的心顿时变得火热起来。

淡淡的光芒闪烁，叶音竹身上的能量波动变剧烈了，他并没有释放出原力，只是让精神高度集中了。

奥布莱恩用自身的力量引动光明塔的力量之后，就开口道："法蓝七塔不仅是我们引以为豪的七大超神器，而且是进入遗迹的七个入口。现在你是暗塔塔主，得到了法蓝七塔的认可，身为塔主，当你的能量射入塔顶的宝石，并且融入进去之后，你的能量就可以变成一把钥匙，开启通往遗迹的大门。"

金光瞬间扩散到整个观星台，紧接着，一扇流光溢彩的门悄无声息地出现在奥布莱恩面前，门里面只有无尽的彩色光芒，根本看不到路。

"跟我来吧。"奥布莱恩的声音再次响起。

奥布莱恩抬起脚，直接迈入那扇门之中。

他刚进入那扇门，整个人就消失在彩色光芒之中了，叶音竹甚至连他的气息都感应不到了。

这扇门出现的时候，叶音竹的精神世界极受震撼。他发现自己竟然感受不出来门后面的世界是怎样的，而且，那扇门里面传来了与昨天一样的气息。没错，就是这里了，他要寻找的东西就在这里。

叶音竹没有犹豫，抬起脚就迈入了这扇门。当他跨过这扇门的瞬间，就感觉到自己似乎被一股柔和而温暖的能量包裹住了，那种感觉是难以用言语来形容的。他感觉自己完全被包裹住了，无法向外释放能量。

尽管叶音竹本身已经极其强大，可进入这扇门之后，他感觉自己是那样的渺小。和这扇门内的能量相比，他所拥有的一切根本不算什么。

突然，叶音竹感觉身体一轻，包裹他的能量同时消失了，这里面的气息和光明塔内的气息完全不同，叶音竹知道，通过那扇门后，自己来到了另一个地方。

眼睛看不见，叶音竹所能依靠的只有感觉，他下意识地利用天人合一的能力朝周围开始探寻。

很快,他就找到了身前不远处的光明塔塔主奥布莱恩,同时,也对周围的环境有了大致的了解。

这是一个奇异而神秘的空间,它似乎是无尽的,又似乎很狭小。

叶音竹的精神力探出体外后,会出现不稳定的波动,忽而无限延伸,忽而被快速压制,令他无法准确地掌握周围的一切。

自从失去视觉之后,叶音竹还是第一次感到如此无助,失去了天人合一的感知能力,对他来说,这样的打击实在太大了。

就在叶音竹心中无助,琢磨着是否向光明塔塔主奥布莱恩求助的时候,突然,他感知到的一切变了,就好像眼睛复明了一般,精神世界中的一切都亮了起来。

没错,他就是看见了,用精神力看见了。一股莫名的能量悄然进入他的脑海之中,紧接着,他精神之海内的两颗魂珠飞速旋转起来,周围的一切不再模糊,也不再有那种忽远忽近的空间变化,一切都变得清晰起来。所有的画面都和真的一模一样。

这是一个上万平方米的巨人空间,像是一个巨大的洞穴,整个空间之中异常干爽。地面上有无数复杂的金色纹路,金色纹路中还有淡淡的金光闪耀,仿佛拥有生命一般。

叶音竹仔细观察了一下,发现这些金色纹路其实是一幅巨大的图案。图案上有一些特殊的生物,是一些叶音竹从未见过的魔兽。它们的样子极为神奇,拥有众多魔兽的特性:骆头,蛇身,鹿角,龟眼,鱼鳞,虎掌,鹰爪,牛耳。

每个魔兽都是这个样子,在这上万平方米的巨大空间中,这幅图案竟然占据了地面三分之一的面积,而且是最中心的三分之一。

凭借着过人的精神力,叶音竹很快就数出了魔兽的数量,四十七,一共有四十七个魔兽。不，它们不是魔兽。当叶音竹数清这个数字的时候，他就已经知道了这些图案上的魔兽的身份。

它们是龙，是真正的龙，是属于东龙大陆的神龙，也是东龙八宗的先祖，是先祖神龙啊！

东龙八宗有个传说，当初，在神龙王的带领下，先祖神龙用自己的身体，封印了深渊位面通往龙崎努斯大陆的通道。叶音竹可以肯定，这个传说是真的，而自己现在踩着的，应该就是这个封印。

空气中的元素波动很奇怪，在其他地方，哪怕是在法蓝城中，各种各样属性的魔法元素都是交融在一起的，任何一系魔法师，修炼的时候都要将自己需要的魔法元素从其中剥离出来，再融入自身。

在这里却不同，这里的魔法元素都分得清清楚楚的，和法蓝七塔的分布情况差不多，一共七种元素，分别处于七个方位，静静地飘荡在半空之中。每一种魔法元素都待在属于自己的区域之内，绝对不会跑到其他属性的魔法元素的范围之中。

精神力的视角再变，叶音竹从地面向空中看去，看到七颗圆锥状的宝石飘浮在半空之中，这七颗宝石的下方是锥形，上方是平的，每一颗宝石上方的直径都超过一米。乍一眼看去，这七颗宝石和法蓝七塔塔顶上的七颗宝石极为相似，就连气息也非常相近。其中，那颗跟暗塔塔顶宝石差不多的宝石释放的气息令叶音竹感觉非常舒服。

"音竹，你能感受到这里的魔法元素吗？"奥布莱恩的声音响起。

叶音竹缓缓点了点头，道："我能感受到。这里的元素似乎非常平和，保持着一种微妙的平衡状态。每一种魔法元素之间都泾渭分明，绝对不进入对方的领域之中。"

奥布莱恩道："不错，正是如此。这也是我之前警告你不要在这里使用魔法的重要原因。因为这里的元素平衡一旦遭到破坏，就会导致一场大灾难，所以，我们在这里既不能随便使用魔法，也不能修炼，为的就是保持这份平衡。"

叶音竹何等聪明，立马就明白了奥布莱恩的意思。这里的魔法元素浓度几乎是外面的十倍，如此浓郁的魔法元素所蕴含的能量也是惊人的。一旦打破平衡，上万平方米的空间中凝聚的庞大能量同时爆发，别说封印保不住，就算奥布莱恩告诉他，这些魔法元素凝聚的能量能够将龙崎努斯大陆炸成两半，他也会相信。

叶音竹郑重地道："师兄，我会小心的。不过，为什么这里会有七颗与法蓝七塔塔顶的宝石如此类似的宝石？它们的大小和气息都非常相像，这是怎么回事？"

奥布莱恩惊讶地看着叶音竹，道："你能感觉到这里的气息和环境吗？"

听到叶音竹这么问，奥布莱恩很是吃惊，他不敢相信这是真的。如果换成他，闭着眼睛看不见，他就会失去对这个空间的把握。叶音竹虽然只提出了一个简单的疑问，但也从侧面展示出了其超强的精神力。

叶音竹心中一凛，他知道，奥布莱恩他们应该没有看过自己之前脑海中出现的图像，也没感受到一股特殊的能量，便随口道："只能勉强感觉到，但很难弄清楚。难道是我的感觉错了吗？"

"不，没有错。你的感觉很准，在这里，确实有七颗那样的宝石。但是，这七颗宝石和法蓝七塔塔顶上的七颗宝石并不是类似的关系，而是两者就是同一样东西。或者说，法蓝七塔塔顶上的七颗宝石的本源就在这里。它们也正是从这里汲取、转化元素能量的。七塔塔顶上的宝石只是幻象而已。"

第二百八十一章
东龙先祖神龙王

"什么?"这次轮到叶音竹吃惊了。他能够猜到,整个法蓝城下有一个极其复杂而神奇的魔法阵,可没猜到那个魔法阵竟然神奇到了这种程度。

奥布莱恩道:"在这里,我们稳住封印的方法其实很简单,就是通过这七颗宝石,将魔法力注入其中,从而使封印变得更牢固。只是我们七个人的力量显然不够,所以,大多数时候,我们也会让法蓝城内,实力相同的七系魔法师前来相助。通过我们的控制,七颗宝石中的魔法力处于均衡状态,最后它们的魔法力渐渐被封印吸收。"

叶音竹点了点头,表示明白。

奥布莱恩继续道:"想要不影响到这里微妙的平衡,平稳地将七颗宝石的魔法力引入封印中,至少要四名塔主同时施展四系魔法。由于我们是将魔法力注入其中的,封印会直接吸收魔法力,并不会影响到这个空间的元素平衡,所以问题不大。当然,如果是七塔塔主带着七系魔法师一起行动,效果自然会变得更好。"

"能够来到这里的魔法师,都是经过我们精挑细选的,只有最出色的魔法师，得到我们的信任之后才有资格来到这里。因为就算是几位塔主，也无法保证在里面就一定安全，所以我们会很谨慎。"

奥布莱恩一边说着，一边飘然而起，身体落在那块金色的宝石上，然后盘膝而坐，道："音竹，到属于你的位置去吧。"

一丝精神波动从奥布莱恩身上释放而出，牵引着叶音竹，显然是怕叶音竹找不到暗魔系宝石的准确位置。

叶音竹一跳而起，没敢使用任何与魔法有关的能力，完全凭借肉体之力，跃上了这距离地面五十米左右的宝石。

宝石上面的面积很大，一个人坐下所占的地方很小，虽然从下方看上去，这宝石不算大，但坐在上面，才会发现这宝石有多大。

叶音竹刚坐上这颗宝石，一种奇异的感觉就从身下传来。庞大的暗魔系魔法力不断在他身下波动，和在法蓝城中感受到暗塔宝石的支持不同，此时他感受到宝石竟然有吞噬的倾向，竟是要吸取他的魔法力，而不是赋予。

"音竹，可惜你看不见，否则，你一定会为我们脚下的奇景而惊叹。我可以告诉你，我们脚下，也就是你刚才站着的地方，就是你的先祖神龙留下的封印。当初，在神龙王的号召下，最后活着的神龙将一些神龙的尸体连同自己的身体留在了这里，组成了封印，以神龙王的魔法力为引，将深渊位面与龙崎努斯大陆的通道彻底封印起来。

"东龙大陆的神龙真的很美，与西龙大陆的那些大蜥蜴相比，强太多了。它们有完美的外形，以及强大的实力。如果现在还有一条神龙活着，其实力都应该远远超过龙族的神圣巨龙了。"

奥布莱恩当然不知道，他所说的这些叶音竹都通过精神力和魂珠看到了，而且看得非常清楚。

"师兄，那神龙王呢？它的身体又在什么地方？"

叶音竹用精神力悄悄感受着每一条神龙的气息，虽然每一条神龙都是神秘而强大的，而且这里只剩下它们的尸体和一些能量波动，但是叶音竹可以肯定，神龙王并不在这些神龙之中。

奥布莱恩缓缓抬起头，朝着上方望去，叹息一声，道："伟大的神龙王就在我们头顶上方。"

叶音竹的精神力瞬间转移，当他看到空间顶部的时候，整个人瞬间呆住了。

那是一条多么庞大的龙啊！

空间顶部跟个穹顶一样，一个庞大的金色身躯印入其中。尽管它的身体是弯曲着的，可还是能够判断出，它的身长超过了千米，整个空间顶部的位置都要被占满了，和脚下那些神龙相比，它的体积要大太多了。

那庞大的金色身躯看上去栩栩如生，每一条金色纹路，每一块金色鳞片，都是那么的清晰完整，仿佛它根本就没有死去，而是一直活着。它大体上和其他神龙没有太大的区别，只不过它腹下生有五爪，普通神龙是四爪。

它的眼睛还睁着，眼珠如红宝石一般。它俯视着下方，好像要时时刻刻盯着封印，唯恐母妖冲出来，又像是俯视着芸芸众生一般。

当叶音竹感受到它的气息时，叶音竹发现，那双红红的眼睛似乎在注视着他，让他有一种被亲人注视的感觉，十分亲切。

是它，这才是真正的神龙王，这才是俯视众生的神龙王啊！这是自己的先祖，东龙八宗的先祖。是它们，在万年之前，抵御母妖的侵袭；是它们，封印了两个世界的通道，用自己的生命，给了族人未来。它们才是东龙八宗的象征，是真正的神龙。

这一刻，叶音竹热泪盈眶。他不悲伤，也不感动，而是骄傲。他为身为东龙后裔而骄傲，为身为神龙的传人而骄傲。

奥布莱恩也发现了叶音竹身上的一些变化。尽管叶音竹依旧在那里坐着，可整个人都像失神了一般，处于一种微妙的状态之中。

当奥布莱恩抬头看神龙王的遗体时，奥布莱恩发现今天神龙王的遗体似乎有些不一样。这些年，他不知道看过多少次神龙王的遗体，但还是第一次有这种感觉。

神龙王的身体上似乎泛着一层金光，那双红色的龙眸也变得更加明亮了。

发现叶音竹和神龙王的变化之后，奥布莱恩大为惊喜，立马想到叶音竹可能感受到了遗迹中一些神秘的东西。他怕打扰叶音竹，便不再说话，将自己的注意力放在了叶音竹和神龙王身上，细心观察两者间的变化。

如果是以前，准确地说是成为叶音竹和苏拉孩子的亚父之前，奥布莱恩绝对不会这么放心地让叶音竹去探索遗迹中的秘密，但现在他丝毫不怕叶音竹有异心。

通过叶音竹以往做的事情，奥布莱恩早就摸清了叶音竹的性格。尽管叶音竹不是那种以德报怨，一味善良的人，可是他对朋友，或者说是对善良的人，是很好的。

再者说，琴城也在龙崎努斯人陆上，从某种意义上来说，如果封印出现了变化，叶音竹和他的家人同样会遭殃。哪怕叶音竹和奥布莱恩依旧站在对立面上，遇到深渊位面的问题，他们也只能同仇敌忾，联手抗敌。所以奥布莱恩不担心叶音竹起异心，他相信，叶音竹绝对不会做出错误的选择。

叶音竹自然不会去猜想奥布莱恩的心理状况，此时此刻，在他内心之中，只有震撼。

神龙王的气息非常亲切，仿佛要将叶音竹的一切都包容在内似的。没有强大的威压，只有亲切感，叶音竹感觉自己待在这里越来越自在了。与此同时，身下的宝石也不再吞噬他的魔法力了。

淡淡的光芒闪烁，叶音竹眼神柔和，双手平放在自己的膝盖之上。他没有抗拒，只是静静地感受着神龙王的气息，将自己的身心完全放开。他告诉自己，神龙王绝对不会伤害他，这是他的先祖啊！

"你来了。"

苍老而神秘的声音仿佛从四面八方响起，让人无法辨别出它的方向，声音听上去有些欣慰，还有一些赞叹和感慨。

"是的，我来了。"

叶音竹小心地通过精神力表达出自己的心意，因为不知道这声音真正的来源，所以，他的精神力是朝四面八方散去的。

"不需要去寻找，只要是你心中所想，我就能感受得到。"神秘声音的主人显然感受到了叶音竹的善意，温和地说道。

"您，您现在可以告诉我您的身份了吗？您就是我的先祖吗？"叶音竹有些紧张地问着，他想要一个确定的答案。他都没有察觉到，此时因为紧张，他身体表面已经出了一层薄汗。

"我对你说过，一切正如你所想的那样。"神龙王的声音很淡然。

"神龙王陛下，您好。"

确认了对方的身份后，叶音竹反而平静下来。

"你也好，年轻人。"神龙王的声音中带了一丝笑意，如果神龙王出现在叶音竹面前，叶音竹相信，神龙王一定在微笑。

叶音竹道："坦白说，我不知道该怎么称呼您才好。您是我的先祖，按理说我应该膜拜您。"

"世俗的礼仪真的那么重要吗？其实，我更愿意让你把我当成一个朋友。或许你不知道，我一直很孤独。一个孤独了很久的人，或者是巨龙，往往会做出许多令人不可思议的事。譬如那个奥布莱恩，他性格沉稳，思维缜密，原本不应该这么轻易就相信你的。可是，就因为你让他成了你孩子的亚父，他就抛开了对你的一切怀疑，甚至比其他塔主还要信任你。这就是人性，也是其他生物的特性。"

朋友？叶音竹心中暗暗苦笑，要是让东龙八宗的长辈知道自己和神龙王做朋友，不知道那些长辈会有怎样的反应，恐怕爷爷第一个就不会放过自己吧。

神龙王笑了，这一次，笑声很大。

"你还需要担心这个问题吗？"很显然，神龙王知道叶音竹内心的想法，"不告诉他们不就行了。更何况，他们并没有责怪你的资格。我等了这么多年，才等来一个你，等来能和我交流的后代。这是他们没有做到的，他们让我等了那么久，又怎么好意思责怪你呢？"

叶音竹道："那我该如何称呼您呢？"

神龙王想了想，道："你就叫我神龙王吧，这样最直接。"

"好。"叶音竹答应一声，也借此机会问出了自己最想知道的问题，"神龙王，您究竟是已经死了，还是仍旧活着？您不是已经和其余的神龙一起化为封印，将我们这个世界和深渊位面隔开了吗？可是，为什么您还在这里呢？"

神龙王道："我早就猜到你要问这个问题。怎么说呢，我现在的状态和你那个菲尔杰克逊老师有些相似，我的灵魂不灭，只是无法拥有肉体了。我的肉体早已成了封印的一部分，就连我的灵魂，也只能永久停留在这里，无法离去。"

叶音竹恍然大悟："原来和我猜的一样。以前，我猜测过，菲尔杰克逊老师尚未达到神级，都可以让自己的灵魂不消散，您是真正的神，在这方面应该更没有问题才对。"

叶音竹并不奇怪神龙王知道菲尔杰克逊的事情，他什么都能想得通。神龙王是神啊！神龙王想要知道什么，凭借强大的精神力，直接对叶音竹的大脑进行扫描就行了。

神龙王苦笑道："不，我能保住自己的灵魂，但也没你想象的那么容易。当初那一战，实在太艰苦了。尽管我是神，可是，我的敌人是魔，很难对付，我们打得难解难分，我那时真的很辛苦。那一战，其实我是要输的。幸好，当时我们在人类世界对战，并没有去深渊位面，我因为更了解这边的环境，也得到了一些帮助，最后才能将敌人杀死，保住了自己的灵魂。"

叶音竹黯然地道："如果您还活着，那该有多好。我们东龙帝国也不会因为群龙无首而……"他没有说完这句话，实在是不忍心说下去了。

神龙王潇洒地道："历史的发展变化并不能以人的意志而转移，都是有自身规律的，我们不能强求。东龙灭国，虽然是西龙帝国人背信弃义在先，但和我们自己也有莫大的关系。在那一战中，尽管东龙帝国损失惨重，失去了所有的神龙，可是，如果从那时开始，东龙帝国人能够发愤图强，又怎么会导致灭国？就是因为他们太过自信，刚愎自用，才有了那样的后果。就算我曾经是神，这些也不是我能控制和预料的。更何况，一个国家灭国，只是国家体制消失，那个国家的国民还是在继续生活，从根本上来说，我们东龙人是不可能灭绝的。现在龙崎努斯大陆上的国家，哪个国家没有我们东龙后裔存在？你知道当时东龙帝国和西龙帝国的人口比例是多少吗？"

叶音竹茫然地道："人口比例？"

神龙王道："嗯，比例是三比一，东龙帝国的人口数在战后依旧是西龙帝国人口数的三倍。这和你了解到的信息不一样。当初，东龙帝国人因为失去了神龙而丧失了斗志，所以才会输给西龙帝国人。但是，西龙帝国想要同化东龙帝国，可没那么容易，人口数量上的差距就决定了这件事情的难度。"

叶音竹心中思绪万千，想说什么，却又忍住了。

"你是不是想说，西龙帝国人为什么那么笨，既然灭掉了对方的国家，又怎么能接受对方的那些国民呢?"

叶音竹道:"确实,我是这样想的。"

神龙王道:"你想得没错。如果西龙帝国人真的对东龙帝国人下狠手的话,西龙帝国人确实可以真正统治龙崎努斯大陆。可是,在这片大陆上,不仅仅只有人类,还有兽人、精灵、矮人和现在那些所谓的龙族。假若人类的数量减少到一定程度,还如何与那些异族抗衡?因此,西龙帝国人没有对东龙帝国人下手。那时候,大部分东龙帝国人也失去了斗志,还觉得非我族类,其心必异。那些东龙帝国人宁愿融入西龙帝国,成为西龙帝国人,也不愿意被兽人族统治。

"你应该知道,西龙帝国虽然被称为帝国,但是没有帝王,而是由元老院来统一管理,元老院的每一名成员都是强大的魔法师。出于这个原因,西龙帝国后来才会分裂成八个国家。元老院就是法蓝的前身。当西龙帝国一统龙崎努斯大陆之后,元老院立刻宣布法蓝成立。元老院挑选出七名不同系的魔法师,使之成了第一代塔主。当第一代塔主来到这封印之地后,他们就再也不敢向东龙帝国人下手了。"

尽管神龙王没有明说,可叶音竹也瞬间明白过来,既然神龙王能够与他交流,那么,是不是说明神龙王也能和当初的第一代塔主交流呢?

果然,神龙王道:"我的灵魂还存在,那时,我告诉他们,这个封印并不稳定,如果没有持续的能量补充,用不了多久,封印就会坏掉。西龙帝国人很聪明,东龙帝国已经灭国,我们神龙又成了封印的一部分,如果封印不保,深渊位面到龙崎努斯大陆的通道会再次开启,那么,西龙帝国将没有抵挡住母妖的可能。正是因为这样,第一代塔主才会在《法蓝法典》里面记上关于灭掉东龙帝国的忏悔。"

说到这里,神龙王的声音中多少有着几分不屑,不论怎么说,他都是东龙帝国人的先祖。

叶音竹突然想到了一个关键性的问题，便问道："神龙王，当初是您告诉法蓝的人封印不稳定，那个封印真的不稳定吗？"

神龙王笑了，笑得很大声。

"好，你不愧是我的后代，一下就想到了最关键的问题。不错，是我告诉他们封印不稳定的。如果你是法蓝的塔主，你会不会相信呢？"

叶音竹毫不犹豫地道："当然会相信，您是东龙帝国最强大的神，是东龙帝国人的先祖，又是与母妖一战的关键人物，没有您，龙崎努斯大陆上的生灵早就已经不存在了。如果我是当时的塔主，我也一定会相信您的话。而且，您在告诉他们这些的时候，肯定有让他们不得不相信的方法吧。"

叶音竹的心跳速度明显加快了，因为，通过与神龙王谈话，他发现了一个秘密，一个极其重大的秘密。到如今，其他的塔主都不知道这个秘密。

神龙王道："是的，正像你所说的那样，他们没有理由不相信我，也不敢不相信我。事实上，只要我想，我就可以让这个封印从稳定变成不稳定。就算打开这条通道又如何？如果当初西龙帝国人真的将我的后裔斩尽杀绝了，那么，他们也没有存在的必要了。"

神龙王的声音很淡漠，这一刻，神龙王的威严完全展现了出来，那种操纵人生死的气势，以及绝对的自信，令人无法反驳其所说的一切。

叶音竹勉强平复着激动的情绪，试探着道："那这么说，这里的封印其实……"

神龙王道："天罡北斗大阵，以我神龙一族四十七位族人的身体为代价，以我为接引，以七神龙为星辰，这个封印凝聚了我们东龙一族全部的力量。如果深渊位面的母妖真的能够突破封印的话，那么，母妖当初就不会被我们击退了。别说是一万年，就算是万万年，这封印也是牢不可破的，当然，前提是我不想封印被破。"

叶音竹倒吸一口凉气，吃惊地道："《法蓝法典》中的东西都是您希望法蓝塔主记上的吗？"

神龙王道："不错，正是如此。可你知道这是为什么吗？"

叶音竹没有回答。他觉得有点想笑，龙崎努斯大陆的人将法蓝视为圣地，没想到，法蓝被神龙王骗了这么久。难怪神龙王之前笑得那样大声，别说是神龙王，就连现在叶音竹自己也很想大笑出声。一向自诩聪明的法蓝竟然做了一件如此愚蠢的事，这简直是太难想象了。

神龙王淡然地道："灭我东龙帝国，他们总要付出一些代价，骗他们一下也不算什么。我可以原谅西龙帝国人，他们能够攻破东龙帝国，也算是他们的本事，是他们努力的结果，说到底，他们还是人类，不会残害我们的族人。但是，我不能原谅深渊位面的母妖。母妖害了我那么多族人，总有一天，我会替族人报仇，东龙一族的血不能白流。如果不是母妖，东龙一族怎么会精英尽失？如果不是母妖，东龙帝国怎么会灭国？我所做的一切，都是为了报仇。"

叶音竹疑惑地问道："可是，您不是说，就算万万年，母妖也没有攻入我们这个世界的可能吗？我们还如何报仇？"

神龙王皱眉道："傻小子，你怎么突然变笨了？母妖不来，难道我们就不会去吗？"

神龙王这句话，令叶音竹感到极度震撼，在他心中掀起了滔天巨浪，第一次，他想到了一个全新的未来。

"神龙王，您是说，我们反攻入深渊位面，将母妖彻底铲除？从根本上解除来自那个位面的威胁？"

"眼前的遗迹，眼前的封印，看上去是那样的绚丽。我的族人守护住了龙崎努斯大陆上的所有生物，上万年过去了，却至今都不能安息。族人们付出的代价太大了。不论是为了给族人报仇，还是为了让族人的灵魂彻底安息，我都要攻进深渊位面。这么多年过去了，我也一直在为这一天的来临而努力，这就是我的心愿。孩子，你愿意帮助我吗？"神龙王的声音中多了几分沧桑，几分伤感。

反攻深渊位面，这是叶音竹以前完全没想过的事。此时，听到先祖神龙王的话，他突然感觉自己肩头变得沉甸甸的，担着许多责任。神龙王的话对他来说不是请求，而是一种要求，一种期待，而且，他必须完成神龙王的心愿。身为东龙后裔，如果不能让先祖的灵魂安息的话，他将永远无法原谅自己。

"我愿意。"叶音竹的回答很简单。现在，他心中充满了执着的信念和一往无前的坚定。

"好。看来，等待是值得的。你是个好孩子。我等待了一万年，机会终于要来临了。你知道我为什么要等这么长时间，等到你之后才决定行动吗？"

叶音竹心中微动，问道："应该是因为我的实力，因为我达到了天人合一境界吧。"

当初，就是因为天人合一，他才被菲尔杰克逊的灵魂感应到。

神龙王道："是的，是因为你的实力。只有达到次神级，拥有魂珠之后，你才能和我交流。这也是你来过法蓝，我却无法与你沟通的原因。不管你在什么地方，只要你有天人合一的能力，我就可以找到你。自从你拥有了这个能力以来，我就一直让一丝灵魂跟随着你，所以，在你身上发生的一切，我都看在眼里。还好，你没有让我失望。

"你知道吗？当你冲击次神级魔武极壁的时候，我竟然紧张了，真的，上万年来，我都没有紧张过，当时，我变得很紧张，察觉到这一点之后，我很是惊讶。我真的很怕你失败。毕竟，雷元素太具有毁灭性了。你在那么遥远的地方，就算我想帮你，也无法做到。幸好你成功了，否则，我不知道自己是否还要等上万年。"

叶音竹道："神龙王，既然封印稳固，那法蓝七塔塔主说封印不稳，并且因为这样而挑起大陆战争又是怎么回事呢？"

神龙王淡然一笑，道："我早就说过，我一直注视着你。从很早以前，从你达到天人合一境界开始，我就注视着你了。

"这么多年以来，我经常会让法蓝的人感觉封印不稳，只有这样，他们才会持续地往封印中注入能量，并且保持紧张的心态。当你达到天人合一境界，来到法蓝参加七国七龙排位战的时候，我就知道，等待多年，我的机会终于来临了。

"至于米兰帝国和蓝迪亚斯帝国的这场战争，你可以把我看成是幕后推手。实际上，是我暗中左右着法蓝人的想法。我让封印出现即将破掉的假象，逼得他们将龙崎努斯大陆的力量整合起来，为反攻深渊位面做准备。至于封印何时破掉，那就要看他们什么时候能够达到我的期望值了。"

幕后推手！叶音竹怎么也不可能想到，龙崎努斯大陆这场战争的幕后推手竟然是自己的先祖。

"您这么做，也是为了让琴城崛起吗？"叶音竹忍不住问道。

神龙王道："你是我的后代，我没必要向你隐瞒什么。事实上，我并没有那个打算，只是没想到你能做得那么出色。虽然这次战争是琴城崛起的诱因，但这和我没什么关系，一切都是你和你那些伙伴共同努力的结果。我只能说，你让我感到骄傲。"

听神龙王说为自己而骄傲，叶音竹感觉很满足，也很荣耀，这已经够了。尽管在叶音竹看来，神龙王的做法有些偏激，可是，他知道，如果换成他，眼看族人身死，自己的国家被灭，他恐怕会比神龙王更加狠辣。

"对不起，您原本的计划被我打乱了。"叶音竹道。

神龙王微笑着道："不，结果比我想象中好。首先，你达到了次神级，本来，我想着给你一百年时间，你应该能达到次神级，没想到你进步得这么快。其次，你的琴城实力超强，你还让最难控制的兽人族成了我们未来的助力。单是这两点，已经比龙崎努斯大陆统一更令我高兴了。

"如果让龙崎努斯大陆统一，各国必然要付出巨大的代价。到时候，各国会休养生息多长时间，你我都无法预测。而现在，虽然各国有一定的损失，但这些损失完全在可承受的范围之内，而你的琴城又能如此快速地崛起。我相信，不久之后，我的愿望就能实现了。"

叶音竹认真地道："神龙王，请您告诉我，需要我怎么做。"

神龙王道："你现在要做的事很简单。首先，你要想办法恢复失去的二感。没有视觉和味觉，你的力量被大幅度削弱了。其次，我希望你知道，从现在开始，你就是我在人间的代言人。"

叶音竹心中一惊，忙问道："您的意思是，要让法蓝人知道您的灵魂还存在吗？"

神龙王道："如果不这样，他们又怎么会乖乖听你的话，又怎么可能在未来配合我们攻入深渊位面呢？"

叶音竹苦笑道："神龙王，坦白说，您能不能告诉我，现在龙崎努斯大陆各国的实力相加，和当初的东龙帝国相比如何？"

神龙王道："现在各国的实力相加，相当于当初东龙帝国五到七成的实力。法蓝七塔塔主与守护我的七神龙相比，还是要逊色几分。或许你已经猜到了，七神龙既然化身成了北斗七星，那么，七神龙守护着的我，对应的就是那第八颗星，北极星。"

闻言，叶音竹问道："我继任暗塔塔主之位的时候，那些异象也是您造成的吗？"

神龙王道："那是为了让你成为我的代言人而埋下的伏笔。北斗七星重现，神龙传人降临人间。你不仅是我的后代，同时也是我的继承者，这本身就是事实。

"我的肉体已经死去，灵魂也永远不可能离开这里。我想要看到的，就是你带领大军杀入深渊位面，将母妖彻底解决。"

叶音竹沉声道："可是，我们现在的实力还比不上当初的东龙帝国，又怎么能和深渊位面的母妖对抗呢？"

神龙王道："你以为，当初母妖重创我族，它们就好受了吗？那母妖王跟我一样，灵魂不灭，其手下的强者也被我们杀得差不多了。虽然过去了上万年，但我可以肯定，母妖恢复得不一定比我们好，甚至还要差得多。至于具体的情况如何，要进入深渊位面侦察之后才能得知。而最合适的侦察人员就是你，我希望你能做到。"

叶音竹道："神龙王，报仇之事义不容辞，是我们东龙人应该做的。那些西龙人被卷入其中，也算是还他们当年欠我们的债。但我认为，在这之前，我们必须积攒力量，看准时机，要么不动，一动就要如同雷霆万钧一般将母妖彻底毁灭。"

神龙王道："我已经清楚了你的军事才能，在这方面，我相信你会做得比我更好。我的话还没有说完。虽然现在龙崎努斯大陆各国的实力相加只有当初东龙帝国的五到七成，但只要开战，我就有把握将各国的实力提升三成，甚至令其整体实力跟当初的东龙帝国差不多。那时，将是我们东龙复兴的时刻。我是你们的先祖，上万年过去了，我终于可以告诉你们，身为神龙王，我从来没有忘记过你们。"

第二百八十二章
生命之水的秘密

叶音竹心中涌起几分感动,他能够听出,神龙王的情绪波动得很厉害。他有些不太明白神龙王的话,让龙崎努斯大陆各国的整体实力提升三成?就算神龙王是神,这似乎也是一个不可能完成的任务。

"我知道你在疑惑什么,现在你还不需要知道得太清楚。等你恢复了视觉和味觉,六感齐聚之后,我会把相关的事情详细地告诉你。"

"神龙王,我的视觉和味觉真的还能恢复吗?"叶音竹问道。

神龙王道:"当然可以。尽管六感换魂夺魄大法的诅咒极为霸道,可也不是不能解除的。你应该明白一个道理,绝对成立的魔法是不存在的,只要能量够多,有些魔法就会失效。也就是说,在这个世界上,没有什么事情是绝对的。就像我现在死了,也不是没有复活的可能,只不过我复活需要非常多的能量,这恐怕不是龙崎努斯大陆所能承受的,而且成功率低得可怕。

"你失去了味觉和视觉,是因为你诅咒了自己,相当于是失去了一部分生命能量。想要恢复,只需要找到一种可以瞬间补充你生命能量的东西,那时候,你自然能消除诅咒带来的负面影响。"

听神龙王这么一说，叶音竹顿时想到了安雅跟他提过的一样东西："生命之水。您说的是生命之水吗？"

"不错，我说的就是生命之水。生命之水中蕴含着丰富的生命能量，足够消除诅咒的影响，令你的身体完全恢复。"

叶音竹苦笑着道："可是，据我所知，得到生命之水并不是一件容易的事。别说得到它，就算是找到它也十分困难。一位精灵族的朋友告诉过我，生命之水是可以移动的，而且几乎时时刻刻都在移动，我们根本无法掌握生命之水的方位。"

神龙王淡然一笑，道："你那个朋友之所以那么说，是因为她并不知道生命之水究竟是什么。你能告诉我，生命之水是什么吗？它又是什么时候出现的？"

叶音竹愣了一下，他何等聪明，听了神龙王的话，他立刻想到了一些关键的东西，脱口而出道："难道这生命之水与我们东龙有关？或者说，它本来就是属于东龙大陆的？"

神龙王道："你前一句话说得很对，生命之水确实与我们东龙有关，但后一句话就不对了。并不能说生命之水原本就是属于我们东龙大陆的，因为生命之水是万年前才出现的，也就是在东龙大陆与西龙大陆发生碰撞，我们将母妖赶回深渊位面以后，才出现的。其实，生命之水并不是真正的水，而是我们神龙一族的血液。"

"什么？"

尽管叶音竹已经猜到生命之水和东龙有关，可当神龙王说出这句话的时候，他还是极度震惊。生命之水竟然是神龙的血液……

说到这里，神龙王显得很是悲伤："当初，我们虽然力挫母妖，将母妖赶回深渊位面，但是，神龙一族也损失惨重。身为族长，我只能眼睁睁地看着自己的族人一个个死去，你知道那让人多痛苦吗？神龙的血液汇集成河，融合在一起，形成了那口泉水。为了保住神龙一族这一点血脉，我将它们凝聚在一起，利用神龙一族特有的能力，使之不再挥发。那口泉水正是族人们最后的血脉所在。"

叶音竹沉默了，他能感受到神龙王内心之中的悲怆。身为族长，神龙王却没有能力拯救自己的族人。亲眼看着族人被灭，那是何等的痛苦！

"生命之水只在龙崎努斯大陆上出现过几次，整个龙崎努斯大陆之上，也只有我能掌握它真正的位置，因为它那不断转移的能力是我给予的。去吧，找到生命之水，用它帮你恢复视觉与味觉。是时候让神龙血脉重见天日了，它也是我现在能给你的最宝贵的东西。有了它，你不仅可以恢复二感，而且会得到许多生命能量。你还可以用它来帮助精灵族，让精灵族组建一支更强大的军队来辅助你。"

叶音竹的心在颤抖，他知道，自己肩头的责任变得更重了。神龙王万年的等待和期盼，以及为先祖报仇雪恨的事情都落到了他一人身上。如果他不能替神龙王达成反攻深渊位面的心愿，不能替先祖报仇，那么，他也无法原谅自己。

"你只能一个人去寻找生命之水，从现在开始，我会让它停留在一个地方等你。或许，在那里你会遇到一点考验，但我相信，你一定能够通过考验并成功取到生命之水。好了，你去吧。音竹，记住，从现在开始，你就是我的代言人，也是我们东龙的代言人。"

一段清晰的影像出现在叶音竹脑海深处，影像上的地方就是生命之水所在的位置。

"是，尊敬的神龙王，我的先祖，我绝对不会让您失望。"叶音竹从没有像现在这样有使命感。他答应了神龙王，就证明他将这份责任完全扛在了自己肩上。

神龙王强大而温和的气息缓缓散去，周围的一切恢复了平静。叶音竹在自己的精神世界中，依旧能够清晰地感受到外界的一切，这就是神龙王赋予他的权利。

结束与神龙王的交流之后，灵魂回归本体，叶音竹立刻就感受到几道目光集中在自己身上。

不知道从什么时候起，其他六位塔主都在紧张而专注地看着叶音竹。

他们并不知道叶音竹是在和神龙王交流，看到空间顶部的神龙王绽放金光的时候，他们都惊呆了，以前神龙王的身体从没有过这种变化。不知不觉间，六位塔主都变得紧张起来。他们不知道叶音竹究竟感受到了什么，不过他们极度希望叶音竹能够得到神龙王的指点，那样，对稳定封印绝对会有巨大的好处。

叶音竹收敛精神力，空间顶部神龙王身体上绽放的金光也随之消失了，那丝无形的威压也悄然散去。

"各位师兄。"叶音竹沉默了半晌，将思绪理顺之后才开口。

六位塔主心都吊了起来，一向沉稳的光明塔塔主奥布莱恩迫不及待地问道："音竹，你感觉到了什么？"

叶音竹脸色凝重地道："对不起，各位师兄，我恐怕要告诉你们一个不好的消息。"

说这句话的时候，叶音竹内心深处也在暗暗叹息，对不起了，各位，为了替先祖报仇，我不得不欺骗你们。当初西龙帝国做了错事，我也该替东龙帝国出口气。

六位塔主心中一紧，他们已经很久没出现过这种情绪了。听到叶音竹的话，他们都变得沉默了，脸色也越来越严肃。尽管叶音竹还没有说坏消息是什么，可他们已经想了很多种可能，不祥的预感越来越强烈。

就在叶音竹在琢磨该怎么说的时候，奥布莱恩已经沉声道："音竹，你说吧。封印还能坚持几年？我们究竟有没有可能让它像以前一样牢固？"

叶音竹心中一动，沉声道："师兄，我们大约还有二十年的时间，甚至更少。正如师兄所料，因为我拥有东龙血脉，所以我能感应到神龙王的存在。就在刚才，我与我的先祖——伟大的神龙王交流了一会儿。神龙王告诉我，它坚持了上万年，剩下的能量已经不多了。维持这个封印需要很多能量，而那些能量并不是人力所能补充的。"

"什么？"六位塔主同时失声惊呼。

尽管他们先前就猜到了封印维持不了多长时间，也做好了心理准备，可叶音竹那一句"那些能量并不是人力所能补充的"还是彻底将他们的心打入了深渊。

奥布莱恩呆呆地道："不能补充，竟然真的不能补充。也就是说，二十年内，我们必然要承受来自深渊位面的灾难了……"

叶音竹感受着六位塔主的失望、落寞，他知道，自己该说出另一件事了。

"但是，也有一个好消息。"

"好消息？在这样的坏消息之后，还能有什么好消息呢？"奥布莱恩苦涩地道。他并没有对这个好消息抱什么希望，对法蓝来说，没有什么比封印更重要。既然封印稳不住，其他消息也就没有了意义。

叶音竹道："这个好消息就是，深渊位面的母妖未必像我们想象的那样强大。"

此言一出，顿时引起了六位塔主的注意，六人再次注视着叶音竹。

奥布莱恩感觉还有一丝希望，便赶忙问道："音竹，你说母妖没那么强大？"

叶音竹摇了摇头，道："这并不是我说的，而是神龙王所说。神龙王告诉我，当年那一战，我们东龙帝国损失惨重，神龙一族更是付出了惨痛的代价。结果总算是好的，神龙一族狠狠地打击了母妖一族。万年来，我们东龙帝国被灭国，母妖一族也不可能重现万年前的辉煌了。也就是说，深渊位面并不是不可战胜的。为了保护我们这个世界，我们有必要发动一场战争，征讨母妖。这是关系到龙崎努斯大陆上所有生物的生死存亡的战争。"

听了叶音竹这句话，奥布莱恩的情绪渐渐稳定下来，他沉声问道："音竹，这真的是神龙王的指示吗？万年以来，神龙王都没有传消息给我们，今天你一来，就告诉我们这些，对不起，我真的很难相信，或者说，我是不愿意接受封印无法维持下去的事实吧。"

尽管奥布莱恩没有明说，可他的意思已经很明显了，他希望叶音竹能够证明其说的一切是真的，不然他就只能认为叶音竹是有私心，在针对法蓝。毕竟，叶音竹是东龙后裔。

叶音竹从容一笑，道："既然我已经成了神龙王的代言人，自然应该向各位师兄表示一下。"

叶音竹缓缓抬起头，张开双手，面对着空间顶部的神龙王身体，在心中发出了呼唤之声。

一时间，空间内金光大盛，比先前叶音竹与神龙王交流时的金光还要耀眼，那一瞬间所产生的强大威压令六位塔主失去了行动能力。

要知道，这六位塔主都达到了次神级，奥布莱恩更是达到了次神级八阶。如此强大的威压，他们有生以来还是第一次遇到。一瞬间，他们就抛掉了对叶音竹的所有怀疑。

除了神级的神龙王，还有谁能够释放出如此强大的威压呢？实力是证明一切的最好手段。大多数时候，力量比话语好使得多，效果也好得多。

但是，一切还没有结束。半空中，那巨大的神龙王仿佛突然活了一般，它那双红色的眼眸射出了耀眼的光芒，紧接着，一道光芒化成一条金龙从天而降，金龙的样子竟然和神龙王的样子一模一样，只是缩小了上百倍。尽管它是光，可是栩栩如生，连每一块鳞片都能看清楚。光芒降临，一切能量都在瞬间凝聚，魔法元素也停止运动了。

就算缩小了上百倍，神龙王的身体依旧庞大，金龙就那么盘旋在叶音竹和他坐的那块黑色宝石处，将叶音竹的身体照成了金色的。

苍老而威严的声音在整个空间内回荡："从现在开始，传承我们神龙一族血脉的叶音竹，将成为我的代言人。为了让你们相信他的话，我不得不现身，因此消耗了大量能量，这使得封印破掉的时间提前了一年。我想让你们知道，怀疑他说的一切，只会让灾难提前。"

金光闪过，金龙腾空而起，重新融入空间顶部的身体之中，威压也消失了。

听到封印破掉的时间要提前一年，奥布莱恩和其他五位塔主的脸色都变得难看起来。尽管话是奥布莱恩说的，可也代表了另外几人的意思。他们怎么也没想到，一时的怀疑会造成这样的后果。

叶音竹有些意外，也觉得有些好笑，神龙王不仅配合了自己，还给这些塔主下了一剂猛药。不过，这样也好，等他再跟塔主们交流的时候，会变得容易得多。

"对不起，音竹，我不应该怀疑你。你也知道，我们守护了这里这么久，从没见过神龙王，也不知道神龙王是否真的还存在，所以……"

叶音竹摇了摇头，道："师兄，你不必说了。我明白你们的难处。现在对我们来说，最重要的是解决母妖。"

奥布莱恩认真地点了点头，真挚地道："你说吧，神龙王有什么指示？"

叶音竹道:"神龙王告诉我,虽然它不能肯定母妖一族的实力恢复到了什么程度,但可以肯定,母妖没有当年那么强大了,无法和上次入侵龙崎努斯大陆相比。尽管神龙王的肉体已经死去,可神龙王那神级的灵魂始终存在。万年以来,神龙王一直在关注我们这片大陆的情况。同时,神龙王也费尽心力,用当年那些神龙献出生命换来的力量,支撑着封印。过去了这么久,神龙王也有些支撑不住了。

"我知道各位师兄在担心什么,神龙王是对当年西龙帝国灭掉东龙帝国心存芥蒂,可是,大是大非神龙王还是懂的,它知道孰轻孰重。它告诉我,不论怎么说,西龙帝国人也是人类,我们共同生活在龙崎努斯大陆上,当年的事怎么说都是我们自己的事,为了抵御外敌,它可以将以往的事情忘掉。

"神龙王考量了现在整个大陆所拥有的力量,发现现在整个大陆只拥有当初东龙帝国五成的力量。之所以是五成,是因为我们没有一位神级的强者。母妖一族的情况不是很清楚,神龙王说,母妖一族也不大可能拥有母妖王那样的强者。因此,对我们来说,还是有可能获得最后的胜利的。"

听了叶音竹的解释,六位塔主的脸色好看了许多,他们同时点了点头,陷入了沉思。

奥布莱恩道:"整合龙崎努斯大陆各族的力量,集结大军与母妖对抗,这是神龙王给我们的指示吗?"

叶音竹点了点头,道:"我们已经没有别的选择了。神龙王会尽可能地帮助我们。不知道各位师兄是否听说过生命之水?"

"生命之水?"奥布莱恩神色一动,他当然听说过这神奇的泉水。

叶音竹淡然一笑,把神龙王说的关于生命之水的话详细地说了一遍。

听了他的话,奥布莱恩面露喜色,道:"也就是说,生命之水不仅可以帮你恢复二感,还能帮精灵族提升实力,让精灵族进入另一个鼎盛时期?"

叶音竹点了点头，道："是的。我听安雅姐姐说过，精灵族有几大兵种，要等到远古之树变成永恒之树以后才会出现。同时，永恒之树能够大幅度提升现有的精灵族战士的实力，这样一来，我们的胜算会更大。再加上琴城其他的精锐军团，我相信我们完全有能力发动这场战争，并且很可能取得胜利。"

奥布莱恩叹息一声，道："看来，这场战争已经不可避免了。只是，龙崎努斯大陆难免生灵涂炭。就算我们最后赢了，恐怕也要付出很大的代价。"

叶音竹微微一笑，道："有一个办法可以把我们的损失降到最低。这是神龙王提议的，我认为非常可行。"

"哦？是什么办法？"奥布莱恩好奇地问道。

叶音竹沉声道："为什么我们一定要等深渊位面的母妖来袭呢？既然双方的矛盾是不可调和的，怎样都会有一场大战，我们为什么要把战场定在龙崎努斯大陆呢？难道，我们就不能将战场转移到深渊位面吗？这样的话，至少龙崎努斯大陆上的平民不会遭殃，我们的大后方还是有保障的。到时候，我们进可攻，退可守，不是很好吗？

"母妖最强的能力之一就是瘟疫，想要将损失最小化，我们首先要解决的问题就是瘟疫，我们不能让瘟疫在龙崎努斯大陆之上传播。要是我们直接进入深渊位面与母妖战斗，这个问题自然而然就解决了。"

"反攻？"奥布莱恩猛地从宝石上站了起来。

一直以来，奥布莱恩想的和做的，都是如何维护封印，阻挡母妖。叶音竹的话，就像一颗炸弹，炸得他头脑发晕，又像往他平静的心湖里丢了一块大石头，一石激起千层浪，他真的平静不下来了。是啊！为什么我们就一定要等着，等着人家侵略我们呢？难道我们就不能主动打过去吗？

麦克米兰道："可是，我们并不了解深渊位面的情况，在母妖的地盘战斗，天时地利人和，一点都不具备，胜利的可能性很小。一旦主力被对方击败，结果不还是一样的吗？"

"不，结果将大大不同。就算失败了，我们也可以退回来守住封印，为什么我们一定要等封印不起作用之后再行动呢？我们可以提前一点行动。这样的话，就算失败了，封印也可以帮我们暂时挡住敌人。

"而且，将战场定在深渊位面，龙崎努斯大陆可以源源不断地生产各种资源，我们不用担心补给和兵源的问题。在没有后顾之忧的情况下，整个大陆的生产力能有多高？各位师兄应该看到琴城的传送门了。几年之内，我完全有把握给龙崎努斯大陆各国提供一些这样的传送门，让他们可以第一时间把士兵和粮食运到法蓝，然后通过封印运到深渊位面。"

"我们将阵地建在母妖的地盘上，背靠封印，凭借着龙崎努斯大陆源源不断的支援，哪怕这是一场旷日持久的战争，我们也消耗得起，至少我们的根本之地不受威胁。"

火塔塔主桑德斯点了点头，道："这个办法好，音竹，我支持你。你说得对，凭什么坐以待毙，等着它们侵略，我们也做一回'侵略者'。虽然不知道深渊位面情况如何，但只要将母妖消灭，我们就可以占领深渊位面。我们甚至可以向大陆各国许诺，哪个国家的功劳大，在攻占深渊位面之后，就可以在那里得到更多好处。"

"背靠封印，将战场定在深渊位面，可以使龙崎努斯大陆免受战火侵扰。神龙王果然是神龙王啊！"奥布莱恩赞同地道，"我们甚至可以趁母妖一族反应过来之前，在通道另一边，建一座坚实的要塞，以此为基地，逐步削弱母妖的实力，这样，你们琴城的魔导炮也能发挥出最大的作用。"

叶音竹微笑着道："这么说，师兄是同意了？"

奥布莱恩淡然一笑，道："我还有不同意的理由吗？以目前的情况来看，没有比这更好的办法了。与其被动挨打，不如主动进攻。幸好八国君主还没有离开,看来,我要和他们重新谈谈,将这两个消息先告诉他们。

"既然这可能是一场旷日持久的战争,而且是一场我们主动挑起的战争,那么,越早开战,对我们就越有利。封印现在成了我们的一个保障,我们也不用怕什么。想赢的话,我们要尽可能地在深渊位面建一座要塞。"

叶音竹道:"既然如此,我要立刻去寻找生命之水。我们一起行动,争取在最短的时间内,积攒到最强的力量。同时,我会让琴城人以最快的速度制造出我们需要的东西,至于材料方面,就要麻烦各位师兄了。尽管战略已定,可我们还是要小心一些。等我找到生命之水以后,我将亲赴深渊位面一趟,去打探消息。那样,我们对深渊位面会更了解一些,开战之后也会有利一些,不至于吃大亏。"

奥布莱恩想了想,道:"材料方面你可以放心,就算法蓝无法提供足够的材料,还有八个人类国家呢。我们会一直支持你。为了赢得胜利,我们不能藏私,必须全力以赴。等足够的魔导炮运来之后,我们就可以行动了。至于军队方面,你不需要担心。在面对共同敌人的情况下,我想各国君主会统一意见的。他们还没那么笨,不是吗?"

"我想也是。"

谈完之后,叶音竹没有耽搁,立马与六位塔主离开了遗迹,之后便与他们分头行动了。

走回暗塔的时候,叶音竹不无感叹。早上前往遗迹的时候,他怎么也想不到居然会遇到这些事。现在,他带回了希望,也肩负了责任。

在遗迹中,不知道时间过了多久,叶音竹原本以为只有一会儿,等他从光明塔中走出来的时候,才发现天已经黑了。他竟然和神龙王交流了将近一天。

夕阳的余晖渐渐消失了,天空中的星斗一颗颗变得清晰起来。看到那些星星,叶音竹不禁想起了天罡北斗大阵,想起了流尽鲜血的先祖。他用力地攥紧拳头，告诉自己要挺住，报仇的时刻就要来了。

叶音竹快步走上暗塔，他知道，这次离开之后，自己不知道什么时候才能安定下来，和苏拉以及海洋一起过平静的生活了。想到这些，他就有些心痛，想立马回到房间陪陪苏拉、海洋，还有那未出世的孩子。

叶音竹没有让人通知苏拉和海洋，免得她们出来等他。苏拉害喜不算很严重，叶音竹还是很怜惜她。他记得马西莫的话，苏拉说叶音竹是她在这个世界上唯一的亲人。

还未走到塔顶，叶音竹就利用天人合一的能力扫描了一下房间。他"看到"房间中，苏拉正斜靠在沙发上，海洋则坐在她身边，两人正轻声细语地闲聊。

苏拉看上去很是幸福，满脸带着笑，脸上还有几分红晕。她一手轻抚在自己的小腹上，另一手撑着自己的头，轻声向海洋道："海洋姐，你说，宝宝现在会动了吗？"

海洋扑哧一笑，道："我看你是不知道怎么保护他才好了。虽然我没怀过，但我也知道，他还这么小，恐怕还没有成形，怎么会动呢？"

苏拉温婉地一笑，道："不知道他是男孩还是女孩。海洋姐，你说我是生个男孩好还是女孩好？"

海洋道："傻丫头，音竹不是说了吗，不论是男是女，有没有天赋，只要他的身体健康就好，我们对他没有什么要求，只希望他能快快乐乐的。音竹奋斗了那么久，取得了那么多成就，我们的孩子可以生活得很好，不用担心其他，我们只要他幸福就足够了。"

苏拉笑得更开心了："有了奥布莱恩大师的赐福，恐怕这孩子想不健康也不行。"

海洋轻笑道："看你，满脸都是母性的光辉。我真的很羡慕你，甚至有些嫉妒你，我也想要个孩子，好好体会一下做母亲的感觉。"

苏拉握住海洋的手，笑道："哈哈，姐姐是在抱怨音竹没让你怀孕吗？说真的，姐姐要不你也生个孩子好了，音竹成了暗塔塔主，以后估计会更忙，很少有时间陪我们。有了孩子之后，孩子也能陪我们。现在我们还年轻，你和音竹身体都很健康，备孕也没什么问题，以后陪孩子的时间也长。"

海洋被她说得俏脸大红，不好意思地道："讨厌，这话你也说得出口。"

苏拉笑道："怕什么，这里又没有外人，而且这里的隔音效果很好，没有我们和音竹的吩咐，谁也不能来这里。"

海洋扑哧一笑，道："来，让我摸摸我们一家人的宝宝，好不好？"说着，手就向苏拉衣服里面伸去。

"不要，我怕痒。"苏拉轻笑一声，右掌在沙发上轻按，人已经弹了起来。尽管她有了身孕，可实力没有因此削弱，她轻飘飘地落在门口。

"不让她摸，那么，我来摸摸好了。"叶音竹悄无声息地将苏拉揽入自己怀抱之中，接着伸出一只手放在了苏拉尚未凸起的小腹上。

短暂的惊讶之后，苏拉立刻反应过来，握住那放在自己小腹上的大手，轻靠在叶音竹的怀中，道："你回来了。"

叶音竹搂着苏拉，走到沙发边上，道："我要是不回来，还听不到你们的精彩对话呢。"

叶音竹笑眯眯地转向海洋，故作生气地道："刚才，我好像听到某人对她的丈夫不满。"

海洋向叶音竹吐了吐舌头，道："有吗？是谁啊？"

叶音竹嘿嘿一笑，道："是谁不重要，我只知道她很想要个孩子，所以，我决定今天晚上努力一些。"

"啊！"海洋太羞涩了，转身就想跑，可她哪里快得过叶音竹，根本逃不出叶音竹的手掌心。当叶音竹拉住她时，她整张脸都羞红了。

"音竹。"海洋鼓足勇气轻唤。

"嗯？"

"你不吃饭吗？"

"好像不怎么饿。"

"可是，你早上就出去了，到现在才回来，还是吃点东西吧。你整天都这么忙，我真的很担心你的身体吃不消。"海洋满脸关切地道。

"没关系，以我的实力，一个月不吃饭也没问题。"

"可是……"海洋还要再说什么，直接被叶音竹打断了。

"别再可是了，怎么？你不愿意给我生孩子吗？"叶音竹故意这样说，激得海洋不知道说什么才好。

海洋笑道："不是，我愿意，我当然愿意给你生孩子。"

"音竹，我也觉得你要先吃点东西，你最近真是太忙了。"苏拉也很关心叶音竹的身体状况，忍不住开口道。

"不，跟你们在一起我就饱了。你们没听说过秀色可餐吗？"

说完，叶音竹一个瞬间转移，关了房间门，之后再是一个瞬间转移，到了两人身边。他搂着两人，开心地道："孩子当然是越多越好了……"

月亮悄悄拉过一抹云彩羞涩地遮住了自己的眼睛，这注定是一个幸福而快乐的夜晚。

不知道过了多长时间，当苏拉和海洋都闭着眼睛，静静地靠在叶音竹身边的时候，他将今天发生的一切全告诉了她们。

"又要打仗了吗？"海洋幽幽地叹道。

第二百八十三章
生命之水旁边的神秘中年人

叶音竹道:"我也不希望打仗,但有些事情,我们不得不做。海洋,你可是东龙帝国皇室血脉唯一的传承者。"

海洋道:"我并不怕打仗,我只是不想让自己的丈夫上战场,我害怕。"

叶音竹道:"这是我必须做的事情,也是我的责任,没有任何转圜的可能。对不起,海洋,我会尽可能保护自己的。"

海洋神情凝重,想了很久,最后开口道:"我不会阻拦你的,身为男人,你一定会有自己必须做的事情。我只希望,当你遇到危险的时候,能够先想想苏拉,想想我,以及你的孩子。我成长的过程中,没有父亲的陪伴,我不希望我未来的孩子也没有父亲的陪伴。你能明白我的心吗?"

叶音竹轻轻地点了点头,搂紧两人,没有多说什么。

"音竹,给我一个孩子吧。"海洋轻声呢喃着。

叶音竹微微一笑,低声道:"这可是你自己说的。"

海洋白了他一眼,道:"是的,是我自己说的。"

"那我们还等什么?"

第二天，清晨。

海洋和苏拉都睡得很沉。

叶音竹穿好衣服，在她们的额头上轻吻后，悄悄下了床。他没带什么东西，因为根本不需要。他一个人静静地离开了暗塔。

就在他离开的那一刻，两个女人正在心中为他默默祈祷，原来苏拉和海洋并没有睡着。

出了暗塔，叶音竹加速朝法蓝城外而去。今天，法蓝依旧处于欢乐的海洋之中，而叶音竹已经再次踏上征途。

来到法蓝城外的军营，叶音竹找到叶鸿雁和各军团的团长，向他们交代了一些必要的事情后，便通过传送门悄悄离开了这龙崎努斯大陆最神圣的地方。

当他再次出现的时候，已经身在琴城之中。没有耽误时间，他直接找到了安雅，并请来了矮人族、地精部落以及东龙八宗的长老，在临时领主府内开会。

琴城大多数人都不知道他们的琴帝大人回来了，更无从知道这次会议究竟讨论了什么，只有那些参加会议的人才知道。会议从早上一直持续到傍晚，会议结束之后，安雅手中拿着叶音竹给奥利维拉和紫的信。

叶音竹就这样离开了琴城。

从这一天开始，原本就已很忙的琴城人变得更繁忙了，工作的重点也从建设琴城的外部建筑转移到了制造方面。所有工匠都投入到了制造工作之中，没人知道他们究竟在干什么，可以肯定的是，短时间内，琴城的工匠数量大幅增加，矮人族和地精部落的大师们成了最忙碌的人。

几个小时后，通过传送门，那两封信已经送到了奥利维拉和紫手中。

尽管那场战争过去的时间并不长，可奥利维拉看上去像老了十岁一般。他的脸上多了沧桑，也多了几分刚毅。他是紫罗兰家族最后的男人，他必须坚强,他要用自己的肩膀扛起紫罗兰家族的一切。

其实,在他内心深处,他更愿意站在叶音竹背后,带领那些精锐之师去完成一项又一项的任务。

继任族长之位以后,奥利维拉才明白,作为最高统帅和家族族长要承受多大的压力、多重的责任。以前在琴城,这些压力和责任都压在叶音竹身上。

奥利维拉仔细地将那封信看了三遍,神色凝重。

两天后,一份级别为最高机密的建议书从米兰帝国圣心城送出。

一个月后,五十万大军悄无声息地调集到了圣心城。

另一边,身在雷神之锤要塞的紫也拿到了属于他的那封信,他同样将信看了三遍,和奥利维拉的严肃不同,紫脸上露出了笑容。

"什么事这么高兴?"安琪用双手勾住紫的脖子问道。

紫反手将安雅拉入自己怀抱之中,轻声道:"音竹来信了。"

"哦?他说了什么?"

紫微笑着道:"原本我还以为我们兄弟一南一北,再不可能像以前那样一直待在一起了。现在看来,不久的将来,我们依旧可以并肩作战。音竹已经开始行动了,琴城也开始行动了,我们也不能落后。"

安琪静静地看着紫,道:"做你想做的事吧,不论你做什么,我都支持你,你和叶音竹那小子在一起也不错,他是个做大事的人才。说起来,当初他那一掌还真是狠呢。"

紫失笑道:"你不是一直都很感谢他那一掌吗?要是让精灵族知道,音竹当初废了你,然后又治好了你,现在你的实力已经恢复了七成,不知道精灵族会有什么反应。"

安琪甜甜地笑了笑,道:"精灵族是不可能知道的,因为我永远不会离开你的身边。我无条件支持你的前提就是不论你要做什么事情,都要把我带在身边。"

第二天，极北荒原也变得忙碌起来。

……

叶音竹走了，没有人知道他去了什么地方。

凛冽的寒风像刀子一般刮着人的身体，更加恐怖的是带着冰碴儿的龙卷风，那龙卷风跟黄级魔法的攻击力差不多了。

其实拥有那样攻击力的龙卷风并不可怕，可怕的是它从不间断，并且无处不在。

尽管现在龙崎努斯大陆进入了夏季，可这里依旧很冷，简直就是滴水成冰。在整个龙崎努斯大陆上，这里是生存条件最恶劣的地方。

曾经，这里有着众多强大的魔兽，现在那些魔兽加入了紫的紫晶军团，成了极北荒原新的主人。所以，这里就变得无比荒凉，只有那亘古至今的坚冰还在守护着这个地方。

没错，这里就是冰森，是龙崎努斯大陆的最北端，是最寒冷的地方，环境最恶劣的地方。

此时，有一个人正在冰森中快速前进着。那人衣着简单，只穿一件单薄的魔法袍。就算这样，在极寒世界之中，他也一点都没有减慢速度，风驰电掣一般，朝着更冷的地方前进。

哪怕是紫级强者，也不敢在这种衣着单薄的情况下在冰森中穿梭。这里的环境对那人来说却并不算什么，因为他是比紫级强者还要强大的人，他就是叶音竹，琴帝叶音竹。

在琴城开完会之后，叶音竹直接通过自己当初刻画的传送魔法阵来到了冰森之中，朝着冰森的中心——冰圈前进。

那里就是图像上显示的生命之水所在地。

生命之水是什么？是无价之宝，当中蕴含着丰富的生命能量，普通人哪怕只喝一滴，寿命也会立即延长一倍。它对所有族类都有极大的好处，可以治疗伤病，用"起死人而肉白骨"来形容一点也不夸张。

试问，谁不会觊觎这样的宝物呢？所以，生命之水时刻都在移动，神龙王不会给任何族类得到它的机会。为了让叶音竹找到生命之水，生命之水要停留在一个地方，停留在一个绝对不会有人发现的地方。在龙崎努斯大陆上，有什么地方比冰圈人更少？有什么地方比冰圈更危险？有什么地方比冰圈更可靠？

除了当初的格拉西斯，谁会穿过环境那样恶劣的冰森来到冰圈呢？

虽然叶音竹从来没有因为用二感换回苏拉的生命而后悔，但如果有机会恢复失去的二感，他还是很开心的。他是多么希望能看到苏拉和海洋的娇颜，希望能尝出苏拉做的美食的味道，希望能亲眼看看现在的琴城还有神龙王的样子啊！

天人合一的能力再好，终究替代不了眼睛。

在冰森中赶路，对普通人来说是痛苦的，对叶音竹来说却根本不算什么。从被传送过来到穿越冰森，到抵达龙崎努斯大陆最北端的冰圈，前前后后他只用了一个小时。这还是他为了保存实力，故意放慢速度的结果。

他不会忘记神龙王说的考验，至于考验是什么，他不知道，也不担心。他只知道，不论这考验是什么，自己都必须去面对，不可能退缩。他也相信，以他的实力，一定能够顺利通过考验。

他突破了魔武极壁，达到次神级二阶，实力强大，拥有可以转换为任何属性的原力，还随身携带着两件超神器。他的自信是有基础的。

进入冰圈之后，叶音竹完全释放精神力，让魂珠高速运转，增强自己的感知力。只是一瞬间，他的精神力就扩散到了冰圈的每一个角落。周围很寂静，没过多久，他就找到了自己的目标。

在冰圈正中央，一个淡蓝色泉眼静静地停留在那里，一圈圈柔和的生命气息不断向四周飘散。

那个泉眼的生命能量比远古之树的生命能量更纯正。以叶音竹的精神力，都难以判断出它到底有多少生命能量。

叶音竹并没有将注意力放在泉眼上，他在观察泉眼旁边的人。没错，在这冰圈之中，最不应该出现人迹的地方，有一个人。那人静静地站在泉眼旁边，背对着叶音竹，始终注视着生命之水，似乎在思索什么，又似乎只是在发呆。

这里为什么有一个人？

叶音竹很疑惑，但他没有立即行动。练琴多年，早就让他养成了沉稳的心性，他绝对不会贸然行事。

通过天人合一的能力，叶音竹感觉到，这是一个中年人，除了这一点，他无法发现更多东西。

这个人的气息很稳定，从他身上，叶音竹甚至感觉不到任何情绪。他很静，整个人都好像化成了天地的一部分。叶音竹太熟悉这种情况了，这是天人合一，这是叶音竹也有的能力。

那个人的天人合一似乎比叶音竹的天人合一更高级。如果不是同样拥有天人合一的能力，叶音竹绝对发现不了那个人的存在。

那个人浑身上下没有能量波动，叶音竹也感觉不到他的情绪变化，他就像一尊石像。叶音竹当然不会认为他是个普通人。

在叶音竹心中，这个人已经成了他遇到过的最强大的敌人。

哪怕是面对斯隆和奥布莱恩的时候，叶音竹都没有这种感觉，毕竟，他知道斯隆和奥布莱恩实力如何，事先也有心理准备。可是，对眼前这个人，他一无所知，这是一个他无法看透的人。

那个人似乎也知道叶音竹来了，但并没有因为叶音竹而有所行动，依旧静静地站在那里，静静地看着生命之水，眼神平和。

他并不是没有情绪，而是情绪太多太多，却被天人合一掩盖，外人无法发觉而已。

"你是谁？"叶音竹还是忍不住问了。

中年人没有回答，只不过缓缓地转过了身，面对着叶音竹。

叶音竹看不到，只能感觉到两道目光落在自己身上，那目光并不冷厉，也说不上柔和，却拥有一种难以形容的穿透力，仿佛一瞬间就能将叶音竹看透。

叶音竹收敛自己的气息，精神力依旧笼罩了整个冰圈，体内的原力已经化为水波飘荡在他身体周围，轻微地波动着。

尽管他们没有交手，甚至没有交谈，可叶音竹知道，自己已经落了下风，现在很是被动。

以叶音竹的实力，哪怕只是些微变化，他也能感受出来，也能判断出很多东西，可是，对眼前这个中年人，他真的感受不到别的东西。

叶音竹一字一顿地重复问题："你——是——谁？"

中年人依旧没有吭声，只是对着叶音竹缓缓抬起了自己的右掌，掌心向外。

叶音竹立马警惕起来，刹那间，他感觉有耀眼的光芒临身，下一刻，一股无比庞大的能量已经重重地轰击在他的胸口上。

以叶音竹的精神力，竟然没有发现对方要动手，等他发觉的时候，身体已经被轰中了。

这是什么样的速度？

叶音竹不知道，他只知道自己连闪躲的机会都没有。要知道，他和那个中年人中间隔了数百米，对方只是一抬手，立马就击中了他。这种情况，就算是实战经验丰富的叶音竹也是第一次遇到。

在受到攻击的情况下，原力自行出来护体，再加上叶音竹被攻击的是胸口，超神器枯木龙吟琴骤然释放能量，射出一团乳白色光芒，护住了叶音竹的心脏。就这样，叶音竹依旧倒飞了出去，失去控制朝远方撞去。要知道，他的身体可是经过雷电轰击的，甚至比金刚精还要坚韧，所以，尽管攻击来得突然，可想要真的伤害到他并不容易。

叶音竹一边强忍着身体上的痛，一边仔细地感受那攻击中的元素气息。他吃惊地发现，这种能量竟然和自己的原力有几分相像，能量中包含的不是单一属性的魔法元素，而是很多属性的魔法元素，而且，这种能量似乎具有所有魔法元素的破坏性。

"轰——"

在原力的包裹下，叶音竹直接飞出了冰圈，重重地撞击在冰柱之上。

这些冰柱都已经存在了不知道多少年，其坚硬程度足以和钢铁相比。叶音竹先后撞倒了七根粗大的冰柱，才勉强控制住自己的身体，重重地摔落在地。

一句话都不说就开始攻击，敌我已经分明，不论对方是什么人，叶音竹知道，今日一战都不可避免了。

中年人一掌将叶音竹轰飞，却没有追击，只是平静地注视着叶音竹，沉静地站在那里，仿佛一切都与他无关，仿佛刚才那沉重的一击不是他发出的。

叶音竹缓缓从碎冰中爬出来，强忍着胸口的痛感，慢慢站了起来。体内的原力高速运转，凝聚超神器枯木龙吟琴的能量，将对方侵入自己体内的能量驱散。如果他没有达到次神级，只是紫级的话，哪怕是紫级九阶，刚才那一掌也会令他身受重创。

叶音竹知道，自己遇到了有史以来最强大的敌人。

虽然不知道对手的实力和光明塔塔主奥布莱恩的实力相比如何，但他可以肯定，眼前这个人的攻击手段绝对比奥布莱恩的攻击手段更加奇异。

就在刚刚站起的时候,叶音竹就感受到了,那个人又把右手抬了起来,掌心同样朝着他的方向。

有了先前的经验,这一次他的身体比脑子动得还要快,刹那间就已经利用瞬间转移离开了原地,朝旁边飘出了百米。

只听一声巨响,叶音竹原本所站之处后面的一根巨大冰柱亮起了耀眼的金光,没有爆炸声传来,下一刻,这根冰柱就悄无声息地消失了。冰柱与地面接触的地方就像被利刃切割了一般光滑如镜。

他是神龙王给自己的考验吗?如果是的话,那么,这可真是一个不小的考验啊!

叶音竹在心中苦笑,这下自己可要吃些苦头了。

他的实战经验何等丰富,他只思考了一下,就取出了自己的超神器枯木龙吟琴,将琴横在身前。总是被动挨打也不是办法,在避开对方攻击的同时,他第一次向对方发起了攻击。

"嗡——"

在低沉的嗡鸣声中,七道音刃飘然而出,每一道音刃都是纯粹的原力,没有附加任何魔法效果。

当那七道音刃来到中年人面前的时候,七道音刃却骤然释放出了璀璨的光华。

叶音竹没有像中年人一样让音刃拥有所有魔法元素的破坏性,他自问对原力的控制还没到那种程度,所以,他在七道音刃之中分别附加了一些纯粹而单一的魔法元素,加上高频振荡的效果,七道音刃的攻击力达到了一个新的程度,这可以说是叶音竹达到次神级之后发出的巅峰一击。

感受到音刃,中年人眼神变化了一下,略带几分惊讶。这一次,他不再用一只手,而是抬起了双手,在音刃来袭前,完成了看似不快的动作。

中年人双手合十，高举过头顶，然后瞬间下劈，一点都不拖泥带水，一道湛湛金光犹如刀刃一般骤然而出。

七道音刃代表着七种元素的巅峰之作。尽管七道音刃看上去只是七道光华闪烁的光刃，可实际上，这七道音刃的攻击力跟七系魔法的单体禁咒的攻击力差不多，附加了高频振荡的效果之后，它们的攻击力只会更强。

中年人的攻击只有一招，这一次，金光不是到了叶音竹身前才出现的，而是一开始就出现了，金光形成了一道光刃。

光刃与七道音刃在空中碰撞，哪怕是那融合了六种元素的原力，也在顷刻间分成了两半。

七道音刃齐破，分成两半从中年人身边悄然掠过，在半空中，它们就失去了原本应有的威力，之后便消失了。

要知道，这可是超神器枯木龙吟琴发出的音刃，对方只用了一击，便如以点破线一样，一刃破七刃。

叶音竹甚至忘了继续攻击，他完全被感知到的一幕惊呆了。

就在七道音刃被破开的同时，那个中年人分开了合十的双掌。

这一次，两道金光同时击上叶音竹的胸口处，他的身体再次飞了出去。

两道看似相同的金光进入叶音竹体内后，产生了截然不同的效果。

叶音竹也说不出那究竟是一种怎样的感觉，他只是觉得，那两种力量截然相反，一种像光明之力，另一种像黑暗之力。两种截然相反的能量同时进入他体内之后，顿时产生了无与伦比的破坏力。以他那经受过百雷轰击的身体，也承受不起。

这一次，叶音竹也不知道自己飞出了多远，不知道他撞破了多少冰柱、冰塔，体内那两种极端的力量似乎要将他的身体完全撕碎。

"哇——"

一口鲜血喷出，叶音竹整个人都变得有些迷惘了。那两种恐怖的能量所产生的破坏力在雷力之上。更令他惊骇的是，一向可以将所有魔法元素转换成无元素的神源魔法袍失去了作用，根本没有改变这两种能量的特性。

为什么？这究竟是为什么？

叶音竹想不明白，他只明白，中年人的实力比他想象中的还要恐怖。

中年人没有追过来，而叶音竹再次站了起来。仗着身体素质极好，他接连喷出两口鲜血，以自己那纯净的原力，硬生生地将进入体内的极端能量通过血液吐了出来。

那两口鲜血落在万年玄冰之上，比最灼热的火焰还要恐怖，瞬间蚀穿了冰面，形成了两个黑黝黝的洞。

这一次，叶音竹没有再回冰圈，他甚至没有用精神力感受那个中年人的存在。以中年人的实力，如果想要隐瞒自身所在的位置的话，叶音竹看不见，就算利用天人合一之力，也绝对找不到中年人。

叶音竹盘膝坐在地上，将超神器枯木龙吟琴横在膝盖上，双手轻放于琴弦之上，那一瞬间，叶音竹的心静了下来。

他突然想起了神龙王初见自己时说过的话。

"泉实而虚，石坚而空，清浊合之，自成宫商。昔人有采药入山，忽闻琴声者，穿松林出溪口，初微渐甚，行里许，见飞泉淙淙然石上流出，遂徘徊竟日不去，归而象其音，乃为是曲。"

叶音竹在这一刻变得无比平静，他已经不是第一次身陷险境了，当年，西多夫告诉过他，一名合格的士兵，首先需要的就是上战场磨砺。一个人的实力也是如此，想要成为强者，就必须不断战斗，积累实战经验。

只有不断战斗，遇到更大的挑战时才更容易突破。

按照正常情况来看，那中年人的实力如此恐怖，坐地弹琴只会给对方攻击的机会，可是，瞬间的明悟让叶音竹想到了一种方法，似乎只有他最拿手的琴魔法才会让他有取得胜利的可能。

叶音竹八指如行云流水般拨动琴弦，随着琴音响起，他开始用只有自己才能听到的声音轻吟道："夫石静似仁，泉动似智。泉动不撼静，石静不碍动。"

刹那间，他与琴融合在了一起，琴曲的意蕴完全表现出来。那种玄妙的感觉，只有身处其中才能感受得到。现在，他进入了琴魔法的终极境界——太玄琴心。

此时，叶音竹的心很静，比以往任何时候都要平静，外界的一切再与他无关。他心中只有琴，意中只有曲。

叶音竹现在弹的这首《石上清泉》并不是什么名曲，《石上清泉》的意境就在一个"静"字上，最适宜静心。

"寓情山水，结盟泉石，恍若悬崖寒溜，跳珠瀑布，夺人心目。详玩曲意，真天地同流之妙矣。"

琴曲圆融柔和，宛若泉水轻落，又如石间静观，淡淡的琴音之中没有一丝杀气，有的只是轻柔的曲调。

在这一瞬间，叶音竹突然发现，自己的感知能力快速增强了，原本逊色于中年人的天人合一能力竟然借助《石上清泉》瞬间提升。他准确地把握到了周围的一切。

那种感觉是美妙的，叶音竹身心都沉浸在琴中，精神力却不由自主地锁定了生命之水旁的中年人。

忽闻琴音，那中年人的神色终于出现了一些变化。中年人开始有些惊讶，紧接着皱起了眉头，原本站在原地不动的身体动了起来。

中年人并没有跳起来，或者飞起来。他跨出了一步，看上去很小的一步。

就这一步，他就跨越了千米。

叶音竹只觉得好像是他与这个中年人之间的距离自动缩短了一样。

此时，叶音竹正弹奏到《石上清泉》的第一段：溯源徂流。

叶音竹没有刻意控制，身体已经动了起来。原本端坐在地上的他轻飘飘地旋转了一圈，整个人站了起来。

那一掌是何等快速，叶音竹仿佛未卜先知一般，就在旋转的时候，他躲过了中年人拍出的一掌。他所演奏的琴曲一点也没有因为对手的攻击而停止，甚至连意境都没有半分的动摇。

琴曲由第一段的溯源徂流已经开始转为第二段的碧涧泠泠，双手八指弹动之间，在那美妙的旋律之中，仿佛有无数清流从他指间荡出，化为清澈的泉水，骤然向那中年人喷去。

叶音竹十分平静自然地弹奏这一段，花的时间也不短。

中年人感觉很惊讶，立马开始后退，同时双手拍出，一片金光在他身前凝聚成如同盾牌一般的存在，试图挡住叶音竹发出的攻击。

奇异的一幕出现了，叶音竹的原力所化的泉水似乎没有攻击力，碰到了金色盾牌，如同水流一般在空中溅起，甚至变得像水雾一般动人。

就在中年人全身金光大盛，准备再次发起攻击之时，突然，叶音竹的琴曲又发生了变化，现在，超神器枯木龙吟琴发出了一串很轻的嗡鸣声。

如果这里有其他人，那些人只会觉得那是美妙的琴音。可在中年人听来，完全是另外一种感受。

天地间的一切似乎都因为这嗡鸣声同时震颤起来。在中年人眼中，一切都在颤抖。那奇异的嗡鸣声侵入脑海之中，令他眼前变得一片模糊。

《石上清泉》从第二段进入第三段：松籁同音。

就是这奇异的嗡鸣声硬生生地打断了中年人的攻击，甚至连挡在他面前的金色盾牌也剧烈颤抖起来，随时都有破碎的可能。

见此情景，中年人更惊讶了，他抬头看向叶音竹，却发现叶音竹在微笑，似乎并没有将自己放在眼里，整个人都沉浸在琴曲之中。

中年人有些愤怒了，刹那间，金色盾牌扩大，将他的身体笼罩在内，把整个人都渲染成了金色。中年人瞬间前移，来到叶音竹面前。

这一次，中年人没有给叶音竹闪躲的机会。

整个世界好像都变成了金色的，而叶音竹就是这金色的中心。

中年人双手在胸前转了一圈，耀眼的金光便从四面八方汇聚到了叶音竹身边。

现在，叶音竹无法闪躲，不能逃离。金光已经封死了他所有可以闪躲的地方。

这次中年人的攻击中不再有先前那种截然相反的两种能量，而是单一的一种能量，但也是一种极为奇异的能量。

这种能量有点像紫使出旋风激光斩时用的能量，但又比紫那时所用的能量更加纯正。

这一招与天地完全融合在一起，中年人将天人合一修炼到了登峰造极的地步，让天人合一融入武技之中，叶音竹还是第一次见到这样的情况。

此时的叶音竹，也将琴曲与天人合一统一起来，他更加明白了太玄琴心的意义。这才是秦殇真正想看到的，东龙八宗真正的琴武合一。

叶音竹看上去很奇怪，他还是没有动。在那金光的攻击下，他不可能闪躲，而他也没有任何突围的打算。

事实上，中年人此时施展的招数比先前的几招更加恐怖，如果叶音竹真的想冲出去，只会面临更加恐怖的打击。

叶音竹就那么坐在原地，淡然地弹奏琴曲，现在他弹到了第四段：虚窗静听。

第二百八十四章
琴曲至境，通过考验

曲子开始产生变化，中年人感觉自己似乎听到了泉水的叮咚声。柔和的水波荡漾，轻柔地包裹着叶音竹。

叶音竹没有躲闪。

无数金光射来，奇异的一幕发生了。

不管金光如何冲击，都无法侵入叶音竹身体周围那看上去轻柔的水波之中。

此时的叶音竹就像被泉水冲击的巨石，任由泉水如何冲刷，也无法被伤害到。

虽然有水滴石穿之说，但是那需要多少水？又需要多长时间？

中年人完全是另外一种感受。叶音竹身体周围那看似不强的水波在旋转，静静地吸收他的攻击中包含的能量，中年人根本没办法突破叶音竹的防御。

鲜血从叶音竹嘴角滑落，尽管这一刻他的境界已经超越了面前的对手，可是，双方能量的差距依旧是巨大的。

叶音竹并没有感觉到自己在吐血，沉浸在琴曲中的他感觉不到一丝痛苦。

他只知道，这是他弹得最好的一次。

中年人的攻击似乎不能维持很长时间，就在那金光转淡之时，琴音也随着水波的荡漾，明显变得轻快起来，正是《石上清泉》的第五段：声随流转。

水波每一次轻柔地旋转，都会令叶音竹身体周围的空间变大一些。

叶音竹的脸色看起来有些苍白，可想而知他现在压力有多大。纯净的水波带着四面八方的金光不断上升。

最后，水波重新回归到叶音竹身边，紧紧地贴在他身体周围，水波已经驱散了金光。水波回归的同时，将猛然向前冲的中年人阻挡在外。

中年人越来越愤怒了，他没想到自己已经使出了真正的手段，却依旧没有将眼前这个人击倒。一怒之下，他愤然往前冲，整个人就像一支利箭一般，带着强大的攻击力，冲到了叶音竹面前。

原本，中年人以为他会直接穿透叶音竹的身体，使叶音竹毙命，可没想到那水波突然回归，他冲不破那水波。此时，他耳边听到的依旧是那美妙动听的琴曲。叶音竹弹到了第六段：萦崖抱壑。

"轰——"

水波震散了聚集在中年人身上的金光，叶音竹张嘴喷出一口血，直接落在那乳白色的超神器枯木龙吟琴之上。他的脸色变得更加苍白了，但神色丝毫没有变化，双手依旧在不断弹奏琴曲，并没有弹错一个音。

中年人感觉自己仿佛撞到了一个球，球很柔软又很坚韧。他自己那充满了破坏性的能量，怎么也无法突入其中。水波流转，水流似乎瞬间增多了，强行将他的身体带离了原地，向后飘去。

突然，水波又出现了变化，这一次，它们由原本的柔软变得刚强起来，就像是泉水滴落到石头上一样，溅起无数水花，但那冲击力非同一般。

每一朵溅起的水花都落在中年人身边。

中年人发现，自己凝聚的金光竟然被那些水花驱散了。水花无处不在，他的身体好像也受到了水花的影响。

他的精神世界被琴音侵入了，他脑海中的一切都变得模糊起来。他当然不知道自己是受到了第七段曲子——浮泛飞花的影响。

不好！

中年人意识到了不妙，并没有慌张，骤然收敛金光，双手同时动作，右手笔直上举，左手贴在右手小臂处，大喝一声，道："破混沌，无极生！"

他的声音很尖锐，带着精神冲击，他的手似乎变成了透明的，那一瞬间，所有的水波都被他这一掌所吸引，之后便消失了。

他大喝一声不是要打断叶音竹弹琴，此时，叶音竹的境界已经高过他的境界，他不可能打断得了叶音竹。他是在唤醒自己，不让自己沉浸在琴曲之中。

叶音竹身前的水波确实消失了，就连琴音也变小了，之前吐出的鲜血在那白玉般的古琴上显得那么刺眼。

可是，琴曲终究没有停。

就在中年人缓过一口气，斩下的双掌发出一声低沉的龙吟之声，作势欲起之时，叶音竹突然动了。

水波又出现了，在水波的包裹下，他整个人飘然而起。

所有的能量都凝聚起来了，此时，中年人的手刚抬到一半，那双透明的手只来得及翻转过来，叶音竹就来到了中年人身前。

琴音悦耳，所有的能量在此刻都融为一体。如果说琴曲前七段都在营造意境，那么，第八段——枕流漱石，就是高潮，就是琴曲效果最好的时候。

当中年人透明的双掌与叶音竹的身体撞击在一起的时候，超神器枯木龙吟琴发出了一声嗡鸣，这是这首曲子的最后一个音符。

刹那间，巨变产生。

"轰——"

两人相撞的瞬间，能量波动混乱，发生了大爆炸。

不再有金光，整个空间充斥了能量。

冰森是冰雪形成的森林，在这一刻，冰雪化为了冰粉，之后便在风的作用下消失了。

冰森曾经生活着上万只高阶魔兽，没人知道冰森的具体面积有多大。

从这一刻开始，冰森不复存在，因为这里已经没有了冰雪形成的森林，剩下的只是一块光滑的冰面。

如果不是亲眼所见，谁会相信这只是一瞬间发生的事，而不是千百年沧海桑田的效果。叶音竹和中年人，就这样毁了冰森。

不论是叶音竹还是那中年人，表面上都十分平和，这实际上都是对自身实力极端自信的表现。那一刻，叶音竹凭借超神器枯木龙吟琴将自己的实力发挥到了极限，达到了一个全新的高度。那神秘中年人也尽了全力。

叶音竹跌倒在冰面上，他觉得很冷。原本，达到次神级以后，他的肉体就已经跟半神差不多了，不应该怕冷，但可能是消耗太大，他的抗寒能力变弱了不少。

现在，叶音竹身上落着一层细细的冰粉，仿佛要将他的皮肤冻上。他的嘴角全是血沫，刚刚喷出的鲜血也立马变成了红色的冰。

超神器枯木龙吟琴已经回到他体内，超神器并没有生命，没有足够的能量支持，它就发挥不出应有的威力。

叶音竹感觉不到身体的疼痛，并不是经脉没有受损，而是因为经脉受损过度，让他变得麻木了，所以他才感觉不到疼痛。

他已经很久没有受过这么严重的伤了，即使是百雷轰击之时，他也掌握着主动权。即使是面对斯隆时，他也没有受到这样沉重的打击。眼前这个神秘的中年人将他逼到了这个地步，可见中年人有多强。

叶音竹很平静，他在想，如果四大神兽在他身边，化身成超神器铠甲套装，让他穿上，他能否战胜那神秘的中年人呢？

答案是未知的，他不知道在那种情况下，自己还能否进入像刚才那样玄奥的太玄琴心境界，领悟之前那种超脱一切，将一切融入琴音之中的天人合一。

这个神秘中年人比斯隆还要强大。这是叶音竹躺倒在地面后，唯一能够想到的。

叶音竹挣扎着，双手撑在地面上缓缓爬了起来。

在他小时候，叶离就教导过他，竹宗弟子没有躺着死的习惯，就算战死，也要站着死，也要挺直自己的脊梁。

"你还能站起来吗？"尖锐而有些沙哑的声音在叶音竹耳边响起。

叶音竹利用天人合一的能力，看到了那个中年人。

和见面时相比，这神秘的中年人也有了不小的变化，他身上的衣服不再那么整齐，头发也有些散乱了，更重要的是，他的嘴角还有一道血痕。

是的，经过一次碰撞，这个中年人也受伤了。尽管他的伤势不像叶音竹那么严重，可也不算轻。

叶音竹一边艰难地从地上爬起，一边说道："如果我还能站起来，是不是就算通过考验了呢？"

话一出口，叶音竹自己都有些惊讶。他的声音竟然沙哑到了如此程度，而且每说出一个字，都会带出一团血沫。

"你比我想象中强很多，你的境界也不低。可惜，战斗靠的是实力，你的实力还是差得太远了。"神秘中年人淡淡地说道。

"嗯。"

叶音竹的身体突然痉挛了一下，他好不容易爬起来一点，一下子又跌回冰面上，沾上了一片冰粉。

"不要再挣扎了。根据我的计算，你体内百分之四十的经脉已经彻底断裂，还有百分之三十的经脉若断若续，一点也不完整。你的五脏六腑都遭到了不同程度的破坏，我敢肯定，你的内脏有的已经移位，有的已经破碎。我不知道为什么你胸腔的骨骼会那么坚硬，除了那里，你的七根肋骨都已经断裂了。你现在能够保持清醒，跟我讲话，是因为你的心脏和大脑受伤并不重。在受了这种程度的伤之后，就算你把自己破碎的内脏都吐出来，也不可能再站起来。"

中年人冷冷地说着这些，就像是一个医生，在对自己的学生讲课一样。

叶音竹知道，中年人说得很对，尽管他的原力在不断修补着他的身体，可根本没什么作用，反倒让他恢复了知觉，让他能感受到有多痛了。

这一次，他受的伤真的太重了。

即便如此，他依旧没有放弃，胸中的一口气令他坚持了下来，他挣扎着从冰面上爬起来。

"能不能告诉我，你是不是我的考验？"叶音竹问道。

中年人点了点头，道："没错，我就是你的考验。"

叶音竹笑了，在这样的状态下，他的笑比哭还难看，可他还是笑了。

正是因为认定中年人就是自己遇到的考验，他才没有第一时间召唤紫。他记得，当初神龙王对他说过，这是他一个人的考验。

为了避免紫发现他遇到危险，叶音竹先前甚至强行用精神力营造出自己一切正常的假象。他达到次神级之后，在他与紫的关系中，他就成了主导。

现在这个时候，他更不可能召唤紫了。不论眼前这个人是不是他的考验，紫都不能来，这个人太恐怖了，紫不是这个人的对手，他不能让紫冒险。

"那么，如果我站起来，是不是就算通过了这次的考验呢？"叶音竹又问了一次，问完，他便一咬牙，猛地抬起了自己的右手。

九根紫竹针在他指尖闪烁着紫光。尽管菲尔杰克逊告诉过他，不要再使用这种方法，可是，到了这个时候，他已经没有别的办法了。

"那要等你先站起来再说。"中年人依旧不为所动，双手环抱在胸前，就像猫戏老鼠一般对待叶音竹。他一点也不着急，看着叶音竹，眼神甚至有些戏谑。

叶音竹没有直接将九根紫竹针插入身体。他知道，如果不能凭借自己的力量站起来，就算用了九针激神大法，他也不可能通过考验。

人往往在面临绝境之时，才能最大限度地激发出自己的潜力。就算他已经感觉到自己的生命力正在飞速流逝，他还是要坚持。

他凭借着超强的毅力，用双手双脚撑住地面，一点一点地爬起来。

他的脸已经涨成了紫红色，极度的痛苦令他无法呼吸，他甚至能够感觉到断裂的肋骨慢慢插进了内脏。有一根骨头刺穿了他的皮肤，将神源魔法袍都撑了起来。

在这种情况下，叶音竹依旧挣扎着从地面上爬起来。这一次，他没有让自己做无用功，每爬起一点，他就拼命保持住，不让自己跌倒。只是从地面上爬起来，对平常人来说是多么简单的一件事啊！对现在的叶音竹来说，却不亚于一场艰苦的战斗。

中年人的脸色终于变了，看向叶音竹的目光中多了几分欣赏。

叶音竹发现，似乎有什么东西掉落在了冰面上。他看不见，只能靠感觉。他觉得嘴角有些漏风，这才知道，自己的牙碎了。那并不是被中年人打碎的，而是为了忍痛，自己咬碎的。

他的腿在抖，手臂在抖，身体的每一个部位都在抖，就算这样，他还是一点一点地站了起来。他挺直了自己的脊梁，在他的脸上，没有挫败，也没有后悔，有的只是骄傲。

体内的气血不受控制地翻涌，残存的原力根本不足以替他修复好这样严重的伤。叶音竹依旧保持着站立的姿势，甚至没有用任何东西支撑身体。

"现……在……你……可以告诉……我，这算……不算……通过……考验……了吧？"一口气说完一句话有些艰难，叶音竹只能咬着牙，几个字几个字地发音。他怕自己张开嘴，就会大口大口地吐血。

他不能冒险。

"是的，我可以告诉你。你能站起来，并不代表什么。你的考验很简单，那就是战胜我。直到我倒下，你才有获得生命之水的资格。"

短暂的色变之后，神秘中年人恢复了正常，他的声音依旧那么冷淡，表情也很冷酷。看着叶音竹，他又缓缓地抬起了自己的手掌。

站起来的敌人意味着什么？意味着敌人还有再战之力，他没有停止攻击的理由。

感受到中年人的动作，叶音竹笑了。

九根紫竹针插入了叶音竹的头顶，叶音竹的身体开始剧烈颤抖。

头顶上插了九根针之后，叶音竹差点失去意识，可他还是挺住了，就像他现在挺直脊梁一样挺了下来。

"咕咚"一声，叶音竹将到了嘴边的鲜血咽下，淡淡的水波重新出现在他身体周围。尽管他已经受了很重的伤，可是他还是坚持了下来，站得越来越稳了。

他伸出双手，同时拍在自己的胸腹之间，突出的骨头被按了回去，插进内脏的肋骨也被原力吸了出来。做这些的时候，叶音竹身上冒起了一层水蒸气，他实在是痛极了，最终还是忍住了。

在这个过程中，如果中年人想杀他，可以杀他一百次。看到叶音竹的举动，中年人举起手又缓缓放下，再举起，再放下。

中年人突然发现，自己竟然不忍心向眼前这个人出手。

"来吧，怎么？你怕了吗？"叶音竹有些嘲弄似的说道。

中年人脸色微变，他终于还是动了。一闪身，他便来到了叶音竹面前，而他的双掌瞬间贴上了叶音竹的胸膛。

金光重新亮起，两种属性截然相反的能量再次出现。

就在这个时候，叶音竹没有闪躲，甚至张开了自己的双臂，任由中年人来到身前，将胸膛留给了中年人。

中年人没有手下留情，双掌贴上叶音竹胸膛的一瞬间，金光骤然迸发。

超神器枯木龙吟琴所能护住的，只有叶音竹的心脏。这一次，失去了原力的保护，在金光的影响下，叶音竹的身体像炮弹一般飞了起来。

但是，飞起的并不仅仅是叶音竹一个人，那神秘的中年人和他一起飞了起来。

中年人第一次感到有些恐慌。他发现，叶音竹紧紧地搂住了他。

以中年人的实力，当叶音竹刚刚搂住他的时候，他就做出了反应。可是没想到，他没能震开叶音竹的手臂。他无法挣脱，只能和叶音竹一起飞出。

淡淡的绿光在两人身体之间闪烁，那是一根碧绿色丝线，名为碧丝。叶音竹一直都将碧丝缠在手腕上，自从他实力提升，又有了其他的武器之后，他就几乎没用过碧丝了。但是，他一刻也没忘记过碧丝，就像他没忘记过紫竹针一样。

叶音竹没有判断错中年人的实力。他没有指望仅靠自己一条手臂就能够困住中年人。他在抬起左臂的时候，就将碧丝放了出去。碧丝在原力的催动下飘然而出，将他的身体和中年人的身体紧紧地捆在一起。

在这样的情况下催动原力，叶音竹很是勉强，忍不住张嘴喷出一口血，中年人就在他面前，正好被叶音竹喷了满脸。

这一次，中年人真正看到了叶音竹的笑容。

现在的叶音竹绝对说不上英俊，尤其是那一口破碎的牙齿，令他的形象大打折扣。他的笑容令神秘的中年人感觉有些恐惧。

"如果你死了，我还没死，那么，这场考验是否就结束了呢？"这是叶音竹对中年人说的最后一句话。

紧接着，中年人感觉背后一阵冰凉。

这一下，吓得中年人打了个激灵，他皱紧眉头，想要防御，之前的金光骤然收敛。这时，两人的身体已经越贴越紧了。

叶音竹还在笑，这神秘的中年人感觉十分不可思议。

叶音竹之前抱住中年人的时候，用的是左臂，而不是双臂，为什么？因为，他要留着自己的右臂做最后一件事。

神圣巨龙诺克希留给了叶音竹不少东西，其中最重要的，无疑是超神器枯木龙吟琴，但是，除了这件超神器，还有一样东西，那就是诺克希之剑。不用的时候，叶音竹总是让诺克希之剑化成一枚戒指，戴在手上，需要的时候就化成剑，大多数时候能起到出其不意的制敌效果。

诺克希之剑本就是神器，削铁如泥，叶音竹经过九针激神大法的刺激，手上的力量也不弱。在惊慌之中，中年人没想到背部会遇袭，因此防御薄弱。以神圣巨龙的独角雕刻而成的诺克希之剑刺穿了中年人的身体，当然，叶音竹没有留情，他必须保证中年人被他打败，所以他用诺克希之剑刺穿了中年人的身体，因为两人贴得很紧，他也刺穿了自己的身体。

现在，诺克希之剑将他们的身体串了起来。

尽管身体已经受到了重创，可叶音竹还是很冷静，这一剑他精确地计算过刺入的位置。剑是从中年人左侧肩部下方刺入的，那是心脏所在的位置，而贯穿过来，长剑刺入的是叶音竹的右胸，而不是心脏。所以，这一剑对叶音竹来说，是不致命的。

中年人的眼睛开始慢慢失去神采，身体也渐渐变得僵硬了。

这一切都是在半空中发生的。

"砰——"

两人的身体重重地摔落在地面上，但并没有滑向远方。诺克希之剑实在太锋利了，落下来之后，它直接刺穿了冰面，将两人的身体钉在了冰面上。

中年人的生命气息正在快速流逝，叶音竹脸上依旧带着笑容。尽管，他现在没有力量站起来了，可是，他依旧在笑。

"神龙王，知道吗？我通过了您这'小小'的考验。我击败了这个家伙，可惜，我已经没有力气爬到生命之水那里了。这好不好笑？明知道生命之水可以挽救我的生命，甚至能够挽救我身上这个家伙的生命，可我们现在都无法离开这里。"

叶音竹心中没有恨。他不知道神龙王的这个考验的目的是什么，他只知道神龙王绝对不希望他死。

或许，正是因为中年人一直不放过他，这"小小"的考验才变了质吧。

叶音竹缓缓地闭上双眼，感觉到自己周围的一切开始变得虚无了，没有寒冷，也没有其他的东西，他知道自己可能会死，也知道魂珠会留下来，他没有感到害怕，他只是希望，有一天，苏拉和海洋能够找到他的魂珠，唤醒他的灵魂，让他亲眼看看自己的孩子。那样，他就真的满足了。

尽管他只有二十几岁，可最近这几年，他的生活过得如此精彩。他没有恨身上这个人，猎犬终须山上丧，将军难免阵中亡。以往战斗的时候，死在他手上的人也不少，那些人死的时候不也有同样的感受吗？死并不是一件可怕的事，他只是有些遗憾，遗憾没能看到自己的孩子来到这个世界上。

"啊——"

一声惊呼打破了暗塔的宁静。

"苏拉，你怎么了？"

海洋紧张地来到苏拉身边。只见苏拉用左手抓住右手，看上去很是痛苦。

距离孩子出世还有好几个月，苏拉已经开始给孩子准备衣服了。她握着右手，很明显就是给孩子做衣服时，被针扎到了。所谓十指连心，她又怎么可能不疼呢？

海洋看着苏拉，有些惊讶，以苏拉的实力，这一根普通的针怎么可能刺到她？

"苏拉，你怎么了？"

苏拉摇了摇头，道："我也不知道，就在刚才那一瞬间，我心神不宁，有些不安。怎么会这样？难道，难道是音竹他……"

海洋将有些慌乱的苏拉拉进自己怀中，安慰道："傻丫头，不要乱想了，音竹现在实力超强，在龙崎努斯大陆上，能够伤害到他的人屈指可数。更何况，他可以召唤紫到身边，他们两个加起来，就算是奥布莱恩大师，也没有把握打败他们。再加上，龙崎努斯大陆上最强大的人都在法蓝，音竹出去也不会遇到什么高手。你啊，这是关心则乱。他才没走多久，你就这么担心了吗？"

苏拉没有因为海洋的劝慰而宽心，还是很担忧："所谓血脉相连，我体内有他的骨血，或许，或许他真的出了事……海洋姐，我……"

海洋不担心是不可能的，但现在有苏拉这个孕妇在，她不能表现出来，那样只会让苏拉更加慌张。

"别多想了。没事的，没事的。"

"砰——"

水杯掉落在地上，瞬间破碎，水流了一地。原本握住水杯的大手停在半空之中，还保持着先前的姿势。

紫整个人都变僵硬了。

"紫，你怎么了？"安琪吓了一跳，看着紫，赶忙上前拉住他的手。

她吃惊地看到，一向沉稳的紫竟然有些慌张。

"音竹，出事了。"

就在先前那一瞬间，紫发现自己和叶音竹之间的灵魂联系完全断了，那并不是叶音竹单方面切断了跟他的灵魂联系，不像之前叶音竹承受古蒂发出的雷电时的情况，这次是真的断了灵魂联系。紫再也感觉不到叶音竹的存在，一切都好像烟消云散了，紫的心骤然揪紧。

"走，去法蓝……"

紫一把拉住安琪，像疯了一样向外冲去。

法蓝，光明塔。

正在修炼中的奥布莱恩突然睁开了双眼，眼中尽是一片骇然之色。

"暗塔光芒暗淡？怎么会这样？究竟发生了什么？"奥布莱恩慌了，这么多年以来，他头一次这么慌，他立刻离开了自己的观星台。

叶音竹真的已经死了吗？至少，在失去意识之前，他自己是这样认为的。他的最后一个感觉是压在自己胸口上的东西有些软，还很有弹性。

当叶音竹真正昏死过去之后，伏在他身上，那心脏应该被刺穿，早就死透了的中年人却缓缓爬了起来。

"噗——"

中年人把手伸到背后，握住了诺克希之剑，硬生生地将诺克希之剑拔了出来，使他能够不紧贴着叶音竹。

鲜血同时从他和叶音竹身上流出来。

中年人抬起头，并没有处理自己的伤口。他遥望南方，脸上露出一丝淡淡的笑容："你是对的。他果然有继承的能力。是的，他通过了考验。"

说完这句话，中年人一把抓住叶音竹的身体腾空而起，一眨眼，中年人就横跨了千米，下一刻，两个人便泡进了生命之水里面。

时间一天天过去了，冰森已经彻底消失，或许，成千上万年以后，冰森会再次出现。

这极北苦寒之地，并没有因为冰森消失而变得温暖，相反，冰塔、冰柱消失之后，寒风不受阻挡，变得更加凛冽。

只有最北端的地方，始终升腾着淡淡的水蒸气，看上去有些温暖。

水蒸气升入二十米的空中后会变成细小的冰粒，幸运的话，它们会被风卷走，成为冰雪世界中的一员，如果还是重新跌回原本的地方，那么，它们就只能重新化为水，再重复由水变成水蒸气的过程。

如果真的有人来到这里，那么，他能够看到这样一幕奇异的景象：一口泉水中端坐着两个人，那泉水仿佛是热的，水蒸气正是从此处而来。那两个人很静，静静地坐在这里。冰雪温泉何等美妙，可他们真的是在享受吗？

第二百八十五章
生命之水和最后一条神龙

叶音竹呼出一口白气,轻轻地动了一下身体,意识渐渐回归,慢慢清醒过来。

"这就是灵魂沉睡的感觉吗?似乎还挺舒服的。"这是叶音竹第一个反应。

周围的一切都暖洋洋的,叶音竹感觉自己好像在一个温度适宜的熔炉之中,浑身上下,别提有多舒服了。他嘴里还有一股淡淡的甜味,带着清香。

那种从头到脚的舒适感令人迷醉。

这真的是灵魂的世界吗?叶音竹缓缓睁开了双眼,灵魂的世界怎么会有温暖的感觉?

他已经意识到不对劲了,下意识地睁开双眼。他惊讶地发现,自己竟然能看见了。尽管眼前是白蒙蒙的一片,可他真的看见了。

叶音竹心想:我还觉得有些甜,可是,我不是早就失去味觉了吗?这白蒙蒙的是什么?是我的眼睛有问题吗?不,不对,这似乎是水雾,水蒸气形成的水雾。叶音竹想不明白了。

"这是哪里？我在什么地方？"叶音竹发出了疑问。当然，对他来说，这本应该是一句自问自答的话，可是，有人回答了他这个问题。

"原来你在哪里，现在就还在哪里。"这声音很是悦耳，但也有些拒人于千里之外。

面前的水蒸气突然散了，叶音竹看到了令他无比震惊的一幕。

就在他面前三米外，坐着一个人，那个人也泡在水中，正静静地看着他。

水是淡红色的，极为清澈，那淡淡的清香正是水的气味，他口中那甜丝丝的味道，就是水的味道。

叶音竹感觉这个人既冷淡，又平静，没有一丝情绪波动。这个人有一头黑色长发，长发披散在水中，白嫩的皮肤上有水珠正一点点地滚落，黑色的眼眸十分冰冷，又很是有神，鼻梁高挺，面部曲线柔和，嘴唇厚薄适中而又殷红。

这是一个美女，她并不像离杀那样冷，她身上的冷是那种对任何事都不在乎的冷，是一种漠然的冷。她那精致的容颜，在叶音竹看来，跟苏拉、香鸾差不多，比海洋还要略胜半分。就是因为她那淡漠的冷，令她拥有一种和其他女子截然不同的特殊气质。

叶音竹可以肯定，自己绝对不认识这样一名女子。这女子看上去只有二十岁，为什么会突然出现在他面前？她那种特殊的气质为什么让他有种极为熟悉的感觉？不仅熟悉，叶音竹还有些慌乱，掌握不了状况的慌乱。

更为重要的是，面前这个黑发黑眸的女子身无寸缕。尽管两人浸泡的水是淡红色的，可是水很清，根本起不了遮挡作用，这下，两人算是彻底地"赤诚相见"了。

透过清澈的水，叶音竹可以看到女子的腿，他可以肯定，这名女子绝对不比自己矮。

"看够了吗？"

黑发女子并没有像平常女子一样反应那么大，没有手忙脚乱地跳起来遮掩，双手静静地放在身侧，一动不动。

"还没。"叶音竹下意识地回答道。他刚醒过来，脑子还没转过弯来。再说，他很长时间看不见东西了，醒过来后，突然发现自己能够看见了，有些惊喜，有些不适应，还有些弄不清状况。如果非要用两个字来形容叶音竹此时的感受，那就是幸福。他能看见东西，以后也能看到自己的孩子，这让他感觉很是幸福，就跟普通的失明者复明之后的感觉一样。

"啊，不是，对不起。"

叶音竹说出那两个字之后，才意识到自己的失礼，赶忙低下头。不过，这一低头，他又惊到了，他看到自己和黑发女子一样，身无寸缕。

慌乱之下，叶音竹赶忙用手挡住关键部位，此时他已经忘了之前想的问题，脸上尽是羞赧之色。

"不用遮了，你身上每一处我都看过了，你也看了我的，我们扯平了。"黑发女子的声音很冷，冷得不带一丝情绪。

突然，叶音竹醒悟过来，他知道自己为什么觉得黑发女子很熟悉了。在没有用眼睛去看黑发女子的情况下，黑发女子给他的感觉和中年人给他的感觉是一样的。

"你，你是那个中年人？"叶音竹猛地抬起头，目光冷厉，盯着面前的黑发女子。

没错，那种冰冷、毫无情绪波动的感觉，正是中年人所拥有的。

黑发女子没有回答，她的眼神已经告诉叶音竹，他猜对了。

在短暂的惊讶之后，叶音竹渐渐平静下来，有些嘲讽地道："那这么说，我们是在地狱了？这里是地狱的温泉吗？没想到，待遇居然不错。"

"谁告诉你这里是地狱？"黑发女子觉得叶音竹有些搞笑，脸色变化了一下，下一刻就恢复了原来的样子，叶音竹并没有发现。

叶音竹愣了一下，道："不是地狱？那水怎么会是红的？"

黑发女子淡然地道："应该有人告诉过你，有一种泉水实际上是血液汇聚在一起形成的。"

叶音竹本身就是聪明人，只不过刚清醒还有些失神，听到黑发女子的话，他顿时想起了神龙王对他说过的话。

"难道，难道这就是生命之水吗？"

刚看到生命之水的时候，生命之水上方氤氲着水蒸气，他的眼睛又无法视物，他不知道生命之水是什么样的，此时此刻真正看到，他才想起神龙王对他说过，这生命之水其实就是当初死去的神龙的血液。

叶音竹胸中顿生一种崇敬之情，而后他冷静了下来，想跟黑发女子好好谈谈。

"我们为什么都没有死？"叶音竹问道。

"你很想死吗？"黑发女子反问道。

"你是谁？为什么你会在生命之水旁边，你又是怎么知道神龙王的存在的？"叶音竹发出了一连串的疑问。

"我就是你的考验。从生命之水出现的第一天起，我就和它在一起。既然我从它出现的第一天就和它在一起，你还需要奇怪我为什么知道神龙王吗？"这次，黑发女子回答了叶音竹的问题。

叶音竹恍然大悟："那这么说，你就是生命之水的守护者了？"

黑发女子淡淡地道："你可以这么理解。"

叶音竹苦笑一下，开口道："那么，我算是通过考验了吗？"

黑发女子道："如果你没有通过考验，你以为你会在这里吗？"

叶音竹怪异地道："可是，我觉得很奇怪，为什么你没有死，还能把我带到生命之水之中？那时候我确实快死了，我还记得，我用诺克希之剑插入了你的心脏。就算是再强的人，心脏被刺穿之后，也一定会死吧。"

黑发女子歪了歪头，看着叶音竹，眼神有些怪异。她问道："你想知道吗？"

叶音竹认真地点了点头。

"那好，给我一只手。"黑发女子道。

叶音竹抬起了一只手。

黑发女子走上前来，速度很快，她的左手稳稳地抓住了叶音竹伸出的右手，然后……

叶音竹吓到了，眼睛瞪得老大，他一时间都不会思考了。

原来，黑发女子抓着叶音竹的右手，放到了自己的右胸之上。

"怎么样？"黑发女子淡淡地问。

叶音竹下意识地抓了抓，呆呆地回答："很有弹性。"

下一刻，叶音竹看到黑发女子脸色大变，她的声音中明显带着怒气："我是问你，你找到答案了吗？"

"啊？"叶音竹这才反应过来，赶忙静下心来感受，这才发现女子的右胸处有心脏跳动的感觉，不禁失声道："你的心脏在右边？"

黑发女子一把甩开了叶音竹的手，回到了自己先前所处的位置。

"所以，我没死，你也通过了本不应通过的考验。"黑发女子冷然地道。

"这么说，你本来没打算让我通过考验？"叶音竹微怒道。

他与黑发女子交手的最后时刻，他猜到有些地方出了问题。小小的考验变成了死亡危机，看来问题出在黑发女子身上。

"你错了，不想让你通过考验的，是让你来这里的那个家伙，那家伙就不该派你来，不怕我杀了你啊！"黑发女子冷淡地道。

让我来这里的家伙？她说的是神龙王。想到这里，叶音竹怒气更盛："不许你侮辱我的先祖。"

黑发女子依旧平静，云淡风轻地开口道："如果他是你的先祖，那么，我也是。"

"你说什么？"黑发女子的话再次令叶音竹震惊了，"难道，难道你……"

黑发女子抬起手，淡淡的金光出现在她的手臂上，紧接着，那金光逐渐聚集，一片片金色鳞片出现。

叶音竹记得这金色的鳞片，尽管那时候他是通过天人合一"看到"的，可他还记得鳞片的样子。没错，这就是属于神龙的鳞片，是先祖神龙的鳞片。

"你是神龙？"叶音竹艰难地开口。

黑发女子的回答很简单："我是还活着的最后一条神龙。所以，如果那个家伙是你的先祖，那么，我也是。"

叶音竹苦笑道："看来，我这一战打得这么惨，最后输了，也不算冤枉，毕竟，考验我的人是我的先祖，是神龙。"

黑发女子摇了摇头，道："不，你没有输，你赢了。如果我的心脏和普通神龙一样长在左侧的话，我早就死了。我太大意了，是我输了。你凭借自己的实力通过了考验，这并不是那个家伙给你的考验，而是我给你的。"

"你给我的考验？为什么？再说，就算你也是神龙，也不能不尊敬神龙王。"叶音竹道。

"我想让你知道原因的时候，你自然会知道。至于尊不尊敬那个家伙，也不关你的事，你没有追究我的权利。"

叶音竹猛地从泉水中站了起来，怒道："我知道我的实力不如你，你可以轻易地把我弄死，可就算这样，我还是要说，你不可以侮辱神龙王。"

"你凭什么追究我？"黑发女子依旧坐在那里，不为所动。

叶音竹傲然地道："就凭我是神龙传人，就凭我是神龙王的后代。"

黑发女子笑了，仿佛听到了这个世界上最好笑的笑话一般。这是叶音竹第一次见到她的笑容，不可否认的是，她的笑容真的很美，美到令人窒息，可惜的是，她的笑容中充满了不屑，还有悲凉。

"你是神龙王的后代？那我又是什么？我问你，如果一个女孩儿在出生之前，她的父亲就决定让她孤独万年，守护那本不应该由她守护的东西，把孤独当成了对她的照顾。你认为，那个女孩儿应该尊重这样的父亲吗？"

黑发女子的情绪明显变得激动起来。她虽然没有站起身，但上半身已经完全露出了水面。

叶音竹蒙了，呆呆地看着黑发女子，一个字也说不出来。

黑发女子只激动了片刻，很快又恢复了冷静。

"坐下。"

叶音竹像是听从命令一般，坐回了生命之水之中。他开口问道："你是神龙王的女儿？"

黑发女子冷冷地道："我从来没承认过。现在不会，以后也不会。现在，你听我说，他让你来这里，本就没打算让你通过我的考验，这根本就不是一个考验。你懂什么叫破而后立吗？想成为神龙真正的传承者，你必须拥有神龙的血脉。这生命之水就是为你重塑身体，重塑血脉的东西。我之所以攻击你，重伤你，也是为了之后让生命之水完全融入你的血脉之中。一万年了，那个家伙挑选了你。"

原来这才是神龙王的苦心，叶音竹心中原本的一丝不满消失了。

黑发女子眼中似乎多了些什么："或许，这是那个家伙万年以来下的最正确的决定。"

"因为我通过了你的考验吗?"叶音竹忍不住说道。

黑发女子淡然地道:"因为你有着神龙应有的傲骨,有着挺直的脊梁和战斗到最后一刻的决心。原本,我从未对他的计划抱有希望,因为这片大陆早已不属于我们东龙了。但在你身上,我看到了当初东龙战士的精神,或者说是神龙的精神。"

叶音竹愣了一下,这种赞赏的话,从神龙王的女儿的嘴里说出,很难带给他荣耀感。她就像在说一件再平常不过的事情。

"那我现在可以走了吗?我感觉自己的身体差不多完全恢复了,甚至比以前更好。我还有许多事要去做,必须离开。"

既然已经找到了生命之水,通过了考验,他就想要尽快赶回去。他不知道自己究竟在这里待了多长时间,他只想赶快回去,回到琴城,又或者回到法蓝。

"还不行,没有我的允许,你不能离开这里。"

黑发女子冷冷地看着叶音竹,骤然释放出一股压力,令叶音竹全身一僵。就在这一刻,一股无比澎湃的原力从他体内涌出,庞大的能量绕着叶音竹的身体旋转起来,形成了一个旋涡,挡在他面前。

原力,那是原力。只是,叶音竹有些不认识现在的原力了。现在的原力比以前的原力强大了好几倍,周围的一切在他看来都变得剔透起来。

"先感受你自己的变化吧,要是连自己的情况都弄不清楚,你还想离开这里吗?"黑发女子收回那股压力,叶音竹面前的旋涡也悄然消失了。

叶音竹知道,自己确实太急了一些,便依言盘膝在泉水中坐好,静静地听自己的心跳声,将注意力都放到了自己身上。

一切似乎都变得不一样了,破碎的骨骼已经长好,内脏都完好地待在它们应该在的地方。当初,冲破魔武极壁达到次神级的时候,叶音竹曾经看到自己体内的一切都变得透明了，现在，当初的透明消失了。

骨骼依旧是白色的，经脉中流淌的血液是红的，一切都像是普通人一样。

可是，他真的跟普通人一样吗？不，当他的精神力进入自己体内的那一刻，他就知道一切都不同了。

他的体内充满了生命能量，那些生命能量太多了，甚至有种快要爆炸的感觉，其充盈程度难以想象。哪怕是在巨龙身上，他也没见过如此多的生命能量。

现在，以生命之水为血液，这就是生命之水带给他的变化。他的原力在血液中流淌，在生命能量的滋润下，每一刻，原力都在悄然增长，就算不刻意去修炼，它的增长速度也是以前的好几倍，比在法蓝修炼的效果好太多。

此时的叶音竹已经不是当初的叶音竹了，他算是脱胎换骨了。

来到这里，和黑发女子交手的时候，叶音竹已经达到了次神级二阶，现在的他，骤然提升了两阶，达到了次神级四阶。要知道，进入次神级境界之后，哪怕叶音竹是冲破了魔武极壁达到的次神级，想要再提升一阶，也需要修炼很长时间。他只是在生命之水中睡了一觉，实力就提升了两阶，实在是难以置信，太令他惊喜了。

他的精神力也增强了不少，在精神之海中心，两颗魂珠静静地躺在那里，那颗属于叶音竹的魂珠，体积扩大了至少两倍，差不多有菲尔杰克逊魂珠的一半大小了。

"你的实力提升，是生命之水帮你的。生命能量是一切力量的源泉，有它的滋润，你可以变得更加强大。从现在开始，你不再是一个纯粹的人类，因为你的身体里面流淌的是生命之水，也是神龙的血液。精神力的提升跟生命之水没关系，那是你自己努力的结果。你有执着的信念，在战斗中突破，令你的精神力达到了另一个层次。"

黑发女子的声音在叶音竹的精神世界中响起，声音还是那么冰冷。叶音竹并不在乎黑发女子那么冷淡，他现在心中只有欣慰和惊喜。

叶音竹不断回想起那一战的情景。天人合一的境界，完美的太玄琴心，尽管最后他还是输了，可是，那一刻他达到了这一生的巅峰。连他自己都不能肯定，如果重来一回，他是否还能做到那样。

叶音竹缓缓睁开双眼，这一次，他目光清澈，很是平静，将一切都藏在了心底。

"我该如何称呼你？"叶音竹看着黑发女子道。

黑发女子愣了一下，虽然叶音竹并不是她接触的第一个人，但是唯一一个和她大战后还活着的人。以往，凡是找到生命之水的人，都死了，她不允许任何人亵渎神龙的血液。除了眼前这个男人，她从未与其他人交流过，哪怕是自己的父亲神龙王，她也只通过灵魂之间的那一丝牵引联系过。

"我没有名字。"黑发女子的神色有些黯然。

叶音竹已经复明了，自然能够发现黑发女子神情的变化。他试图安慰黑发女子，便道："你是神龙王的女儿，我叫你小龙女好不好？"

"小龙女？"黑发女子站起身，有些不解，"我哪里比你小？"

"呃……这个，难道要叫你大龙女？"叶音竹有些无语，也有些尴尬，不好意思朝黑发女子看。

"好像还是小龙女好听一点，随便你吧，跟我出来。"小龙女一边说着，一边飘然而起，出了生命之水。

叶音竹赶忙站起身，跟着她来到了外面。

虽然寒冷对他们来说根本不算什么，但是叶音竹跟在小龙女背后来到泉水之外时，还是不禁颤抖了一下，有些不适应。

小龙女站在他前面，他正好可以看到小龙女的背部。

正如之前叶音竹判断的那样，小龙女的身高和他差不多。按说女子这样高，比例应该会有些不协调，但是小龙女不是，她的身材很完美，身体甚至是黄金分割比例，肌肤雪白，很是美丽。

"这个，小龙女，你能不能穿上一件衣服？"

叶音竹看到一旁的神源魔法袍，赶忙捡起来套在自己身上。

"人类都是这么虚伪的吗？"小龙女转过身，面对叶音竹，毫不在意自己没穿衣服，就这样暴露在叶音竹面前，"我明明感觉到你想看我的身体，为什么还要让我穿衣服？"

叶音竹大窘，是啊！以小龙女的实力，感受到他的情绪变化再简单不过。她一直在守护生命之水，没有接受过教育，叶音竹确实和她讲不通世俗间的道理。

"我只是觉得，如果你穿上衣服，会更加漂亮，美好的事物遮掩一点或许更有神秘感。"连叶音竹自己都觉得这解释很烂，可是他实在想不出更好的说法。小龙女问得太直白，一下就把他问倒了。

小龙女淡然一笑，问道："难道你认为，随便来个人都能看到我的身体吗？"

叶音竹愣了一下，没等他反应过来，小龙女就抬起了手。

条件反射一般，叶音竹的身体立刻向后倒去，这时，一道金光从他胸腹上方掠了过去。

"又来？"

叶音竹不敢怠慢，立刻让身体飘浮起来，光芒闪烁，超神器枯木龙吟琴已经出现在手中。尽管他的实力已经提升了两阶，可他知道，自己想要击败小龙女还是很难的，两人之间的差距太大了，要是小龙女下狠手的话，他就完了。

想象中的攻击没有到来，小龙女依旧站在那里，抬起的手也已经放下了。

她身上多了一套衣服。那是一条白色的长裙，白色长裙很合身，衬得她越发美丽动人了。

黑发白衣，飘然若仙，再加上她那淡定的神色，她给人的吸引力更大了。

金光越来越盛，耀眼的光芒让她变得有如太阳一样。

"看清楚了，用你的心来感受。"

小龙女一边说着，一边伸开双臂，娇躯飘然旋转一周。她身体周围的金光也随着她的旋转变得更加耀眼了，一个金色旋涡出现在她头顶上方。

这一招没有攻击力，这是叶音竹的第一个感觉，紧接着，他就感觉天地一片混沌，他不知道金光中蕴含的能量有多么庞大，这一刻，金光似乎成了连接天地的介质，天地间的一切仿佛都在这一瞬间被它吸空了。

"无极。"小龙女口中吐出了两个字。

娇躯再转，金光的颜色出现了变化，一半加深，一半变浅，盘旋着，像两条鱼一样组成了一个太极图。

原本的混沌产生了规律，这奇异的能量之中，似乎包含着天地至理，包含着天地间的一切。

"无极生太极。"

小龙女面对叶音竹，任由那太极图在自己头顶上方旋转，这一次，叶音竹明显感受到太极图中蕴含的能量正在以恐怖的速度增加着。它不再局限于一种元素，开始吸收天地之力。

此时叶音竹才明白，小龙女第一次和自己交手的时候，一直都是手下留情的。如果那时候她就使出这样的手段，他根本没有反抗的机会。试问，人的力量再强，又怎么能和天地抗衡呢？

"太极生两仪。"小龙女抬起双手，那巨大的阴阳鱼骤然分开，浅与深的两道金光出现在小龙女双掌之上。

叶音竹感觉到，这就是当初令他束手无策的两种能量。

"天地本无极，无极生太极方成规律。太极生两仪，才有了阴阳。男人为阳，女人为阴。天地之间的一切，就包含在其中。什么光明与黑暗，水与火，土与风，无不包含在其中。你明白了吗？"

叶音竹摇摇头，又点点头，道："我明白了，又不明白。"

小龙女笑了笑，道："很好。你需要的是时间。你已经不需要学什么东龙武技了，你需要学的是这神龙本源之法，也是东龙最本源的东西。"

叶音竹朝小龙女缓缓鞠躬，他的神色已经变得一片肃然。尽管刚才发生的一切很短暂，可小龙女为他开启了另一扇大门，为他开启了通往神界的大门。这才是东龙失传的真髓。

小龙女坦然受了他这一礼，接着道："记住，我不是你的老师。现在不是，以后也不是。"

"好。"叶音竹答应一声，缓步走到小龙女身边。

小龙女道："每个人修炼的方向都不同，没必要刻意模仿和学习，只要激发出自身的潜力，自然能进入更高的层次。神龙的血脉永远会指引你前进。"

"受教了。"叶音竹牢牢记住了小龙女的话。

"好了，能教给你的东西我都教了，现在，我们可以走了。"小龙女一边说着，一边转身朝南边走去，连看都没看生命之水一眼。

她看似走得不快，实际上只迈出一步就到了千米之外。这种情况，叶音竹已经见过好几次了。

虽然叶音竹也能够利用瞬间移动转移位置，但他做不到小龙女那样从容，而且，他瞬间移动一次，一般在三百米以内，而小龙女随便跨步就能跨过千米，两者之间的差距不是一般的大。

"等一下。"

叶音竹赶忙加快速度，追了上去。他提升到了次神级四阶，速度也比以前快了不止一倍，就这样还是要用尽全力，才能勉强跟上小龙女的脚步。

"你要去哪里？就这么走了，生命之水怎么办？"叶音竹吃惊地问道。

小龙女瞥了他一眼，无奈地道："自然是去你要去的地方，至于生命之水，从你清醒过来的那一刻起，它就不存在了。难道你没发现，你清醒之后，生命之水中已经没有了那么庞大的生命气息吗？"

叶音竹愣了一下，现在回想起来，果然，他清醒之后，确实没能再从生命之水中感受到那庞大的生命气息，再看看自己的身体，他顿时明白过来。

"生命之水中，神龙血液的能量都被我吸收了？"

刹那间，他感觉自己肩头的担子变得更重了。他的身上不仅有神龙王赋予的使命，还有神龙一族的恨。

第二百八十六章 我和他一起睡的

"不是你一个人,你没有那么大的能耐,还有我。你以为,这万年以来,我只是守护着它吗?准确地说,是你和我将生命之水中的能量完全吸收了。现在的它,最多只能算是一处永远不会枯竭的温泉。"

叶音竹点了点头,道:"小龙女,能不能告诉我,你现在的实力达到了什么境界?"

小龙女眉头微皱,道:"如果按照你那种算法,我应该已经到了临界点吧。最后的临界点,也有可能是永远都无法突破的临界点。"

叶音竹骇然道:"次神级九阶巅峰?"

他觉得自己输得一点不冤。面对一名实力达到次神级九阶巅峰,继承了神龙血脉的强者,他还撑到了最后。难怪他拿出了超神器枯木龙吟琴,还能被赤手空拳的小龙女压制,她的实力果然远超自己啊!

小龙女看了一眼有些呆滞的叶音竹,道:"这是你早晚能够达到的境界,不用多想。不能突破那个临界点,一切都没有用,永远不能拥有像那个人一样的力量。"

叶音竹知道她说的那个人是神龙王，而所谓的临界点，就是突破神级最后的瓶颈了。小龙女的实力甚至在光明塔塔主奥布莱恩之上，她应该是他见过的，也是现在龙崎努斯大陆上的最强者了吧。

"我们现在去哪里？"小龙女问道。

叶音竹侧头看她，突然发现，小龙女的目光有些迷茫，甚至有些无助。

一万年了，她一直都在守护着生命之水，跟着生命之水的移动而移动，从来没有真正走出去过。可以说，她的一生，都是在孤寂中度过的，除了修炼就是守护生命之水，这样的日子还真是平淡而可怜啊！

叶音竹知道，她表面上看去很冷淡，实际上，她的内心也会有些彷徨。

"先停下来吧。"叶音竹抬手拉住小龙女的衣袖。

小龙女看了他一眼，停下脚步。

"我有传送魔法阵，我想，我们应该先到一个地方去，然后，我再带你去见神龙王。"叶音竹心里已经有了打算。

小龙女没有多说什么，只是一脸淡漠地站在那里。其实，叶音竹不知道，小龙女不是有些彷徨，而是非常彷徨。就算小龙女拥有超强的实力，也没什么用，她没怎么跟人接触过，也没怎么了解过现在的世界。等她出去之后，她就会像刚降生的婴儿一样，什么都不知道。而在她心中，她已经隐隐地将叶音竹当成了自己的依靠，当然，以她的高傲，自然不会将这一点表现出来。

淡淡的光芒闪烁，叶音竹越来越放松，现在，他已经不需要去寻找自己以前刻画的传送魔法阵了，只几下，他就利用原力刻画了一个新的传送魔法阵，一点都不费力。

紫色水晶球从须弥神戒中出现，飘浮在叶音竹和小龙女面前。

看到这紫色水晶球，小龙女眼前一亮。虽然小龙女很快就恢复了正常，但她这一变化还是被叶音竹发现了。他不由得在心中暗想，看来，神龙也是龙，她也会喜欢这种漂亮的东西。

"小龙女,我看你没有武器,不如,我送你一件武器吧,这样会让你变得更加强大。"叶音竹一边说着,一边将自己手指上的龙魂戒摘了下来。

叶音竹利用原力,强行抹去了戒指上属于他的印记。

光芒一闪,龙魂戒已经变成了诺克希之剑原本的样子,剑身在阳光的照射下闪着乳白色光芒。

小龙女当然认得这柄剑,叶音竹就是拿着它刺透了她的身体,通过了考验。

没想到,小龙女并没有立马收下,而是皱着眉头,有些嫌弃地道:"这东西上面有蜥蜴的味道,我不喜欢。看它的材质,应该是蜥蜴角做成的。你还是自己留着吧。"

蜥蜴?

叶音竹感觉很是好笑,要是神圣巨龙诺克希还活着,知道自己被形容成蜥蜴,不知道会有什么感觉。不过,在真正的神龙面前,那些西龙大陆的龙族确实和长了翅膀的蜥蜴没什么太大的区别,只有银龙一族还算好看一些。

小龙女见叶音竹没说话,继续道:"你怎么知道我没有武器呢?"

她一边说着,一边翻转手腕,金光闪过,一柄长剑已经出现在她手中。

剑长三尺,宽约两寸,样式简单而古朴,通体为半透明式的金色,看上去并不锋利,但给人一种包罗万象的感觉,就像小龙女之前亮出的金色能量一般。

看到这柄金色长剑,叶音竹立马就发现这柄金色长剑的材质和诺克希之剑的材质有几分相似之处,只不过它的材质更好,好到连叶音竹都无法判断出其属性。

"每过千年,神龙头上的角就会脱落一次,然后重新生长。这是我自己的角做成的剑,我用着更顺手,施展时,威力也更大。"

小龙女轻拂剑身,一声清越的龙吟声传出。

叶音竹感觉到，龙吟声响起的瞬间，他手上的诺克希之剑竟然在颤抖，就连胸口处的超神器枯木龙吟琴也有动静。

如果，当初她攻击自己的时候不是用手，而是用这柄剑，结果会是什么样的？叶音竹不敢再想了。

叶音竹收回诺克希之剑，没有再让它变成戒指戴在手上，而是将它放入了须弥神戒之中。尽管小龙女没有要，可他以后也不准备用了。

通过与小龙女那一战，叶音竹明白了很多东西。他发现，术业有专攻，专心研究一个东西，在那方面的建树就可能会比较大，比分散精力研究各种东西要好。琴才是他真正的选择，才能最大限度地发挥出他的实力。

和小龙女交谈之后，叶音竹就决定了，古琴将是他今后唯一的攻击和防御武器。原本以为达到巅峰的琴艺，现在看来，还有极大的进步空间，尤其是小龙女教导了他神龙本源之法之后。

"我要开始传送了。"叶音竹向小龙女点了点头。

金光闪烁，那柄由神龙角制成的长剑悄然消失，小龙女静静地看着叶音竹。

紫光悄然从脚下出现时，小龙女闭上了眼睛。她在感受这其中的能量变化，下一刻，他们已经通过神奇的传送魔法阵离开了冰森，也离开了极北荒原，来到了另一个地方。

和冰森相比，新地方暖和得多。

环境突然变嘈杂了，小龙女有些不适应，皱起眉头，看了叶音竹一眼。

"这里是我的领地。"叶音竹向小龙女解释。

没错，凭借传送魔法阵，他将自己和小龙女送到了琴城，也就是他那建在山洞内的临时领主府内。

"欢迎光临琴城。"

叶音竹微微一笑，向小龙女做出一个请的手势。

小龙女淡然地道:"从现在开始,你到哪里我就到哪里。我不喜欢和别人交流,如果你不想让你的人受伤,就不要让他们来招惹我。"

看着小龙女那拒人于千里之外的样子,叶音竹并没有担心太多,他知道,这只是小龙女保护自己的一种方式,毕竟,她没在极北荒原之外的世界生活过,一切还是顺其自然比较好。

琴城,我终于又回来了。

这一次出门,遇到小龙女,险死还生,浸泡生命之水恢复了二感,并且大幅度提升了自身的实力,经历过这么多事情后,叶音竹不禁有种再世为人的感觉。

一般人化险为夷之后,都会很容易发现平淡生活的好处。现在的他就是这样。

"小龙女,能不能告诉我,我在生命之水中睡了几天?"走出自己的临时领主府的时候,叶音竹问了一句。

小龙女的回答着实吓了叶音竹一跳。

"几天?我记不清了,大概三年吧。"小龙女的话很平静,叶音竹心中却掀起了滔天巨浪。

"什么?"叶音竹失声惊呼,看着小龙女,他的神色变得极其古怪。

他怎么也想不到,自己这一睡,就睡了三年之久。一时间,他百感交集。要知道,他离开之前,苏拉就已经怀孕几个月了。如果他真的沉睡了三年,那么,他的孩子岂不是都两岁多了吗?

叶音竹有种难以名状的感觉,他的眼睛湿润了,不断在心中道歉:对不起,苏拉,我没能在你最需要我的时候守护在你身边,是我对不起你。

叶音竹的心都在颤抖,他是真的觉得对不起苏拉。

小龙女奇怪地看着他,不理解地道:"三年而已,你用得着反应这么大吗?你以为神龙血液是那么容易吸收的吗?三年已经很短了。我还是卵的时候，就浸泡在生命之水中了，足足用了一千年，我才从那里醒过来。"

叶音竹苦笑道："我和你不一样，我在龙崎努斯大陆上有太多的牵挂，幸好不是一千年，否则，我真的会崩溃。"

是啊，普通人类，谁能活一千年呢？哪怕是奥布莱恩那样的强者，没有达到神级，也不可能活一千年。如果他真的在生命之水里面睡了一千年，等他出来之后，他的亲人、朋友都早就去世了，到时候，他一定悔恨终生，一定会崩溃。哪怕只过去了三年，他还是很害怕，也很激动。

小龙女正是感受到了他情绪上的变化，才觉得奇怪。在她看来，三年就吸收了生命之水的能量，很划算啊！庆幸还来不及，哪至于这样啊！

她淡淡地看了叶音竹一眼，又沉默了。

"三年过去了，不知道琴城变成了什么样子。"

叶音竹迫不及待地跑了出去。小龙女也如同一缕轻烟般，跟随在他的身后。

走出洞穴，叶音竹立马被眼前的一幕震撼了。

当初，他之所以选择这个洞穴为临时领主府，是因为这个洞穴在山上，距离中心城区也不远，他能够鸟瞰到中心城区的情况。

此时，当他第一眼看到中心城区的时候，整个人都吓了一跳。

中心城区和他走的时候相比，已经发生了天翻地覆的变化。中心城区其实也跟个广场差不多，他们有的时候也说成是广场，在这巨大的广场之上，几万人在不停地忙碌着，难怪刚才在洞穴内都能听到嘈杂的声音。

这几万人不全是人类，还有精灵、矮人，甚至还有大量的地精撕裂者，以叶音竹的视力，他隐约能够看到那些人在制造什么东西。

但是，唯独不见琴帝号。

要知道，以琴帝号的大小，它是很难停在山坳中的。当初，叶音竹让离杀把琴帝号送回琴城，停放在广场上。他前往冰森的时候，琴帝号还在，现在却消失了。

此时的广场，给人的感觉就像是一个巨大的工厂，每个人都忙忙碌碌的。在广场的角落，他俩能够看到许多做好的东西正在被运走，其中有叶音竹熟悉的魔导炮，还有一些他从未见过的物品。

小龙女还是第一次看到这么多人，有些迷茫又满是戒备。叶音竹因为心里有些震撼，一时也没有注意到小龙女向他靠近了一些。

琴城，这还是我的琴城吗？

变化的不仅是广场。除了琴城大门那里的城墙，旁边连接各座山的城墙都不见了。那些城墙可是用花岗岩搭建起来的，耗费了琴城大量的人力、物力，现在都消失了。

究竟是怎么回事？这三年里，琴城究竟发生了什么？

叶音竹深吸一口气，勉强抑制住内心的好奇，他没有前往广场，而是转身朝布伦纳山脉走去。

"站住！什么人？"就在这时，一声大喝响起，紧接着，一队人类士兵出现在叶音竹和小龙女面前，一共有十人。

这些士兵穿着一样的铠甲，他们身上的铠甲并不是皮甲，而是用金属打造的简单铠甲，护住了身体的要害。虽然这种铠甲上没有任何花纹和多余的装饰，但从连接处的光滑程度以及铠甲本身的质感和反射的光芒，就能看出这种铠甲质量很不错。

叶音竹以前看过矮人族大师们打造这种铠甲。穿上这种铠甲之后，就算那些人的防御力比不上重装步兵的防御力，也比普通步兵的防御力强多了。

那队士兵手上都拿着一根长矛，背后还背着一柄宽刃剑，这种剑的重量只有重剑的三分之一，比重剑小一些，更方便携带，还是双面开刃的。

十根长矛同时对准叶音竹和小龙女，矛尖闪烁着耀眼的光芒，不用问，矛尖肯定都是用金刚精打造的。

十名士兵看着叶音竹和小龙女，目光极为不善，尽管他们在看到小龙女时被她的美貌所惊艳，但他们还是没有动摇，一直盯着这两个人。

十根长矛稳稳地指向两人，叶音竹完全相信，如果自己和小龙女有异动的话，那十根长矛会毫不犹豫地刺向他们的要害。

看来，琴城士兵的整体实力进步不小啊！想到这些，叶音竹脸上不禁露出了一丝淡淡的笑容。

"笑什么笑，严肃点！"为首的一名士兵大喝道，手中的长矛又向前推了半米，距离叶音竹不到三米，士兵一个冲刺就可以直接扎到叶音竹。

"别误会。"

叶音竹抬起自己的双手，表示自己并没恶意。

小龙女也没有什么动作，她并不是不介意被长矛指着，而是这些士兵在她看来实在太弱了，根本就不可能威胁到她，这些长矛就跟玩具一样，没什么杀伤力，因此被她忽略了。

"你不是说，这里是你的领地吗？"小龙女冰冷的声音中带着几分嘲弄。

叶音竹感觉有些尴尬，便向士兵们道："我是叶音竹。"

这些士兵显然是这几年新训练出来的，并不认识叶音竹。

为首的士兵愣了一下，怒道："好啊，还敢冒充我们琴帝大人，拿下！"看来他应该是队长。

那名士兵一边说着，一边伸直右手，手中的长矛朝叶音竹肩头刺来。不过，他手上明显留有余力，只想将叶音竹拦住，而不是真的想伤害叶音竹。

迫不得已，叶音竹不得不出手。他肯定不能让这些士兵真的把他抓住，要是那样的话，他就成大笑话了。

叶音竹无奈地摇了摇头，身体动了一下，左手一转，右手轻推。没有光芒闪烁，那十根长矛就到了他怀中。那十名士兵不约而同地退出三步，动作整齐划一，就像提前训练过很多次一样。

"你学得很快，可惜，力道不纯。"小龙女冷冷的声音从背后传来。

十名士兵大惊之下，立马抽出背后的宽刃剑就要攻过来。他们只看到叶音竹怀中光芒一闪，十根长矛就飞到了他们面前。出于本能，十个人立即停下脚步，试图挡住飞来的长矛，可谁知道那十根长矛突然一沉，同时插进了他们面前的地面，距离他们的脚尖不到三寸。

这一招将所有士兵都镇住了，他们顿时明白，眼前这个人绝对不是他们能对付的，而对方显然也手下留情了，否则，这些长矛早就取走他们的性命了。

"安雅在哪里，谁能告诉我？"叶音竹问道。

为首的士兵虽然被叶音竹吓住了，但还是壮着胆子，大喝一声，道："你们快走，跟上面汇报情况，我来挡住他们。"

说完，那名士兵便直接朝叶音竹扑来。

"好，临危不乱，愿意牺牲自己为队友断后，为队友争取时间，你是个出色的队长。"

叶音竹上前，伸出一只手抓住那名士兵的剑刃。

那小队长感觉自己身体周围的魔法元素立马就停止流动了，尽管叶音竹并没有直接接触到他的身体，可他无法移动了。

"你……"那名士兵惊慌得说不出话来。

叶音竹抓着剑刃将那名士兵拉到自己面前，轻叹一声，道："我真的是叶音竹，也就是你们口中的琴帝。看来，不能指望你们告诉我安雅姐姐在哪里了，还是我自己来吧。"

说完，他松开了手，那名士兵跟跄后退。

叶音竹不管那些士兵，面对群山，朗声高呼："叶音竹回来了，琴城各族族长，请前来相见。"

虽然叶音竹这一句话，只有十几个字，但每一个字都能传得很远。

近距离听，感觉他的声音似乎并不大，可一圈音波荡漾出去，让声音远远地传了出去，最后传遍了整条布伦纳山脉。

"声音方面，你果然有独到之处。"

小龙女听到叶音竹这一声高呼后，不禁暗暗点头。旁边那些士兵早已傻了。就算他们悟不出这一声高呼的奥妙，也可以从回音中感受到一些神奇之处。

那名队长的目光不再那么充满敌意，他看出来，眼前这两个人明显没有逃走的意思，而且其中一人还那样高声呼喊，难道，难道这个看上去如此年轻的青年，真的就是琴城的五帝之首——琴帝大人吗？

想到这里，队长骤然哆嗦了一下，如果真的是这样，那刚才自己冒犯的可是琴城之主啊！

"您、您真的是琴帝大人？"队长试探着问道。

叶音竹看了他一眼，微笑着道："我这名字不怎么值钱，应该没什么人冒用我的名字吧。是真是假，稍后便知，反正我们不会走的。"

士兵们都沉默了，在队长的带领下，纷纷收回自己的长矛，静立于一旁。

他们并没有等多久，不一会儿，一声长啸远远传来，紧接着，三道身影飞速朝着这边而来，速度之快，只能用"转瞬即至"来形容。

"音竹。"

人尚未到，声音已经先传了过来。不需要用眼睛去看，叶音竹就知道来的是谁。

跑在最前面的，正是东龙八宗三位太上长老中排名末位的兰如雪，也就是叶音竹的亲奶奶。在她身后的是另外两位太上长老。

兰如雪飞身而上，以她的实力，自然不会因为这点能量消耗就疲倦不堪，一到叶音竹面前就停了下来。

"臭小子，一走就是这么久。"

兰如雪满面怒容，一看到叶音竹，抬手就向他头上敲来。

小龙女的手下意识地抬了一下，却被叶音竹背在身后的手快速拉住了，而他的头也结结实实地被兰如雪敲中了。

小龙女愣了一下，看着叶音竹那甘之如饴的样子，不再有动作。

"奶奶。"

尽管头上被敲得很疼，可叶音竹心中很甜，他当然知道奶奶并不是真的生气，只不过是太担心自己了。

果然，兰如雪眼圈一红，猛地搂住比她高大得多的叶音竹，怒道："臭小子，你这个臭小子还知道回来啊！你知不知道，奶奶就你这么一个孙子，要是你出了什么事，奶奶也不活了。"

叶音竹伸出手搂着兰如雪的肩膀，柔声安慰道："对不起，奶奶，都是我不好。对不起，让您担心了。"

他没有说一句为自己开脱的话，因为他心中充满了歉意。他知道，自己走了三年，让很多人为他担心了三年，是他的不对，等待的人该有多焦灼啊！

虽然另外两位太上长老不会像兰如雪这样激动，但他们站在一旁，看向叶音竹的眼睛里也含着泪。

尽管叶音竹没有事无巨细地管过琴城的事务，可是，失去他的消息之后，整个琴城都像失去了主心骨一般，等待了三年，今天他终于回来了，两位太上长老说不出的开心。

一旁站着的十名士兵都看傻了，他们也是东龙子弟，自然见过三位太上长老。此时，三位太上长老已经用行动证明了叶音竹的身份，这十名士兵有种想找个地缝钻进去的感觉。

琴帝大人回来了,他们却对他刀枪相向,还动了手,这要让其他兄弟知道了……那十名士兵不敢想下去了。

三位太上长老的到来只是个开始,不一会儿,一道曼妙的身影就从远处飞来,美丽的外表和那双尖尖的耳朵,显示了她的身份。

看到这个人,小龙女点了点头,心中暗想:这个人还有点实力,虽然比不上我,但也算可以了。

来的正是精灵女王安雅,她飘然落地,再见到叶音竹,她也十分激动。

"音竹。"泪水不受控制地流淌而下,安雅猛地上前,抱住了叶音竹。兰如雪看到她来了,就站到了一旁。

"安雅姐姐,我回来了。"

"你还知道回来啊!你知不知道,大家都快急死了?你要是没有个好的理由来解释,哼,你就等着吧。我们治不了你,总有人能治你。你爷爷可说了,等你回来,要好好教训你一顿。"

安雅一边流眼泪,一边恶狠狠地说道,眼底的喜色是无法掩饰的。

紧随安雅之后,东龙八宗的宗主不分先后地冲了上来,和他们在一起的还有矮人族族长鲁特滋以及地精部落的古鲁长老。古鲁长老本身实力不强,速度不快,是被鲁特滋提着上山的。

"音竹,宝贝孙子,你可算是回来了,急死爷爷了。"

和兰如雪相比,叶离反而"温柔"得多,先给了叶音竹一个大大的拥抱,然后老泪纵横地上下打量着叶音竹,唯恐叶音竹少了点什么。

见此情景,安雅目瞪口呆,很是惊讶:"叶宗主,我记得你说过,等他回来后要好好教训他一下,你这……"

叶离愣了一下,看了安雅一眼,尴尬地道:"回来就好,回来就好,还教训什么啊！我相信我的孙子，没有特殊原因，他肯定不会离开这么久的。"

兰如雪哼了一声，道："好人坏人都让你当了，哼！"

叶音竹问道："爷爷，爸和妈呢？怎么没看到他们？"

叶离没好气地哼了一声，道："你这一失踪，把我们都急死了。你爸和你妈去了法蓝，在那里等你。谁知道你会去什么地方。三年，整整三年，要不是你老婆肚子里怀着孩子，我还以为我们老叶家要绝后了呢。"

"呃……"叶离的话提醒了叶音竹，他迫不及待地问道，"爷爷，我，我的孩子还好吗？苏拉和海洋她们还好吗？"

没等叶离开口，安雅已经在一旁道："好什么好！丈夫都没了，她们能好到哪里去？三年，你这一走可不是三天，而是三年。没有人知道你去了什么地方，甚至连姐夫都联系不上你，大家都要急死了。姐夫像疯了一样冲到法蓝，差点带着他的紫晶军团和法蓝大战一场，要不是法蓝那些塔主保证你平安无事，说你正在某个地方潜修，恐怕，我们又要和法蓝开战了。"

"那，那孩子呢？苏拉和孩子都平安吗？"叶音竹的心骤然揪紧。

看到他这个样子，安雅也不忍心再吓唬他，便道："放心吧，苏拉和海洋都很好，当然，她们俩十分惦记你。还有，你的孩子们也很好。"

"那我就放心了。"叶音竹长舒一口气，这才放松了一些，"等等，安雅姐姐，你刚才说，孩子们？难道，难道……"

安雅扑哧一笑，道："没错，我没说错。说起来，你这小子还真厉害，临走之前让海洋也怀孕了，真是不佩服都不行。"

叶音竹整个人都惊呆了，不自觉地傻笑起来："我当爸爸了，我真的当爸爸了，还是两个孩子的爸爸。"

安雅又向他丢了一个重磅炸弹："不，不是两个，是三个才对。苏拉生的是双胞胎。而且还是龙凤胎，你现在一共有两个儿子，一个女儿。海洋也给你生了个儿子。"

"三、三个……"

叶音竹说不出话来了,他已经被幸福感包围了,整个人都陷入了狂喜之中。这一刻,什么原力,什么天人合一,都被他抛在了脑后,他恨不得立刻飞到法蓝,看看自己的孩子。

叶离道:"其实你爸妈也是因为这些孩子,才去了法蓝。他们在帮苏拉和海洋带孩子,嘿嘿,我也悄悄去了一趟,看在孩子的面子上,这次你消失三年的事就这么算了。不过,你是不是应该给我们个解释?"

叶音竹这才回过神来,抑制住内心的狂喜,道:"我要是告诉你们,我其实睡了三年,你们信不信?"

"不信。"众人异口同声道。

安雅没好气地道:"你是人,又不是龙,怎么可能一睡就是三年?"

"谁说不可能?我可以证明,他确实睡了三年,他是和我一起睡的。"小龙女冰冷的声音在众人耳边响起。

叶音竹好不容易才归来,这些人太开心了,以至于完全忽略了叶音竹背后的小龙女。

此时,小龙女一开口,众人的目光立马就集中到了她身上,看到她那样貌美之后,众人更加想歪了两人的关系。也不能怪他们想歪,小龙女说的话太容易让人误解了。

兰如雪一把揪住叶音竹的耳朵,没好气地道:"好啊!音竹,你这臭小子就不学好,是吧?人家海洋和苏拉在法蓝给你生孩子,你倒好,一走三年不说,还在外面找了个野女人回来。我看你怎么跟她们交代!哼!男人没一个好东西。"

第二百八十七章
她有那个资格

兰如雪说最后一句话的时候,还狠狠地瞪了叶离一眼。

叶离大感冤枉,开口道:"老婆子,这和我没关系,你瞪我干什么?"

兰如雪没好气地道:"怎么和你没关系?他可是你孙子。"

叶离苦笑道:"难道他不是你孙子吗?"

兰如雪大大方方地道:"当然是我的孙子,不过,他继承的优点都是我的,继承的缺点都是你的。"

叶离微怒道:"我可就你这么一个老婆。分居那么多年,我也一直守身如玉。"

"噗——"

安雅忍不住笑出声来,"守身如玉"这个词用在叶离身上,实在太不合适了。

"什么叫野女人?"

小龙女皱眉看着兰如雪。

叶音竹吓了一跳,赶忙一个箭步挡在小龙女面前。

笑话，她可是神龙王的女儿，是仅存的一条神龙。她的实力达到了次神级九阶巅峰，万一她发火，他也不可能挡得住。在这里的人，可以说都是他的亲人，哪一个被小龙女伤到，他心里都不好受。

在别人看来，叶音竹似乎是要护着小龙女。他们哪里知道，叶音竹这么做，是在保护他们。

"爷爷、奶奶，还有各位宗主，请听我解释一下。"叶音竹张开双臂，将小龙女挡在自己身后。

小龙女目光转向他，道："那你告诉我，什么叫野女人？"

"呃，这个'野女人'的意思，其实就是从野外带回来的女人。"

小龙女问得这么直接，叶音竹吓得暗暗抹了一把冷汗。

小龙女恍然大悟道："原来是这样。嗯，我确实是你从野外带回来的。不过，你奶奶怎么知道的？"

"这个……"

叶音竹真的被她问倒了，安雅看向小龙女的目光也变得怪异起来。从小龙女身上，安雅似乎看到了刚刚走出碧空海时的叶音竹，那时候的他，不也是什么都不懂吗？她心中对小龙女的厌恶因此少了许多。

兰如雪见叶音竹似乎是在护着小龙女，顿时大怒，她脾气本就火暴，这个时候更是一点就着，正要开口，却看到叶音竹连连朝自己使眼色，一脸焦急的样子。就这样，兰如雪才将到嘴边的话吞回去，没有说出口。

"大家别误会，我和她只是朋友，普通朋友。"

"普通朋友还一起睡觉？"兰如雪刚刚降下去的怒火再次升腾。

叶音竹苦笑道："不，不是您想象的那样。她所说的'睡觉'，是我们两个人在一个地方修炼。那时候，我是迫不得已啊！在那之前，我就已经昏迷了。要不是她的话，我恐怕早就死了。"

听到"死"这个字,兰如雪才知道其中发生了很多事情,心中的怒火彻底熄灭了:"快说,到底是怎么回事?"

叶音竹暗暗松了一口气,只要奶奶肯听他解释,那么一切就好办了。

"奶奶,您没发现吗?我又能够看到了。"叶音竹一边说着,还一边向众人眨了眨眼睛。

"是吗?那可太好了!"兰如雪高兴地道,一颗提起来的心也放了下去。

"真的吗?"

安雅大喜,赶忙凑近叶音竹,叶音竹随着她的靠近而转移目光,让她知道自己是真的好了。

"太好了,这真的是太好了。"

安雅眼圈微红,她一直把叶音竹当弟弟,叶音竹就是她的亲人。看到叶音竹的眼睛恢复了,她别提多开心了。

叶音竹一说自己复明了,便顺利转移了众人的注意力。

叶离道:"音竹,你的意思是,这位姑娘帮你恢复了视觉?"

叶音竹点了点头,道:"可以这么说,而且,她不仅帮我恢复了视觉,还帮我恢复了味觉。其实,我一直没有告诉大家,之前我连味觉都失去了。现在好了,一切都恢复正常了。"

安雅道:"你是因为要恢复视觉和味觉才耽误了三年之久吗?"

叶音竹道:"可以说是,也可以说不是。"

当下,他将自己寻找生命之水的经历简单说了一遍。当然,小龙女考验他的那一段被他自行忽略了,既然他和小龙女已经是伙伴了,他就要帮小龙女。他不希望他们讨厌小龙女。

"那你是怎么昏迷的?"安雅立刻找到了叶音竹话中的漏洞。

这次,没等叶音竹开口,小龙女便开口道:"是我打的。"

此话一出，众人同时色变。

叶音竹赶忙道："那是必须要经历的事情。只有撑得住，破而后立，才能真正吸收生命之水的能量。安雅姐姐，麻烦你带鲁特滋族长和古鲁长老先去休息一下，我还有些事情要跟各位太上长老和宗主说。"

每个族类都有自己的秘密，叶音竹要求他们先离开避嫌，安雅并没有觉得有什么不妥。

她微微一笑，道："这次你可不许跑了。不过，你也没带一点生命之水回来，真是太遗憾了。"

通过叶音竹的解释，安雅将小龙女当成了一直守护生命之水的神兽。

叶音竹向一旁的十名士兵点了点头，道："你们也可以先行离去了。"

这一次，这些士兵可没有再反抗，眼看叶音竹没有要追究他们的意思，便如获大赦一般，赶忙跑了。

安雅、鲁特滋、古鲁离开后，叶离忍不住道："音竹，我们琴城本是一家，你没必要这样。难道我们东龙八宗还有什么见不得人的事吗？"

其实，经过这些年的磨合，琴城各族早已不分彼此，这也是叶离这么说的原因。谁都不希望看到原本和谐的关系遭到破坏。

当然，叶音竹让安雅他们避嫌的做法并没有错，叶离只是想提醒他要注意这方面的问题而已。

叶音竹笑了笑，道："爷爷，我接下来要说的这件事实在事关重大，我不得不这样做。"

未明道："是关于我们东龙八宗的，难道……"他突然想到了什么。

叶音竹道："上次，我离开琴城时走得匆忙，来不及将这件事告诉大家。我在成为暗塔塔主之后，终于进入了先祖神龙留下的遗迹之中。"

此言一出，全场寂静，每个人的神色都变得肃穆了许多。

要知道，一直以来，东龙八宗存在的意义就是去见先祖神龙，从法蓝手中夺回先祖神龙留下的遗迹啊！

尽管现在琴城与法蓝已经是合作关系，可这些太上长老和宗主其实一日也没有忘记过自己的使命。

"啊！"

叶音竹的下一句话令众人同时惊呼出声。

"从某种意义上来说，我们的神龙王并没有死。这次前去寻找生命之水，其实也是神龙王指引我去的。事关先祖神龙，我不得不谨慎，才让安雅姐姐他们先行离去的。"

"啊？神龙王没有死？"未明那样沉稳的人也大吃一惊，惊喜得全身不住地颤抖，"音竹，你、你是说，神龙王……"

叶音竹用简单的话解释："准确地说，神龙王是肉体已死，但灵魂未灭。所以，我才能够和神龙王交流。"

"太好了，这真是太好了，神龙王的灵魂还在。"所有人同时惊呼起来。

叶音竹将自己见到神龙王的事，以及与神龙王交谈的内容说了一遍，其中，对于神龙王提出反攻深渊位面的事更是仔细叙述了一番。

话音一落，叶音竹立刻得到了所有人的支持，众人纷纷表示，替先祖报仇是东龙子孙不可推卸的责任。

"音竹，谢谢你。"未明眼中流下两行泪水，"多少年了，多少年过去了，我们终于知道了先祖的消息，而这一切，都是你带来的。音竹，未明无以为报，请受我一拜。"

说完，未明便朝叶音竹跪了下来。

未明是东龙八宗的首席太上长老，他这一跪，除了叶音竹的爷爷奶奶，其他各位宗主和太上长老纷纷打算跪下来。

从叶音竹对东龙八宗所做的贡献来看，他绝对受得起这一拜。

叶音竹当然不能让他们拜下去，赶忙张开双手，释放出庞大的原力，同时托住大家的身体，开口道："未明太上长老，你们这是干什么？难道我不是东龙八宗的一员吗？这都是我应该做的。"

"拜什么，这些繁文缛节有什么意思？"小龙女站在叶音竹背后听了半天，早就不耐烦了。

未明抬头看向小龙女，不禁眉头大皱，问道："音竹，你刚才怎么没有让她回避，这是我们东龙自己的事。"

未明早就对叶音竹十分信服了，现在他说出这样的话，说明他心中对小龙女极度不满，要不是看在叶音竹的面子上，恐怕早就爆发了。

叶音竹苦笑道："未明太上长老，她并不是外人，所以我没有让她离开。更何况，我也没有资格命令她。"

"不是外人？"未明看了一眼黑发黑眸的小龙女，"她也是我们东龙的后裔吗？难道她是神龙王以前驯服的魔兽？"

小龙女听懂了这句话，顿时怒道："你才是那老家伙的魔兽。"

此言一出，除了叶音竹，众人脸色大变。他们第一时间取出了自己的武器，对他们来说，没什么比先祖被侮辱更加屈辱的事情了。尤其是在得知先祖灵魂尚在的情况下，他们更无法忍受这样的事情。

未明不再看叶音竹，直接朝小龙女走了过来，正色道："你侮辱我们东龙的先祖，不论你是什么身份，我都要跟你决斗。音竹，请你不要阻拦。"

"太上长老，您别这样。"叶音竹站在这两人中间劝道。

未明眼中含着泪，坚定地道："音竹，要么你杀了我，要么让我跟她决斗。我不会跟你动手的。"

"音竹，闪开。"叶离大喝一声，手提长剑走上前来，"未明太上长老，让我第一个来。我看这小兔崽子还敢拦着。"

"好吧。"叶音竹大喝一声,"本来我不想说,如今看来,不能不说了。各位宗主、太上长老、爷爷、奶奶,请你们先听我说完这句话,再决定是否要跟她决斗。"

叶离停下脚步,站在未明身边,看着叶音竹。

在他们看来,不论叶音竹说什么,他们都不可能放过小龙女,先祖被侮辱,这是何等大事?根本没有商量的余地。

叶音竹扭头看了小龙女一眼,人家依旧是一脸淡然,显然没将这些人放在眼里。

"如果说,这个世界上只有一个人有资格来评价,甚至是辱骂我们的先祖神龙王,那么那个人就是她。"叶音竹叹息着说道。

叶离怒骂道:"混蛋,你这小子,为了女人连先祖都不要了吗?我没你这样的孙子。"

叶音竹本不想说出小龙女的身份,因为他知道这些宗主和太上长老将身份看得很重,一旦知道小龙女的身份,还不知道会有多少礼数,尤其是他的爷爷奶奶也在其中,他们要是拜小龙女,他能不拜吗?可是,事到如今,他不想说也不可能了。

"爷爷,您听我说完,不是我不要先祖,事实上,从辈分上来看,她就是我们的先祖。"叶音竹终于说了实话。

"放屁!"

叶离已经被怒火冲昏了头脑,本来,叶音竹一直都是他的骄傲,他没想到叶音竹竟然会说出这样的话,这种反差令叶离失去了理智,提着剑就要冲上来。

不过,叶离不冷静不代表其他人不冷静,未明对叶音竹还是有几分了解的，知道他不会在这样的事情上开玩笑，再联想到生命之水，顿时觉得有些蹊跷，便一把拦住叶离，道："音竹，这位小姐究竟是谁？"

"你们问来问去累不累，要动手就赶快！"小龙女不耐烦地上前一步，却被叶音竹拉住了。

"她就是龙崎努斯大陆上仅存的一条神龙，是神龙一族最后的血脉，同时，也是神龙王唯一的女儿。"叶音竹一口气说出了小龙女的身份。

说完这句话，他自己也是长舒一口气，当他再看众人时，发现不论是自己的爷爷、未明，还是其他人，都像石化了一般愣在原地。

这里足有十多人，此时却安静得落针可闻。

"我可从来都没承认过。"最后还是小龙女开了口，看着愣住的这些人，她也没有了动手的打算，向叶音竹道，"我到洞里面去了，你要是离开这里，就叫我一声。"

说完，她转身就朝叶音竹的临时领主府走去。

众人一直望着小龙女的背影，直到她完全消失，才渐渐转过头来，一个个望着彼此，大眼瞪小眼，眼中除了骇然还是骇然。

未明艰难地咽了咽口水，道："音竹，你刚才说什么，能不能再说一遍？"

叶音竹苦笑道："我说，她就是我们的先祖神龙王唯一的后裔，神龙王的女儿。否则，她怎么可能有资格评价我们的神龙王？她对从未尽到父亲责任的神龙王不满也不是一天两天了，这是他们的家务事，你们就别管了。"

神龙王的女儿，神龙王的女儿。想到这里，众人的脸色都变得极其怪异，尤其是刚才想要跟小龙女决斗的未明和叶离，两人面面相觑，别提多尴尬了。

未明摸了摸自己的脸，问道："我刚才说什么了吗？"

叶离认真地道："没有，什么都没说过，我也没说过。"

兰如雪看着他们两人的样子，忍不住大声笑了起来："不对吧，我刚才好像听某人说，他没有音竹这个混蛋孙子呢。哼哼，某人不认，我可认。音竹，以后你可就只有奶奶，没有爷爷了。"

"谁说的，我说过吗？"

不知道是不是天生相克，这老夫妻俩又要开始斗嘴了。

"好了，两位，咱们是不是应该先去拜见一下我们这位先祖？"未明苦笑着说道。

叶音竹并没有说错，小龙女既然是神龙王的女儿，自然就是他们的先祖。未明身为首席太上长老，自然不能乱了辈分。

"拜见什么？我没那么老，不要打扰我。"

小龙女的声音从洞中传来，传进每个人耳中。

想到小龙女攻击自己时的一幕，叶音竹知道，今天这位姑奶奶已经算很克制了，估计是因为眼前这些人都是东龙后裔吧。

叶音竹向众人点了点头，道："各位，我想拜见就不必了。小龙女一向不喜欢俗礼，我们还是先走吧，不要打扰她比较好。我也有很多事情需要了解一下。"

众人犹豫片刻，想到之前险些起冲突，才没有再坚持，一行人灰溜溜地下了山。

"神龙王的后裔，音竹，那她岂不是很厉害？"叶离悄悄在叶音竹耳边嘀咕。

此时，他像失忆了一样，完全忘记了自己之前不认叶音竹的事。

叶音竹自然不会将叶离之前的气话记在心上，认真地道："不是很厉害，是非常厉害。一对一的情况下，我想，龙崎努斯大陆上没人是她的对手。"

叶离赞叹道："不愧是我们的先祖啊！音竹，既然你和她一起待了三年，你们之间有没有什么故事啊？"

"啊？爷爷，您说什么啊？"叶音竹不明所以地问道。

叶离没好气地道："男女之间还能有什么故事？当然是感情故事啊！"

叶音竹这才明白过来，赶忙做了个噤声的手势，道："她听力可是很好的。爷爷，我和她怎么可能？您也知道她是什么身份。"

叶离哼了一声，道："有什么不可能的，海洋还是咱们东龙皇族的后裔，还不是一样嫁给了你。我在想，要是你连神龙王的女儿也娶了，以后我们叶家的后代岂不是会很厉害。"

"行了，你个老家伙，还说不是你教的，你现在在干吗？"兰如雪从旁边凑过来，扯着叶离的耳朵怒道。

虽然叶离的声音很小，但还是被兰如雪一字不漏地听到了。

"呃……我只是提个建议而已，我可没教他什么。只不过，这位神龙公主的身份实在太震撼了。你想啊，我们东龙，谁的血脉能像她这样纯正，那可是真正的神龙血脉啊！"

兰如雪愣了一下，想了想，道："这倒也是。音竹，说实话，你们到底有没有故事啊？"

叶音竹看看叶离，再看看兰如雪，就差赌咒发誓了："我跟她真的什么都没有啊！你们就放过我吧。"

解决好小龙女的问题后，叶音竹也下了山，径直走向琴城中心城区。

"未明太上长老，这三年以来，琴城状况如何？"

经历了重逢的喜悦之后，叶音竹将注意力放在了琴城上。琴城是他的家，是他的根本所在，将来要想反攻深渊位面，琴城至关重要，因此，一下山他就开始问琴城的情况。

未明道："情况一切都好。除了您失踪，我们因此和法蓝有一些不愉快之外，一切都正常。法蓝遵守承诺，不断提供最好的材料给我们。您也看到了，我们已经把制造装备的场地换到了中心城区这边，这样所有人才能完全投入工作之中。

"经过三年的不断努力，我们已经制造了足够琴城大军用的装备，连您带回来的不死魔龙军团都有了属于自己的装备。只是自从您消失之后，这些骨龙就没有动静了，可能是因为失去了您的控制吧。

"我们琴城的战士，可以说已经武装到了牙齿，整体实力有了很大的进步，就算和法蓝再次开战，我们也有把握赢。"

叶音竹点了点头，三年的时间足够做很多事。琴城既然负责制造装备，那肯定要先做好自己人的装备，这是他离开前就交代过的。

未明继续道："我们现在开始给法蓝制造装备了，至于法蓝将那些装备分配给哪些国家，我们就不清楚了。不过，据说最先分配到的是米兰帝国一方，因为米兰帝国一方和我们的关系不错，所以能够拿到很多装备。蓝迪亚斯帝国一方的国家，就要逊色得多了。

"得到装备之后，这些国家都按照法蓝的要求，给我们送来了大量的补给。要论财富，我们琴城是数也数不尽了，只能说是天文数字。"

叶音竹道："那我们的军队呢？有变化吗？"

未明道："琴城的三大主战军团人数不变。比蒙军团有五百个比蒙巨兽，巨龙骑士团加上不死魔龙军团，一共一千二百多条巨龙。不过，我们的巨龙骑士团整体实力进步了许多。

"死神龙狼骑兵的数量无法增加，还是原本的三百。他们的实力是提升最快的，现在他们依旧是琴城的第一军团。哪怕是比蒙巨兽，感受到他们的杀气之后，也会为之胆怯。真不知道鸿雁是怎么训练他们的。现在，恐怕只有在战场上才能检验他们的战斗力了。

"当然，三大主战军团的装备也是最好的。差不多有一半最好的资源都用在了他们的装备上，而且他们的装备都是矮人族大师亲自打造的。"

确实，只有到了真正的战场上，死神龙狼骑兵才能完全展示出他们的实力。一旦他们发起冲锋，哪怕是次神级的高手也避之不及。

作为叶音竹的心腹，他们的力量绝对是最强大的，每一名死神龙狼骑兵都是佼佼者。

"我们制造的装备运出去之后，各国给我们送来了大量的东龙后裔，我们从里面选了一些资质不错的人。除了三大主战军团，我们琴城的远程攻击军团和四大步兵军团都扩编了。

"死神龙狼骑兵带领的骑兵团依旧只有一万人。鸿雁说，数量多不代表实力强，他不想再训练新兵，便将精力都投入到训练骑兵团的工作当中了。在这些军团中，就数他那一万名骑兵实力超强，装备也十分精良。"

叶音竹惊讶地看着未明，道："那这么说，现在我们琴城有几十万大军，还没有算上那些特殊兵种。"

未明点了点头，道："是这样的，我们还有一个由德鲁伊和精灵族组成的混编军团。当然，其中不包括角鹰骑士团，角鹰骑士团和巨龙骑士团、不死魔龙军团都是琴帝号的护卫。琴帝号战斗群是我们琴城的空中力量。"

"哦，对了，长老，您提到琴帝号我才想起来。怎么没在广场上看到它？它那么大，难道还能放在别的地方吗？"

未明神秘地一笑，道："当然可以。因为中心城区要用来造装备，琴帝号实在太占地方了，所以我们把它挪到了琴城外面。您也知道，现在龙崎努斯大陆各国朝着同一个目标努力，没人会来招惹我们琴城，所以，即便将琴帝号放在琴城外面，也不用担心出事。更何况，我们四个步兵军团都在它旁边练兵，有二十万人守护着它，不会出什么问题。"

原来琴帝号在琴城外面，叶音竹这才明白过来。

"太上长老，那我们这三年来制造了多少门魔导炮？没有全部给法蓝吧？"

琴城所有武器之中，威力最大的自然要数魔导炮，如果全部给法蓝……叶音竹不敢再往下想。

未明嘿嘿一笑，道："哪能那么便宜他们？这三年间，我们按照您的意思，一直在全力制造魔导炮，成果颇丰，却一门魔导炮也没给法蓝，而且还让他们无话可说。至于矮人族大师们，除了给三大主战军团制造装备以外，他们剩余的时间都花在了制造魔导炮上。我们得到了那么多上好的材料，用它们制造的魔导炮威力更大了。

"法蓝累积的珍稀材料果然非同一般，现在，我们制造的所有魔导炮中，除了寂灭之炮以外，其他的普通魔导炮都以高阶魔兽的晶核为核心，可以发射多次，不需要更换魔晶。三年以来，我们一共制造了四门寂灭之炮，四十门高级魔导炮和三百门中级魔导炮。我们制造了这么多魔导炮，耗费的资源数不胜数，若不是有法蓝的支持，这根本是不可能完成的事情。"

叶音竹疑惑地道："怎么还有高级魔导炮和中级魔导炮的区别，这是怎么回事？还有，我们又制造了四门寂灭之炮，那需要消耗多少材料啊！"

未明苦笑着道："您也知道，在制造武器装备上，那些矮人族的大师都是完美主义者。他们得到了那么多上好的材料，肯定要物尽其用。地精部落的设计大师更加疯狂，不断改动寂灭之炮的设计图。要不是我们一直强调寂灭之炮消耗的魔晶太多，琴城恐怕负担不起，他们可能还会继续改下去。

"至于高级魔导炮和中级魔导炮，则是我们命名的，这样便于区分。简单来说，一门高级魔导炮的核心魔法阵中有一颗九阶魔晶和八颗八阶魔晶，一门中级魔导炮的核心魔法阵中有一颗九阶魔晶或者四颗八阶魔晶。它们的威力，无法用语言形容。我可以肯定，原来的全方位魔导炮和它们相比只能算是初级魔导炮。"

听了未明的解释，叶音竹身体一僵，心中暗叹：几百门魔导炮啊，而且是改良后的、威力大增的魔导炮，制造过程中肯定耗费了大量资源。如果这些魔导炮同时发射，恐怕法蓝六位塔主也未必承受得住。天啊！地精部落和矮人族的大师们果然厉害！

未明道："不过，我们也只能制造出这么多魔导炮了。现在，龙崎努斯大陆所有的魔晶都送到了琴城，根据我们的估算，如果继续制造魔导炮，我们的魔晶很可能不够用，特别是寂灭之炮，每次发射都需要消耗九阶魔晶。因此，目前我们不造魔导炮了。"

"等一下。"叶音竹突然想到了一个关键的问题，"长老，法蓝知道我们制造了这么多魔导炮吗？"

未明点了点头，道："当然知道，地精部落和矮人族的大师们忙碌了这么久，又有这么多成品出现在琴城，法蓝不可能没有发觉。这些魔导炮两个月前才制造完成，现在矮人族大师们正紧锣密鼓地装配着。"

叶音竹觉得奇怪，道："既然法蓝知道这事，怎么不要求我们运送一些魔导炮过去呢？当初我答应他们，在进攻深渊位面的时候，用这些魔导炮对付母妖。法蓝给了我们琴城那么多资源，不可能不求回报吧？"

未明微笑着道："原来您在担心这个。这不是问题，我们已经和法蓝协商过了。进攻深渊位面的时候，我们会把琴城原有的二百多门初级魔导炮拆下来送到法蓝，将它们固定在战场上，相信可以狠狠地打击母妖。"

"法蓝答应了？可是，与他们提供的资源比起来，这简直微不足道，法蓝的六位塔主没这么好说话吧？"叶音竹问道。

把法蓝提供的珍稀材料造出来的改良武器留在琴城，再把琴城的初级产品送给法蓝，别说是法蓝的六位塔主，连叶音竹都觉得不合情理。

未明嘿嘿一笑，道："他们不得不答应。一方面，在您失踪这件事上，法蓝对琴城有愧；另一方面，他们需要借助琴城的力量抵御母妖，不得不笼络我们，而且他们也清楚，我们不可能把改良好的魔导炮给他们。因此，他们只能答应我们的条件。琴帝大人，我这么说您可能不明白，这样好了，您跟我来看看这些魔导炮，就清楚了。"

说着，未明加快脚步，朝着琴城大门的方向走去。

叶音竹看看身边众人，发现每个人的目光中都带着几分笑意，却没有人向他解释。他知道，这个秘密他得自己揭晓，叶音竹赶忙追上前面的未明，东龙八宗高层跟在他们后面，众人朝城外走去。

当叶音竹走出琴城大门，看到眼前的场景时，他脑海中只浮现出了一个词语，那就是震撼。

"天啊！这是怎么做到的？怎么会这样？"

第二百八十八章
五帝重逢

叶音竹惊呆了,当他和东龙八宗高层走出琴城大门的那一刻,他看到了永生难忘的一幕。

令他如此惊讶的,并不是那二十万正在操练的精英,也不是数量众多的地精撕裂者和忙碌的矮人族工匠,而是眼前那庞然大物。

在叶音竹见过的魔兽之中,战争巨兽格拉西斯和山岭巨人明,身体都极其庞大,但如果拿格拉西斯和明与眼前这物体相比,那就是小巫见大巫了。

叶音竹眼前出现了一个巨大的物体,哪怕它周围有二十万战士正在操练,这庞然大物也让人无法忽视。

这庞然大物的长度达到了一千米,最粗的部位直径超过两百米。要知道,琴城那坚不可摧的城墙,厚度也才两百米啊!

叶音竹的领主府所在的山洞位置较低,不然在布伦纳山脉内他就能清楚地看到这个庞然大物。

尽管这个庞然大物还没组装好,它的周围还散落着许多零件,可它看上去已经十分骇人。

庞然大物长达一千米，这是多么恐怖的数字啊！如果让战士们手拉手围住它，恐怕也需要上千人。

这庞然大物的身体是深蓝色的，在阳光的照射下闪烁着幽幽光芒。一千名矮人族工匠在它周围忙碌着，这些工匠并不是建造者，他们指挥着上百个高度超过十米的地精撕裂者，那些地精撕裂者在庞然大物内部穿梭，忙着组装零件。

"这、这是什么东西？"叶音竹极其艰难地吐出这句话。

未明看了看叶离，二人相视一笑。

未明道："怎么？琴帝大人离家三年，连自己的座驾也认不出来了吗？"

叶音竹呆呆地看着未明："太上长老，您不会是想告诉我，眼前这庞然大物就是琴帝号吧？"

未明嘿嘿一笑，道："没有什么是不可能的。这大家伙被我们称为'千年以来最伟大的发明'，它是比超神器更加强大的存在。"

叶音竹看着那长达一千米的琴帝号，沉默了半分钟才缓过神来，道："它如此庞大，真的能够飞行吗？"

未明微笑着道："当然。琴帝号主动力核心中有一百颗风系九阶魔晶和一千颗风系八阶魔晶，如果您知道这一点，就不会怀疑琴帝号的飞行能力了。虽然，新的琴帝号内部构架并非全由巨龙的骨骼制成，但是，它的防御力依然很强。琴帝号的防御系统中使用的是土系魔晶，数量与动力系统的魔晶数量相同。就算敌军施展禁咒，也不会对它造成伤害。

"而且，飞艇内部还有五百颗光明系七阶至九阶的魔晶，它们形成了一道屏障，可以应对各种突发状况，也就是说，任何毒素都无法通过艇身进入飞艇内部。这艘琴帝号耗费的材料比三百门中级魔导炮还多，法蓝和龙崎努斯大陆各国送来的珍稀材料，大都用在了它身上。

"您失踪之后，矮人族和地精部落的大师们就提出了这个大胆的想法，经过仔细推敲、严密论证、反复测试，我们几位高层根据测试结果进行投票，最终通过了他们的提议。矮人族和地精部落的大师们称这琴帝号是'不可复制的杰作'。

"地精部落的大师花了一年时间设计飞艇，在这期间，矮人族大师们开始进行前期准备工作，之后他们又花了两年时间，琴帝号才有了现在的样子。根据地精部落的大师们推算，大概还需要两年，这艘全新的琴帝号就能正式投入使用了。到那时，就算我们和法蓝产生了分歧，有了这庞然大物，我们也能立于不败之地。"

叶音竹呆呆地看着眼前这艘琴帝号，苦笑着道："难怪，难怪琴城不能继续制造魔导炮了，原来材料都用在了它身上。这大家伙的实力恐怕可以与神媲美了，有了它，我们必将所向披靡。"

未明有些得意地道："现在，您总算知道为什么法蓝没有异议了吧。"

叶音竹心中一动，骇然地道："太上长老，您不会是要告诉我，那几百门中级、高级魔导炮，以及四门寂灭之炮，都将安装在这艘琴帝号上吧？"

未明耸了耸肩膀，道："当然，否则这琴帝号怎会如此庞大？"

叶音竹掰着手指计算着："算上原来那门寂灭之炮，现在一共有五门寂灭之炮，四十门高级魔导炮，三百门中级魔导炮。天啊！这些武器一旦投入战场，便没有哪个国家是我琴城的对手了。"

"不，龙崎努斯大陆所有国家，包括法蓝，全部联合起来，也敌不过我们。"不知道什么时候，古鲁走到了众人身边，认真地道。

叶音竹赞赏地看着古鲁，很显然，古鲁就是这艘新的琴帝号的主要设计者。

古鲁道："经过仔细的研究和计算，我们确定目前没有一种禁咒能够破开琴帝号的防御，而且，琴帝号的攻击力也极强，除非是神，否则，普通人类根本无法与之抗衡。只要琴帝号成功问世，那么它就是无敌的存在。当然，这是理想化的结果，这世上不可能有永远无敌的存在，但我们对琴帝号的实力有信心。

"其实，建造这庞然大物，我们还是受到了琴帝大人您的启发，是您最初将其命名为琴帝号。原本的琴帝号那么小，如何配得上这霸气的称号呢？现在不一样了，我们建造的这艘新的琴帝号，才是真正的空中霸主。"

作为一名久经沙场的统帅，叶音竹当然明白制空权对于敌我双方的重要性，掌握了制空权，就能洞察敌军的行动，确定对敌战术，便于支援己方军团。更何况，这新琴帝号上配备了这么多魔导炮，攻击力惊人，夺取制空权对它来说并非难事。

古鲁虽然有些疲惫，但他眼中的兴奋难以掩饰，显然他对这工作十分狂热。正如未明所说，新琴帝号绝对是千年以来最伟大的发明，如果琴城真能将它投入战场，那么，他们对于战胜母妖就又多了几分把握。

"古鲁长老，您辛苦了！琴帝号虽然重要，但您也要注意休息。"叶音竹恳切地道。

古鲁哈哈一笑，道："我这把老骨头还硬朗得很，我现在还天天喝酒，我们地精部落自酿的美酒连精灵族那么与世无争的族类都喜欢，可不仅仅是好喝那么简单。那些美酒，搭配着精灵族的好东西服下，对身体大有益处。

"琴帝大人就放心吧，我们在这艘琴帝号上倾注了那么多心血，就必须要将其造出来。我和矮人族的几位大师天天都在这里盯着，一旦出现问题，我们就会第一时间解决。对我们来说，质量绝对比速度更加重要。花费五年时间和无数珍稀材料制造出真正的空中霸主，我想是值得的。这一创举，不论在我们地精部落的历史上，还是在矮人族的历史上，都将留下浓墨重彩的一笔。"

这惊喜实在太大了，即使叶音竹心志如此坚定，也难掩兴奋之色。听完古鲁的话，他连连点头。再过两年，琴帝号就能制造完成，时间不长，不会影响战局，琴城也可以利用这段时间备战。在大战打响之前，他得去完成神龙王交代的任务，两年时间足够了。

"琴帝大人，想要将这艘琴帝号的攻击力充分展现出来，除了魔导炮之外，您也是关键。只有由您亲自指挥，琴帝号的威力才能完全发挥出来。"古鲁道。

"哦？"叶音竹有些不解地看向他。

古鲁道："琴帝号本身的攻击力和防御力已经很强了，只不过它还有一个弱点，那就是它不能抵御精神系魔法。如果勉强使用魔晶石，配合魔法阵来抵挡精神系魔法，不仅会消耗大量资源，而且效果也不佳。所以，经过仔细研究，我们认为如果由您亲自坐镇指挥，琴帝十二乐坊从旁辅助，形成强大的精神系防御屏障，琴帝号的防御力就堪称完美了。"

叶音竹这才明白了古鲁为何担心，确实，精神系魔法是最难抵挡的。琴帝号如此庞大，必然需要很多人来操控，如果敌人施展了精神系魔法，就算光明系魔晶形成的屏障能起一点作用，精神系魔法也会对琴帝号和内部的操控者造成极大的伤害。古鲁的担心是有道理的。

叶音竹想了想，道："古鲁长老，我明白您的意思了。琴帝号耗费了众位大师这么多心血，您放心，我一定会保护好它，不让它受损。琴帝号实力如此强大，如果投入战场，定会成为空中霸主。

"或许它唯一的缺陷，就是精神类防御力不足。精神系魔法师接近琴帝号时可以破开其防御，进入琴帝号内部，给我们造成无法挽回的损失。而琴帝号如此庞大，敌人可以下手的地方实在太多了。我想，我们必须在琴帝号内部配备一些战士，这些人不仅实力要强，而且要对琴城忠心。"

古鲁点头道："这点我们也想到了，琴帝号上的战士必须是最强的。我们计划将比蒙巨兽调入琴帝号内部，比蒙巨兽对您是绝对忠诚的，而且比蒙巨兽的近战能力也十分出色。

"我们会在琴帝号内部安装一个快速升降系统，琴帝号接近地面时，比蒙巨兽可以迅速加入地面战场，重重打击敌军，这样一来，琴帝号对敌军的威慑力就又强了几分。"

"好。"叶音竹赞叹道，"古鲁长老果然想得周到。"

古鲁的话让叶音竹更加了解琴帝号了，他顿时信心大增。

在东龙八宗高层的陪伴下，叶音竹先后检阅了四大步兵军团，这才回到布伦纳山脉内。

这三年间，四大步兵军团不断训练，战士们学习了东龙武技之后，实力变得更强了，更重要的是，战士们之间配合得更加默契了，整体作战实力提升了一个档次。之前只有部分东龙战士配有精良的装备，如今四大步兵军团全员都有精良的装备。

虽然步兵的装备没有骑兵那么齐全，但这对步兵丝毫没有影响。他们身着轻铠，手持长剑，英姿飒爽。轻铠具有一定的抗魔能力，护住了他们的重要部位，长剑则锋利无比，有了这样的装备，他们信心大增。

现在的步兵军团可不是几万人，而是整整二十万人。全员修炼武技，拥有斗气，这样一支军队，在战场上绝对能够发挥出极强的战斗力。

经过不断训练，现在战士们可以灵活地改变战阵，东龙八宗四位宗主指挥起来如臂使指，将战士们的战斗力充分发挥了出来。

有了法蓝的支持，琴城就相当于拥有了龙崎努斯大陆上所有国家的支持。三年内，琴城的整体实力提升了许多，虽然目前还不能和底蕴深厚的法蓝相比，但也足以与龙崎努斯大陆上的任何一个国家抗衡。等到琴帝号制造完成的那一天，琴城应该就能与法蓝平起平坐了。

回到琴城后，叶音竹几乎没有时间休息。他离开了整整三年，琴城的变化太大了，各族高层陆续向他汇报情况，让他全面了解琴城的现状。还有许多事情要他定夺，当他忙完这些的时候，天色已经暗了下来。

为了庆祝叶音竹归来，安雅特地安排了丰盛的晚宴，琴城高层悉数到场。

当叶音竹踏入宴会厅时，一个高大的身影进入了他的视野。

那人将紫发披散在肩膀上，深邃的眼眸如紫晶一般剔透，周身气息收敛却不怒自威。

刹那间，叶音竹的双眼湿润了。

"回来了竟然不通知我。"

话音刚落，硕大的拳头直接朝着叶音竹胸前砸来。

以叶音竹的实力，他至少有一百种方法可以躲闪，可是，他并没有那么做，他硬生生地接了这一拳。

"砰——"

叶音竹被一拳打得后退，退出十米才站稳。

看到叶音竹这样，紫的眼里含了泪。

站在一旁的小龙女眉头微皱。

被打了一拳，叶音竹感到胸口一阵疼痛，可是他并不在乎，他的情绪十分激动，飞身而上，一把抱住了紫。

"紫。"

紫张开双臂抱住叶音竹，两人紧紧相拥，那一刻，他们眼中都流出了激动的泪水。

"音竹，你知道吗？当我们的灵魂联系完全断了的时候，我真的以为你死了。"紫哽咽着说道。

宴会厅内开席十桌，近百人到场，此时却鸦雀无声，谁也不愿意打扰他们。

当叶音竹视察琴城的时候，安雅通过传送门找到紫，告诉紫叶音竹回来了，所以紫来了。

"对不起，紫，让你担心了。"两人的右手紧紧地握在了一起。

其实，叶音竹并不知道他与紫之间的灵魂联系完全断了。他陷入沉睡，吸收了生命之水，获得了很多生命能量，身体产生了许多变化。

他恢复了二感，和紫的平等本命契约也失去了作用。所以，紫才无法与他取得联系。

"音竹，你知道我们有多担心你吗？"

另一个声音从紫背后传来，紫的身体太过高大，这声音的主人完全被挡在后面，叶音竹才没有注意到。

尽管叶音竹的感知力十分敏锐，可见到紫之后，他的情绪过于激动，自然而然就忽略了周围的一切。

这声音的主人同样是一名男子，他看上去有些沧桑，原本淡蓝色的头发中夹杂着些许白发，眼中也有泪花。

"奥利维拉大哥，你也来了！"

叶音竹松开与紫相握的手，再次张开双臂，给了奥利维拉一个大大的拥抱。

没错，不仅紫来了，奥利维拉也来了。

正在这时，叶音竹、紫和奥利维拉三人感受到了一道炙热的目光，三人同时转头，紧接着，一个暗蓝色身影悄然来到三人面前。

那人先是立正，然后行礼，态度恭敬，之后声音冰冷地说道："见过琴帝大人。"

虽然这人的声音十分冰冷,但他的目光暴露了他内心的真实想法。他正是死神龙狼骑士团的团长——叶鸿雁。

"鸿雁,太好了!我们兄弟终于聚齐了!"

奥利维拉和叶音竹同时伸出手,将穿着盔甲的叶鸿雁拉到身边。

四人拥抱在一起,甚是激动,在场的人都被他们感染了。

小龙女十分惊讶,她不懂,那四人究竟一起经历过什么,竟然会如此激动,也不懂这是怎样的感情。从没接触过外界的她,当然不知道,这是生死与共的兄弟之情。

叶音竹、紫、奥利维拉、叶鸿雁四人并没有多说什么,他们的拥抱已经说明了一切。

他们一起出生入死,是战友,是伙伴,更是可以将生命交给对方的兄弟。

叶鸿雁抬手,从旁边的桌子上抓过一个坛子,递到叶音竹面前。坛子上写着一个大字,酒。

这当然不是普通的酒,而是地精部落专门酿造的美酒,数量有限,普通人是喝不到的。

叶音竹一把接过酒坛,拍开上面的封口泥,揭开坛盖,顿时,酒香四散,满屋飘香。

叶音竹单手举起酒坛,环顾四周。

"琴城的长辈们、兄弟姐妹们,叶音竹离开了三年,让你们担心了。今天,我回来了!在此,我饮下这坛酒,就当是向大家赔罪了。"

说完,他倾斜酒坛,仰起头,将酒灌入口中。

他大口喝着,竟没有洒落一滴。一坛十斤的佳酿,转眼间,就被他吞入腹中。

叶音竹抛开酒坛,大呼痛快。

"大家入席吧。琴城是我们每一个人的家,我离开了三年,没有尽到自己的义务,在这里,我除了向大家道歉之外,还要说一声谢谢。全靠大家不懈地努力,才有了今天的琴城。琴城的未来,就是我们的未来。大家都是自己人,不用拘束,尽情地享用美酒佳肴吧!"

晚宴开始了,叶音竹的话不多,他的话语中饱含着真挚的感情,感染了在场的每一个人。

自从叶音竹失踪之后,琴城就没有举行过如此盛大的宴会。

此时,琴城之主归来,琴城众人开怀畅饮,全都沉浸在这欢乐的气氛中。

晚宴开始后,叶音竹甚至忘记了小龙女的存在,他与紫、奥利维拉和叶鸿雁兄弟四人坐在一个角落里,他们没有交谈,只是不断地将一坛坛美酒倒入口中,尽情畅饮着。

"他们在干什么?"小龙女不解地看着角落里不停喝酒的四人。

安雅站在小龙女身边,看着那四个男人,她的目光变得十分柔和:"他们在释放压力,在感受他们之间的情谊。别管了,让他们去吧。"

这场晚宴一直到深夜才结束。

不论叶音竹兄弟四人实力多么强大,在没有刻意控制酒精摄入度的情况下,他们还是醉了,倒在了酒桌上。

参加晚宴的琴城高层都觉得无比畅快,叶音竹是琴城的支柱,他回来了,琴城每一个人都不再迷茫,仿佛找回了主心骨一般。

晚宴之后,只有地精部落略有微词。因为今天参加晚宴的人,喝完了地精部落一年的美酒。不过,地精部落的几位长老倒是喝得格外开心,他们知道美酒肯定留不住,不喝就亏了。

天亮了。

叶音竹迷迷糊糊地睁开双眼，觉得头痛欲裂，醉酒的感觉太难受了。他体内的原力自行流转，才让他感觉好受了一些。不过，很快他就发现了异常。因为他翻身的时候，感觉到旁边好像还有什么东西。

叶音竹转头一看，吓了一大跳，立马弹了起来。他看到自己旁边还有一个人。

那人不着寸缕，长发像一匹黑色绸缎，刚刚睁开的眼睛如同黑宝石一般，只不过这双眼睛的主人表情十分淡漠。那不是小龙女吗？

"你、你怎么会和我睡在一起？连衣服都没穿。"叶音竹下意识地摸了摸自己的身体，还好，他还穿着衣服，这才松了口气。

小龙女镇定地看着他，淡淡地道："吸收生命之水的时候，你哪天不是和我睡在一起？"

"我……"

叶音竹呆呆地看着小龙女，一时间竟说不出话来。

"那、那你怎么连衣服都没穿？"

"在那里的时候，我穿过衣服吗？"

"可是，现在我们在外面，外面的世界和生命之水那里是不一样的。尽管我们是朋友，可这样很容易被人误会，我们不能再睡在一起了。而且，男女授受不亲，你睡觉的时候，最好穿上衣服。"叶音竹苦口婆心地解释着，他现在总算知道安雅刚刚认识自己时的感受了。

小龙女淡淡地看着叶音竹，金光一闪，那件由能量凝聚而成的白色长裙再次穿在了她身上。

她站起身，冷冷地看了叶音竹一眼："昨天我问那些人我应该睡在哪里，他们告诉我，就在这里。"

叶音竹愣住了，他立刻想到，回答小龙女的一定是东龙八宗人，说不定就是自己的爷爷、奶奶，他们可尊敬小龙女了。

天啊！这次真是跳进黄河也洗不清了。就算现在告诉他们，自己和小龙女之间没什么，恐怕也没人会相信他了。

"是我不好。"叶音竹苦笑，"等有时间，我再向你介绍外面的世界吧。"

说完，叶音竹便向外走去。

他不想再和小龙女讨论这件事了，他对小龙女的感情与他对苏拉和海洋的感情不一样。小龙女的身份太特殊了，而且，毕竟两人认识的时间不长，怎么可能会有深厚的感情？小龙女是很好，但叶音竹想得很清楚，他要避开小龙女，不能做错事。

其实，有一点连他自己都不知道。他的身体被生命之水改造后，体内蕴含着丰富的生命能量，他对外界的反应变得比以前更加强烈。这世上，只有小龙女的血脉与他相同，虽然双方的基因仍有差别，但他们体内都有丰富的生命能量，这让他们相互吸引，像磁石的两极一般。所以即使叶音竹达到了太玄琴心境界，面对小龙女时还是会心动。

不论什么时候，北方的天气也不会让人觉得燥热。叶音竹深吸一口凉爽的空气，觉得身心舒畅。他已经大致了解了琴城的现状，现在还有一件事要做，做完之后，他就可以去法蓝了。

一想到法蓝，叶音竹的心立刻变得十分温暖。那里有他的父母、伙伴，还有他深爱的妻子和未曾见过的孩子。每当他想到这些，他就归心似箭，想要立马飞到法蓝去。

"报——"

一名东龙八宗的弟子从远处跑来，飞速而至。他看到叶音竹，便立刻减慢速度，单膝跪倒在叶音竹面前。

"琴帝大人，米兰帝国的费斯切拉亲王运送物资来了，他听说您已经回到琴城，希望能和您见上一面。"

费斯切拉来了？听到这个名字，叶音竹不禁想起了费斯切拉的姐姐，米兰魔武学院曾经的第一美女，海洋最好的姐妹——香鸾，他已经很久没见过她了，不知道她现在过得怎么样。她的年纪比自己大一些，应该已经结婚了吧。不知道谁那么幸运，能得到她的青睐。

想到这些，叶音竹心中多少有几分失落。三年时间过去了，他不知道这三年间发生了什么。

"好，你在前面带路。"叶音竹点头应道。

费斯切拉也是老朋友了，他来到琴城，自己总要见他一面。

"咦？等一下。你刚才说什么？费斯切拉亲王？他什么时候成为亲王了？"叶音竹疑惑地问道。

要知道，费斯切拉一直是米兰帝国的皇储，皇储应该继承帝王之位，他怎么会被封为亲王呢？一般来说，在米兰帝国这样的大国中，只有非皇储的王子才有封王的可能，而一旦王子被封为亲王，也就意味着他们不能成为下一任帝王了。

那名东龙弟子愣了一下，道："琴帝大人，我也不清楚，只是听其他人都称费斯切拉殿下为亲王，我才这样说的，不如，您亲自问他吧。"

东龙八宗弟子的话自然不会有假，叶音竹眉头微皱，正准备跟着东龙八宗弟子去见费斯切拉，这时，小龙女的声音从他背后传来："你去吧。什么时候准备好了要去法蓝，你再回来找我。"

叶音竹回头看了一眼自己这临时府邸，点了点头，对小龙女道："好。"说完，这才快步跟随那名东龙八宗弟子而去。

很快，叶音竹来到了琴城中心城区。此时，琴城城门大开，大量米兰帝国士兵护送着各种物资进入琴城。

如今，琴城在龙崎努斯大陆的地位越来越重要，虽然还不能和法蓝相比，但实力也不可小觑。

米兰帝国和琴城的关系十分密切，同时，也给予了琴城极大的支持。米兰帝国最希望看到的，就是有一天琴城能够凌驾于法蓝之上，到那时，米兰帝国就不需要担心蓝迪亚斯帝国了。

三年前，叶音竹还在的时候，琴城飞速发展，实力已经快要赶上法蓝了，可是，后来叶音竹消失了，琴城失去了主心骨，在龙崎努斯大陆的地位也受到了影响。要不是琴城背后还有极北荒原兽人族的支持，恐怕早已无法与法蓝分庭抗礼了。

费斯切拉亲自运送这批物资来到琴城，听说叶音竹已经回来了，他不禁大为惊喜，心中感叹：老大消失了三年，如今终于回来了，有老大在，琴城以后一定会发展得更好。

离得很远，叶音竹就看到了端坐在金晶暴龙王背上的费斯切拉。

和几年前相比，现在的费斯切拉明显变得成熟了很多，身穿金盔金甲，披着大红色战袍，看上去倒像是久经沙场的将军。

"费斯切拉。"

费斯切拉刚听到熟悉的声音，叶音竹就出现在他面前了。

骤然看到自己心目中的偶像，费斯切拉大喜过望，翻身跳下坐骑，一步跨到叶音竹面前，道："老大，你终于回来了！这都过去三年了，我们不知道你去了哪里，都急死了。"

费斯切拉毫不掩饰自己的兴奋，紧紧地抱住了叶音竹。

第二百八十九章
觉醒吧，永恒之树

叶音竹哈哈一笑，道："我这不是回来了吗，听说，你已经是亲王了，怎么回事？难道西尔维奥叔叔准备让香鸾学姐继承王位吗？这似乎不符合米兰帝国的规矩啊。"

对叶音竹来说，费斯切拉并不是外人，他可是秦殇的孙子，所以，叶音竹一见到他便直接说出了心中的疑惑。

费斯切拉嘿嘿一笑，道："是我主动要求不当皇储的。现在米兰帝国的皇储既不是我，也不是我姐姐。"

叶音竹一愣，道："西尔维奥叔叔不是只有你们两个孩子吗？皇储不是你们，还能是谁？"

费斯切拉道："难道就不许我父皇老树开花吗？你失踪后，没多久我便多了一个弟弟，现在，他才是我们米兰帝国的皇储。"

"弟弟？"叶音竹吃惊地看着费斯切拉，"皇储关系着整个国家的未来，西尔维奥叔叔怎会如此草率？你这个弟弟还不到三岁，怎么能够成为米兰帝国的皇储？"

费斯切拉笑道:"就知道你会是这副表情,但我告诉你,父皇在宣布这件事的时候,米兰帝国的大臣,不论是文官还是武官,大都投了赞成票。原本不赞成这个决定的西多夫元帅和奥利维拉元帅,在父皇的多番劝说下也改变了主意。所以,我弟弟这皇储之位可是十分稳固,没人能够动摇。"

费斯切拉满脸笑意,叶音竹看着他,心中大为不解。

费斯切拉或许不算太出色,但也绝对不是庸才。当初,叶音竹刚刚在龙崎努斯大陆上崭露头角,多亏得到了费斯切拉和香鸾的帮助,才能在科尼亚城大显身手,击退兽人劫掠军团。费斯切拉绝对可以成为一个出色的帝王,只要再经过一番磨炼,将来不会比西尔维奥差。而现在,他竟然被一个不到三岁的孩子取代了,这让叶音竹心中有些别扭。

"费斯切拉,难道你就没有意见吗?不行,我要尽快去米兰帝国一趟,和西尔维奥叔叔仔细商量一下这件事。将一个不到三岁的孩子立为皇储实在不合常理,这可不是闹着玩的。就算你这弟弟天资聪颖,潜力巨大,也得等到他成年之后再做定夺吧。"

费斯切拉被叶音竹严肃的表情吓了一跳:"别,老大,你可千万别冲动!我刚才说了,这易储之事是我主动提出的。你没见过我弟弟,可能想象不到他有多厉害,而且,我从来都没想过将来要继承父皇的皇位。权力对我来说如同浮云一般,并没有太大的吸引力。我喜欢逍遥自在,没有约束,没有压力,想做什么就做什么。要不是碍于我这亲王的身份,我还想到你这琴城谋个职位呢!"

叶音竹皱眉道:"难道你的弟弟比你更出色吗?"

费斯切拉正色道:"当然,他比我出色多了。你不知道我这弟弟有多厉害,他一岁的时候,就被誉为米兰帝国的神童了!我们都认为,他是上天赐予米兰帝国的宝贝。他出生时就和一般的孩子不一样,普通的婴儿,刚出生时只会放声啼哭，他却满脸微笑。才一个月，他就学会了说话，三个月就能识字。他一岁的时候，大脑便发育得跟五六岁孩子差不多了。尽管他现在还不到三岁，可他已经能和十几岁的孩子一同上课了。弗格森院长准备等他长到五岁，便将他破格录取到米兰魔武学院，教他军事和政治。"

叶音竹看着费斯切拉，想了想，道："这怎么可能呢？一个不到三岁的孩子，能有十几岁孩子的智力？"

费斯切拉苦笑着道："在我弟弟出现之前，如果有人这么跟我说，我也不会相信，可当你真正见到他之后，你就会明白，我的话绝对不夸张。他还不到三岁，可他的眼神那么深邃，简直太不可思议了。我可以肯定，如果他好好发挥他的天赋，那么，他一定会成为米兰帝国历史上最伟大的帝王。"

叶音竹静静地看着费斯切拉，回想着费斯切拉刚才的话，半晌后，才叹息一声，道："既然你这么说，改天我一定要见见你这个弟弟。他能够得到米兰帝国军政两界这么多位大臣的认可，看来，米兰帝国真是出现了一个天才啊！"

费斯切拉嘿嘿一笑，道："来琴城之前，我问了我这个天才弟弟一个问题，长大以后是修炼魔法还是武技，你猜他说什么？"

叶音竹疑惑地看着费斯切拉，等待着答案。

费斯切拉道："这小子说，魔法和武技不算什么，只有粗俗的武夫才会选择修炼其一。他不屑这样做，他要指挥这些修炼魔法或武技的武夫，而不会成为他们中的一员。所以，魔法和武技他都不学。他坚信，智慧才是这个世界上最伟大的东西。老大，你说，这是一个不到三岁的孩子能说出的话吗？"

闻言，叶音竹目瞪口呆，看着费斯切拉，一时间不知道说什么才好。

如果真如费斯切拉所说，那么这孩子就太可怕了。可惜，他心中挂念着身在法蓝的妻儿，深渊位面的事也等着他处理，否则，他真想立马去一趟米兰城，看看这个孩子究竟有多出色。

"好吧，这是米兰帝国内部的事，既然你都这么说了，我就不发表意见了。不过，孩子就像一张白纸，你们在教导他的时候，还是要循循善诱，让他心存善念。"

费斯切拉道："那是当然！现在，这小子身边围着十几名宫廷老师，这些老师都很疼爱他。刚开始时，他们听说要教导这么小的孩子，都很不情愿。父皇再三请求，他们才勉强答应。可过了一段时间之后，他们的态度都变了，都很喜欢我弟弟，没人愿意离开，这小家伙实在聪明得很。这些教导他的宫廷老师算是文臣中的一股重要力量，当父皇宣布弟弟成为皇储的时候，这些老师可是大力支持呢！"

叶音竹无奈地道："好吧，先不说这件事了。你远道而来，我派人带你去休息。"

费斯切拉摇了摇头，哈哈一笑，道："不，不用了。我要尽快赶回米兰城，将你回到琴城的消息告诉父皇。现在有传送门这么方便的设备，从米兰城到琴城快得很，哪里会辛苦！这次过来能见到你，我就很满足了，而且，我还想赶快回去陪我弟弟玩呢。你不知道，这小家伙可爱极了，米兰城皇宫中没人不喜欢他。父皇对他更是十分宠溺，我都有些吃醋了。"

费斯切拉并没有停留太长时间，他和叶音竹聊了一会儿，把所有物资交给琴城战士之后便匆忙离去。

确实，叶音竹回到琴城的消息对米兰帝国来说实在太重要了，这是一件天大的喜事，难怪费斯切拉迫不及待地要赶回米兰城。

目送费斯切拉消失在琴城外的传送门中，叶音竹才回过神来。他没有继续思考米兰帝国易储的事，毕竟，以琴城现在的地位，不论米兰帝国未来的帝王是谁，琴城和米兰帝国的关系也不会改变。现在还有许多更重要的事情等着他去做，其中最紧急的事情就是前往法蓝。

昨晚的狂欢过后，一大早，紫和奥利维拉就离开了琴城。他们一个是帝王，一个是元帅，需要处理的事情很多。怀着兄弟重逢的喜悦，他们回到了各自的领地。

不得不说，传送门真是好东西，再远的地方都能快速到达。如今，在龙崎努斯大陆北方，除了佛罗王国以外，其他各国都有琴城提供的传送门，要是有什么事情，能够迅速调兵帮助对方。

看着眼前的一片绿色，叶音竹的目光变得柔和起来。在这寒冷的天气中，只有精灵族才能创造出这样的绿色世界。

"音竹，你找我过来有什么事吗？"

绿色的身影落下，只见安雅急匆匆地从远处赶了过来。她本来正在和未明商量如何调配米兰帝国送来的物资，突然接到精灵族人传来的消息，说叶音竹在精灵森林中等她，有要事相商。

无奈之下，安雅只能暂时放下手中的事务，直接飞了过来。

安雅远远地便看到叶音竹一个人站在远古之树前发呆。

"安雅姐姐，精灵族移居琴城，已经有很长时间了吧。"叶音竹微笑着道。他的目光依旧落在远古之树上。

安雅愣了一下，道："是啊，时间不短了。除了地精部落那些原住民以外，我们精灵族是最先移居布伦纳山脉的。音竹，你怎么了？想说什么就直接说吧，我们之间难道还需要绕圈子吗？"

叶音竹微微一笑，摇了摇头，道："我不是在绕圈子，只是在琢磨应该怎么跟你说才好。安雅姐姐，琴城能有今天的成就，精灵族厥功至伟。如果没有你的帮助，琴城不可能像现在这么繁荣，更不可能得到矮人族和地精部落的支持，多亏你们，琴城才变得如此强大。你们是琴城的中流砥柱。"

安雅走到叶音竹身边，脸上露出一丝温柔的笑容："傻小子，你客气什么？先不说我们姐弟之间的感情，对我们精灵族来说，建设琴城本就是一件大好事，我们也从中受益，并不是无私奉献，我可没有那么好。"

叶音竹坚定地道："安雅姐姐，你就是那么好。你不知道，不论我到什么地方，只要我想到琴城有你守护，就可以安心地做自己的事。从我们第一次见面到现在，差不多有十年时间了，我一直都把你当成亲姐姐看待。精灵族默默地为琴城做了那么多事，今天，我想送你一件礼物，算是一点小小的回报吧。"

"礼物？"安雅惊讶地看着叶音竹，紧接着，她那双美眸之中露出狂喜之色，"难道，你带回了生命之水吗？你不是说，那些生命之水都被你吸收了吗？"

"姐姐果然聪明！你说得对，那些生命之水都被我吸收了，在我体内流淌，成了我的血液，也就是说我的血液就是生命之水。不论是为了琴城的发展，还是为了未来的那一战，精灵族都必须变得更加强大。"

叶音竹一边说着，一边缓缓走到远古之树前方，抬起了自己的右手。

此时的他，已经感觉不到远古之树释放的生命气息了，因为他体内的生命气息远比远古之树的生命气息浓郁。

当他踏入精灵森林时，远古之树就觉得他十分亲切。以前是叶音竹借助远古之树的生命气息修炼，现在他是用自己的生命气息滋养着远古之树。

刹那间，安雅明白了叶音竹的意图。她没有阻止他，她的眼中闪着泪光。

多少年了？多少年过去了？精灵族衰落了多少年？安雅知道，等叶音竹做完这件事后，精灵族就将迎来一个崭新的篇章，那时，精灵族将重回巅峰，展现出他们的实力。

远古时期，在东龙大陆与西龙大陆碰撞之前，西龙大陆上的人类还是极其弱小的生物，精灵族、龙族和兽人族鼎足而立。现在的精灵族呢？他们的地位比兽人族和龙族低太多了。为什么？因为他们失去了精灵族的本源的支持，叶音竹现在要做的，就是让精灵族的本源回归。

作为精灵女王，安雅怎么可能不激动呢？不论是对于她，还是对于其他精灵族人来说，这都是一个历史性的时刻啊！本源回归，意味着精灵族将重新崛起。

那时，一切都将发生变化。

柔和的水波突然出现，悄然流动，从叶音竹指尖掠过。刹那间，叶音竹的食指上出现了一道伤口，他抬手轻弹，一滴宛如红宝石一般，散发着浓郁异香，蕴含着庞大生命气息的鲜血，落在了远古之树上。

安雅闭上了眼睛，这一刻，她的感知力瞬间增强，周围的一切似乎都变得不一样了，她感受不到寒冷，感受到的只有丰富的生命能量。

那滴鲜血融入远古之树后，庞大的生命气息在远古之树内蔓延，每一根枝条都充满活力。

精灵森林的地面在震动，所有精灵都朝着远古之树的方向眺望，他们像疯了一样奔向远古之树，隐约觉得一定有好事发生。

无数精灵在这一刻流下了激动的泪水。

曾经，精灵一族面临着灭亡的危险。

曾经，精灵族人险些成了没有家的流浪者。

精灵族曾经的辉煌，真的在这一刻重现了吗？

那一瞬间，远古之树变成了绿色的，庞大的生命气息从远古之树中释放出来，产生了剧烈的能量波动，空间中的所有能量仿佛都在朝着远古之树汇聚。

生命气息滋养着远古之树，让它开始变化，无数枝条伸向远方，快速生长。

远古之树的树干变得更加粗壮，树冠变得更加茂密。

生命之树从泥土中拔出树根，缓缓向外迈步，给变大的远古之树腾出足够的生长空间。

树叶与枝条相互摩擦的声音就像优美的旋律，汇成了一首奇妙的交响曲，庞大的生命气息令精灵森林中的每一棵生命之树都兴奋不已。

远古之树不断发出一圈圈碧绿的光环，并且比之前大了许多，成了真正的巨树。

如果此时有人在天空中俯瞰布伦纳山脉，一定会注意到这棵独一无二的巨树。

精灵族十二位长老出现在了安雅背后，他们没有像安雅那样闭上眼睛，他们的身体剧烈地颤抖着，情绪变得越来越激动。

由于过于激动，精灵族大长老的声音都变了，听起来像另外一个人。

"永恒之树，这是永恒之树啊！精灵族的本源，你终于重新出现在我们的家园之中。从这一刻起，精灵族才算复活了，我们真正地复活了！"

精灵族二长老甚至比大长老更兴奋，看着那一圈圈碧绿的光环，惊叹道："自然祝福！这是永恒之树的自然祝福！只有得到了自然祝福的生命之树，才能够摆脱泥土的束缚。这些生命之树是我们精灵族的守护者，是我们的伙伴。"

永恒之树不断发出碧绿的光环，精灵森林中的树木都快速地生长着，尽管它们的生长速度不能和永恒之树的生长速度相比，可还是比之前快多了。

所有的生命之树都在向精灵森林外围移动，无形中让精灵森林的范围扩大了许多。

幸好，为了互不打扰，各族类的领地之间都有一定的距离，所以精灵森林的变化，并没有影响到琴城其他族类。

在精灵族十二位长老的带领下，琴城所有的精灵族人都聚集在精灵森林中，他们一个个面向永恒之树的方向跪倒，朝着永恒之树跪拜。

永恒之树是他们的本源，如今终于重现，精灵族的崛起指日可待！

上了年纪的精灵，都经历过精灵族的低潮期，那时，精灵族险些灭亡。他们从未想过，也不敢奢望精灵族还有崛起的一天。永恒之树的出现绝对有着非凡的意义。

德鲁伊开始不断咆哮，那是兴奋的声音。精灵跪拜在地，他们流出的泪水浸透了精灵森林的土地。

安雅一直闭着双眼，静静地站在叶音竹身后。就在这时，一道耀眼的绿色光芒从她身上射出，直冲天空，这绿色光芒与永恒之树释放的光环交相辉映，空间中的能量波动异常剧烈。

紧接着，安雅的身体飘向了永恒之树，停在了树冠上方，沐浴在那碧绿的光芒之中。她背后慢慢长出了一双绿色的翅膀，双翅缓缓张开，她的额头上出现了一个碧绿的图案。

永恒之树巨大的树干动了动，靠近地面的部分，竟然出现了一张人脸。

"精灵族的本源终于觉醒，精灵族的春天即将到来。精灵王的血脉啊！我将赐予你精灵族本源之力，你要带领精灵族变得更加强大，为了维护和平与精灵族的尊严而战。"

苍老而低沉的声音响起，好像是从地底发出的，传入了精灵族人耳中，紧接着，他们看到，在那高大无比的永恒之树的上方，安雅的身体缓缓飘浮起来，她背后的绿色翅膀变得更晶莹了。

原本向四周散去的碧绿光环开始向树冠集中，将安雅的身体包裹在内。

叶音竹手上的伤口，在那滴鲜血弹出之后，就自动愈合了，一点痕迹都没有留下。现在，就算敌人用神器对付他，想让他身受重伤也不是一件容易的事，毕竟他的伤口能够自行愈合。

叶音竹看着半空中的安雅，脸上露出一丝淡淡的微笑，他明白，这是安雅提升实力的契机。

精灵族的皇族，也就是精灵女王，修炼的方式是魔武双修。当初暗塔塔主斯隆就是因为注意到了这一点，才把安琪抓去，当自己的棋子。不论是安雅还是安琪，达到紫级九阶之后，都需要冲破魔武极壁。

叶音竹也是魔武双修强者，他经历过这一切，当然明白冲破魔武极壁有多困难。

如果按部就班地修炼，哪怕再过五百年，安雅恐怕也无法冲破魔武极壁。可是，现在远古之树进化成了永恒之树，这无疑是安雅的机会。

安雅得到的机会和叶音竹遇到的机会不同。当初，叶音竹借助雷元素强行冲破了魔武极壁，虽然成功了，但那过程十分危险，如果没有超神器辅助，叶音竹早就死在了乱雷之中，根本不可能成功。

而此时安雅借助的是永恒之树的力量，哪怕这力量无法帮助她冲破魔武极壁，也绝对不会伤害到她。因此，叶音竹完全可以放心。

远远看去，飘浮在半空中的安雅的身体完全变成了绿色的，所有的精灵族人都跪在地上，为他们的女王默默祈祷。

在龙崎努斯大陆上，任何一个族类想要崛起，都需要一位睿智而强大的领袖。

琴城变得强大，是因为有叶音竹这个奇才；兽人族重新崛起，是因为紫晶比蒙的出现；法蓝被各国膜拜，是因为有法蓝七塔塔主坐镇。精灵族人当然也希望有这样一位超级强者带领他们！

叶音竹将一只手按在永恒之树上，同时，把自己的精神力完全释放出来。这里的生命气息非常浓郁，他的天人合一能力可以充分施展，精神力扩散到整个空间。

永恒之树之所以能够进化，就是因为吸收了叶音竹的血液，也就是当初的生命之水，所以，永恒之树并不抗拒他，叶音竹的精神力可以轻易地探入其中。

叶音竹感受到了安雅身体的变化。正如他所预料的那样，安雅面临着她生命中的重大契机，机会只有一次，能否抓住这机会，对安雅影响极大。

如果成功了，那么，安雅会立刻进入顶尖高手的行列；如果失败了，她将永远无法达到次神级。

安雅冲击魔武极壁凭借的是永恒之树提供的自然之力，和破坏力极强的雷元素相比，自然之力的攻击性弱了一些，安雅想要冲破魔武极壁，还是有点困难。当然，因为自然之力的攻击性弱，安雅冲击魔武极壁的危险性也会小很多。

任何事情都有它的两面性。危险性小，成功的可能性也小得多。所以，在叶音竹的精神力探入安雅身体的那一刻，他就明白了，进化后的永恒之树所产生的自然之力，还不足以帮助安雅冲破魔武极壁。

魔武极壁次神级，又岂是那么容易达到的？

叶音竹悄然收回自己的精神力，犹豫片刻之后，便在永恒之树前盘膝坐了下来。所谓救人救到底，送佛送到西，既然这永恒之树是他送给安雅和精灵族的礼物，那么，就索性让这份礼物充分发挥它的作用吧。毕竟，对于安雅来说，这可能是她此生达到次神级的唯一机会了。安雅为琴城付出了太多，所以叶音竹一定要帮助她达到次神级，以此回报她。

一张古色古香的琴出现在叶音竹双膝之上，那并不是超神器枯木龙吟琴，而是九德兼备的大圣遗音琴。

叶音竹双手抚琴，这一刻，他的意识已经完全与古琴融为一体。

以叶音竹现在的实力，任何一张古琴，在他手中奏响，都能够发挥出作用，效果不比超神器差。叶音竹自身就像一个最强大的琴魂，能够将古琴本身的威力发挥到极限。

叶音竹的意识与古琴融为一体，下一刻，柔和的旋律奏响，一圈圈水波一样的光芒随之出现，笼罩着永恒之树和安雅的身体。

领悟了天人合一的真谛之后，叶音竹不再频繁地施展武技，而是专注地修炼琴魔法。这让他的琴艺有了很大的提升，其中的奥妙不是三言两语说得清楚的。

水波一样的光芒罩在安雅身上，安雅的身体立刻开始颤抖。在琴音的影响下，安雅体内的自然之力凝聚起来，向魔武极壁发起冲击，凝聚后的自然之力冲击强度增加了三倍。

自然之力不断冲击魔武极壁，让安雅十分痛苦，身体不住地颤抖。

极北荒原。

安琪突然抬起头，望向远处的天空。当她看到空中那碧绿色的光芒时，她的身体不由自主地颤抖着。

那是什么？

那是永恒之树的气息啊！尽管她从未见过永恒之树，可作为曾经的精灵女王，她对永恒之树的气息非常了解。

"安雅，你成功了！你才是一位合格的精灵女王。我多想看看永恒之树的样子啊，可是，我不能。亲爱的妹妹，我能做的，只有祝福你和精灵族。"

安琪盘膝坐在地上，双手在胸前摆出一个奇异的形状，口中念念有词，接着让一丝特殊的能量朝那碧绿色光芒飞去。

叶音竹不紧不慢地弹奏着手中的古琴，他弹奏的正是那首《培源静心曲》，琴曲在他的控制下，产生了特殊的功效。

琴曲将永恒之树释放的自然气息凝聚起来，等它进入安雅体内之后，再将其二次凝聚，这样一来，尽管自然之力非常温和，可过度凝聚之后，冲击力也大大增强了。

只不过，叶音竹这样做，无疑会加快永恒之树释放自然气息的速度，相当于加速消耗永恒之树中的生命能量。

时间一点一点过去，永恒之树原本发出的碧绿色光芒渐渐变得暗淡，安雅身上的光芒更加耀眼，她所承受的痛苦也不断增加，身体不住地痉挛。

如果是其他人坐在永恒之树下弹琴，使得安雅如此痛苦，恐怕精灵族的族人会立马上前将那人赶走，不过叶音竹在他们心中的地位极高，他们不会这样做。

精灵族的族人都知道叶音竹和安雅亲如姐弟，感情深厚，他们确信叶音竹绝对不会伤害安雅，他做的一切都是为了帮助安雅。更何况，没有任何预兆，远古之树就突然进化成了永恒之树，这肯定与叶音竹有关，否则，安雅也不会等到现在。

所以，精灵族十二位长老一边默默地为他们的女王祈祷，一边下达命令：任何人不得踏入永恒之树五百米范围内，不管发生什么事，都不能打扰琴帝大人。

眼看永恒之树内的生命能量快速减少，已经无法释放绿色光环，叶音竹毫不慌张，一丝水波般的光芒从他弹琴的手指上掠过，刹那间，八指齐动，伴随着一声美妙的颤音，八滴鲜血飘出，融入永恒之树中。

要知道，叶音竹的血液中生命之水的浓度远远高于当初的生命之水。他仅用一滴血液就让远古之树进化成了永恒之树，此时八滴血液融入树中，永恒之树那粗壮的树干竟然剧烈地颤抖了一下。紧接着，那无比璀璨的碧绿光华再次绽放，瞬间笼罩了精灵森林。

第二百九十章
精灵王

在这一刻，精灵森林内的所有植物都变成了翡翠一般的颜色，浓郁的生命气息瞬间释放，在布伦纳山脉的任何一个角落都能感觉到。因此受益的不仅仅是精灵族，琴城中所有人都感觉自己的身体被暖融融的生命气息包围着，他们都变得更加强大了。

精灵和德鲁伊自然获益最多，他们本就依靠自然气息来提升实力，在那剧烈的能量波动中，所有精灵和德鲁伊的实力都飞速提升着。即使是距离永恒之树最远的精灵都得到了好处，实力瞬间提升一阶。

这就是生命之水，或者说是神龙血液的强大功效。

如果叶音竹不将血液滴入永恒之树，而直接将其用在安雅身上，那么，即使是实力达到紫级九阶的精灵女王安雅，也承受不起，毕竟叶音竹吸收了大部分生命之水，血液里蕴含的生命能量过多，浓度很高，普通生物无法承受。对于普通人来说，叶音竹的血液不是补药，而是最烈的毒药。

别说是吸收叶音竹的血液，普通人哪怕只是稍稍接触到这鲜血，便会立刻被其中蕴含的丰富的生命能量摧毁。

生命之树就不一样了，这生命之树乃是精灵族的根本，尤其是它进化为永恒之树后，它的本源就是纯净的生命能量，所以，叶音竹通过永恒之树将自己血液中的生命能量稀释，然后释放到空间中，让永恒之树的自然气息笼罩精灵和德鲁伊。尽管这样做有些浪费，可这是最安全的方法。

八滴血液同时融入永恒之树中，永恒之树的体积瞬间变大了一倍。这已经达到永恒之树所能承受的生命能量的极限了，如果叶音竹再将血液滴入它体内，恐怕永恒之树会有爆体的危险。

之前，叶音竹利用精神力仔细查看，准确地算出了永恒之树的承受能力，让它释放出最庞大的自然气息。这样一来，飘浮在永恒之树上方的安雅便受到了自然之力的剧烈冲击。

"咔嚓！"

那一刻，不论是叶音竹还是安雅，都听到了一个清脆的声音。

魔武极壁出现了裂痕。

叶音竹是过来人，他知道，裂痕的出现并不代表魔武极壁被破开了，这是最关键的一步，只有迈出了这一步，才有成功的可能。

不过，这一突破，也让安雅陷入了危机。庞大的自然气息令她身上的衣服顷刻间化为了齑粉，她背后碧绿的翅膀也由一双变成了两双，原本莹润的肌肤表面，多了一层细密的血珠。

如果叶音竹的琴艺没有练到出神入化的地步，能量不能完全由他掌控，刚才那一下重击，安雅就会马上死去。现在的情况也不乐观，安雅已经陷入了昏迷，可见刚才的冲击力有多强。

接下来，叶音竹开始展现出他强大的实力。他将琴曲的辅助效果和凝聚生命气息的效果分成了独立的两部分，分别释放。一方面，叶音竹控制着凝聚后的强大的自然之力，让其冲向安雅体内的魔武极壁，另一方面，他将《培源静心曲》固本培元的能力发挥到了极致，安雅身体的其他部位被保护起来，不会被那自然之力所伤。

精灵族的族人当然不知道这些，包括十二位长老在内，他们看到的，只是一层层水波一样的光芒将叶音竹笼罩在内，然后再飘向空中，罩向安雅的身体和永恒之树。

不了解真相的人绝对无法想象，叶音竹现在正一心二用，一边帮助安雅冲击魔武极壁，一边保护安雅，这是多么神奇啊！

虽然这样做会消耗很多能量，但是叶音竹并不在乎，他一定要帮助安雅成功突破。

他还没有使出全力。他一边小心翼翼地控制着琴曲释放的能量，一边回想着当初小龙女所说的话。

无极生太极，太极生两仪，两仪分阴阳。

这一刻，叶音竹的思路变得更加清晰，双手不断弹奏。听着琴音，叶音竹的心也变得越来越沉静。在外人听来已经极为完美的琴曲，在他听来仍有瑕疵，他要弹得更好。修改之后，琴曲的细节之处处理得更好了，仿佛叶音竹的左手变成了阴，右手变成了阳，双手奏出的琴曲，就像太极一般圆融。阴阳激荡产生的气息，再融入自然气息，进入安雅的身体，使得魔武极壁上的裂痕飞速扩大。

没有人敢打扰叶音竹，此时，他在精灵族族人的心中，已经变成了神一般的存在。普通精灵战士不知道为什么会突然出现庞大的自然气息，精灵族十二位长老不可能不知道。他们看到叶音竹将手上的血液滴入永恒之树，紧接着，变化就出现了，这自然是叶音竹的功劳。

距离永恒之树最近的十二位长老受益最多，数人同时突破了紫级，实力原本就在紫级之上的几位长老更是瞬间提升了两阶。

这可是紫级的两阶啊！对于他们来说，需要修炼很长时间才能有这样的进步。

终于，当叶音竹弹奏完第九遍《培源静心曲》时，在他的刻意控制下，自然气息突然全部进入了永恒之树，一道缩小很多的晶莹绿光腾空而起，凝聚后的光芒如翡翠般碧绿，下一刻，这光芒击中了安雅。

"噗——"

一口鲜血从安雅口中喷出，就在这一瞬间，第三双碧绿的翅膀从她背后长出，同时伸展开来，紧接着，安雅身上多了一颗碧绿的种子，一圈圈柔和的光芒从种子中释放出来，落在每个人身上，最终融入了永恒之树中。

叶音竹停止弹奏，余音绕弦，淡淡的光芒从大圣遗音琴中释放出来，叶音竹满脸笑容。他知道，自己成功了，安雅也成功了。

安雅飘浮在空中，成了整个精灵族的焦点。

周围的一切都在飞快地变化，所有的生命之树重新在地上扎根，以极快的速度生长着。精灵森林中呈现出一派欣欣向荣的景象。

淡淡的光芒闪烁，安雅身上的三双翅膀拍打着，她缓缓降落到地面上，双眼依旧紧闭，可脸上没有一丝痛苦之色，面容安详。

大圣遗音琴早已被收回，叶音竹张开双臂，接住了安雅。

安雅很轻，她的心跳很慢，身体散发的生命气息竟然和永恒之树一模一样。就在这时，一道碧绿色光芒突然从永恒之树中射出，落在叶音竹的额头上，叶音竹的眉心出现了一个绿色图案，和安雅额头上的碧绿色图案极为相似，甚至还要复杂几分。

搂着安雅时，叶音竹感觉有些尴尬。毕竟，安雅此时身无寸缕，虽然她背上的三双翅膀将她的身体完全罩了起来，但是，叶音竹抱着她还是有些不自在。

十二位精灵族长老都已经呆滞了，他们看着叶音竹和安雅，一时间说不出话来。

叶音竹感觉气氛有些怪异，赶忙咳嗽一声，释放精神力，让精灵族的长老们清醒过来。

叶音竹看着他们，道："各位长老，请不要误会，安雅姐姐已经昏迷了，不过，她终于冲破了魔武极壁。恭喜精灵族，你们将会拥有一位强大的女王。哪位长老送安雅姐姐回永恒之树内休息？"

叶音竹看着精灵族的几位女长老。

就在这时，意料之外的一幕发生了。原本已经起身的十二位精灵族长老突然同时双膝跪地，朝着叶音竹拜了下去。

"参见精灵王大人。"

叶音竹愣了一下，道："各位长老不必多礼，安雅姐姐陷入昏迷了，你们说的话，她现在也听不到啊！"

精灵族大长老一脸崇敬地道："不，精灵王陛下，我们参拜的是您，不是女王陛下。"

叶音竹这才发现，刚才十二位长老跪拜的时候，少说了一个"女"字。

"长老，您这是什么意思？我可不是你们的精灵王。"

大长老执着地道："不，伟大的精灵王陛下，您就是我们的王。不论是谁，都无法改变这个事实。或许您还不知道，当我们精灵族的本源生命之树进化到最终形态，成为永恒之树后，就具有了智慧，永恒之树将主导精灵族，帮助精灵族走向强大。

"就在刚才，永恒之树告诉我们精灵族所有的族人，它赋予了您'精灵王'的称号，而且，您成了永恒之树在精灵族中的代言人，权力比女王陛下更大。也就是说，我们精灵族的每一个精灵都必须听从您的命令。"

叶音竹看着面前的十二位精灵族长老，苦笑着道："你们不会要告诉我，我成了外籍精灵王吧？先是外籍银龙，再是外籍神圣巨龙，现在我又多了个外籍精灵王的身份，这似乎不太合适……"

精灵族大长老摇了摇头，道："不，不是外籍精灵王，您就是精灵王。永恒之树的意思是，您是它的化身，甚至是它的师长，只要有您在，精灵一族就会越来越好。"

叶音竹的大脑飞速运转起来，思考了片刻，他恍然大悟。

远古之树能够进化为永恒之树，无疑是叶音竹的血液起了作用，永恒之树拥有了智慧，自然能够感受到叶音竹体内的生命能量比它庞大得多。叶音竹用血液中的生命能量帮助了它和安雅，永恒之树便将叶音竹视为精灵族的伙伴、守护者，或许是因为永恒之树感觉到他的生命能量太过强大，所以才给了他这个"精灵王"的称号。

"恳请精灵王陛下送女王陛下回到永恒之树内休息。只有您和女王陛下，才能进入永恒之树。"

无奈之下，叶音竹只能接受眼前的现实。他并不排斥"精灵王"这个称号，毕竟，精灵族本就是琴城中的一员，不论他被冠上何种虚名，都不会改变什么，精灵族仍旧由安雅领导。多个虚名，对他并没有影响。

而且，此刻他只想尽快将安雅送回永恒之树内。一直抱着安雅，让他颇为尴尬。安雅和小龙女不一样，他对安雅的感情比对小龙女的感情深得多。

安雅是叶音竹见到的第一位绝色美女，后来，她又默默地帮了叶音竹很多，不论从哪个方面来看，安雅都是叶音竹心目中最完美的女性之一。叶音竹对安雅的感情极深，当然，那是姐弟之情。可此时，他将安雅抱在怀中，还是感觉十分奇怪。所以，他也不想再和精灵族长老们争辩什么，抱着安雅，朝永恒之树飞了过去。

正像精灵族长老们所说的那样,叶音竹和安雅刚刚靠近永恒之树的树冠,树冠便自动分开,只见光芒不断闪烁,之后两个人便消失了。

而就在这一刻,精灵森林中爆发出巨大的欢呼声,所有精灵都朝着永恒之树跪拜,呼喊着叶音竹和安雅的名字。他们已经等了太久,终于等到了这一天。

进化成为永恒之树后,远古之树不仅外观出现了变化,内部的树屋也完全变成了另一番样子。

树屋的面积比以前大了整整十倍,树屋内的生命气息极为浓郁。即使叶音竹拥有如此多生命能量,依旧能够感觉到这里的生命气息,周围的一切都变成了碧绿色的。尽管看不到外面,可叶音竹还是有种如梦似幻的感觉。

树屋一侧的木床也比以前的大了许多,叶音竹小心翼翼地将安雅平放在木床之上,安雅的三双翅膀收到了身后。

安雅的脸是粉红色的,她的身体很热。

叶音竹想要找床被子盖住安雅的身体,可是,进化后的树屋变得空空如也,原本树屋内的东西都消失了,没有变的只有全方位监测控制系统。

无奈之下,叶音竹只能闭着眼睛,将安雅背后的翅膀拉到前面,遮住她的身体。

就在叶音竹拉过最后一片翅膀时,突然,一双手臂勾住了他的脖子。

叶音竹还没反应过来,只觉得脖子一沉,紧接着,他就栽倒在木床上,安雅吻了他。

体内生命气息涌动,令叶音竹暂时失去了对大脑的控制,那来自生命之水的生命气息实在太强,叶音竹的精神力无法将其压制,他的身体倒在安雅旁边,而那三双翅膀突然合拢,将两人的身体围绕在内。

叶音竹下意识地抱了抱安雅。

安雅道："小弟，谢谢你。"

叶音竹听到这一声"小弟"，愣了一下，正是因为这一瞬间的停顿，叶音竹的精神力重新控制了精神之海，他低呼一声，赶忙闭上了双眼，想从安雅的三双翅膀中挣脱出来。

他心中充满着恐慌。不行，这绝对不行，这女子是自己尊敬的安雅姐姐啊！

叶音竹猛地一咬舌尖，想借助刺痛让自己清醒几分，可是，安雅那三双翅膀将他裹得很紧。

"安雅姐姐，对不起，我，我……"叶音竹的声音变得有些沙哑。

安雅注视着他，眼神迷离。尽管她已经在这个世界上生活了四百多年，可她从未与人如此近距离地接触。连她自己也不知道，自己现在是一种怎样的心情。

"音竹，我不怪你，是我主动的。"

叶音竹被生命能量所影响，安雅又何尝不是？

远古之树进化为永恒之树，先前安雅所承受的自然气息中蕴含着庞大的生命能量，而她的精神力比叶音竹弱了许多，更加难以控制这能量。

一直以来，安雅都没想过要给自己找一个伴侣，因为，在她心中，精灵族是最重要的。她肩上的责任实在太重，压得她无法呼吸。而现在，这压力正逐渐减小，永恒之树出现了，身为精灵女王的她已经做到了最好，她感觉轻松多了。

安雅并没有一直昏迷，当她体内的瓶颈突破之后，她就已经清醒了，但那时候，她还无法控制自己的身体，这也是回到树屋之后，她的体温仍在升高的原因。

安雅发现，此时的她十分安心。那是一种发自内心的安全感，仿佛在这树屋中，在叶音竹身边，她就永远都不会受到伤害。

刚才在永恒之树外面时，周围都是精灵族族人，她当然不能醒过来，那样的尴尬她不愿承受。

叶音竹成为精灵王的事她自然也知道了，正是因为如此，她心中的顾忌才会荡然无存。

曾经，她是那么羡慕自己的姐姐。尽管安琪失去了精灵族的一切，可她拥有了紫那样出色且深爱着她的丈夫。安雅甚至想过，哪怕是用精灵女王的位置去换，她也愿意换来一个那样的爱人，她并不稀罕自己手中的权力。可是，那是根本不可能的，精灵族需要她。

身为精灵女王，为了精灵皇族血脉的传承，她不可能嫁给外族。可是，在精灵族中，她已经是最强大的存在，尽管精灵族人都俊美无比，可没有一个男性能够得到安雅的青睐。

叶音竹成了精灵王，这对安雅产生了极大的冲击。如果说，以前叶音竹不是精灵族人，他们之间只有姐弟之情，那么，现在情况发生了变化，不可能变成了可能，一扇大门悄然在她心中打开。内心的希望，再加上生命能量的作用，安雅才鬼使神差地做了这一切。

表面上看来这一切并不复杂，实际上这一切却是由多种因素促成的。

现在，不仅是叶音竹一人手足无措，安雅也不知道该如何是好，她不知道该如何面对叶音竹。两人逐渐清醒过来。精灵族天性恬淡，虽然安雅的精神力远不如叶音竹那般强大，但是也能勉强控制体内的生命能量。

此时此刻，安雅和叶音竹都没有动，就那么彼此对视着。

"安雅姐姐，我、我们……"

叶音竹十分惊慌，他记得，不久前小龙女还和他说过阴阳相吸，难道，这就是阴阳相吸吗？不，他不能做出这种事，他有妻子，还有孩子。苏拉和海洋承受着失去丈夫的痛苦，两年多来辛苦养育孩子，如果他做出对不起她们的事，那他和禽兽又有什么差别？

一想到海洋、苏拉和孩子们，叶音竹的眼神逐渐变得清明起来，毕竟他的精神力极为强大，他控制着体内的原力，缓缓将体内的生命能量压制下去。

"音竹，你怎么了？"安雅突然惊呼一声。

她清晰地看到，一缕鲜血顺着叶音竹嘴角流出。

原来，叶音竹试图抵抗生命能量时，将自己的舌尖咬破了。

叶音竹转过头，深吸一口气，控制着原力，快速地将嘴角处的鲜血吸了回去。

原力流转，叶音竹从安雅的三双翅膀中滑出。他背对着安雅，接连深吸三口空气，让自己的心神稳定下来，而他舌尖的伤口也在这短暂的时间内愈合了。

叶音竹离开了安雅，安雅也暗暗松了口气，她的心异常矛盾，理智告诉她，刚才那一切是不应该发生的，可她的身体不受控制。

安雅刚刚达到次神级，而且是在外力的帮助下才成功突破了魔武极壁，她的实力还不稳定。

安雅心绪纷乱，体内那些能量剧烈地波动起来。她的脸完全变成了红色的，灼热的气息四散而出，她原本想从那巨大的木床上起身，可是，体内的能量波动让她无法控制自己的身体。

安雅刚刚离开床榻，就感觉能量在体内冲撞，她闷哼一声，又跌了回去。

这一次，轮到叶音竹发问了。他本来想立刻离开树屋，但刚刚迈开步子，就听到了安雅痛苦的闷哼，出于对安雅的关心，他背对着安雅，赶忙问道："安雅姐姐，你怎么了？"

安雅强忍着剧痛，道："我没事，音竹，你走吧。"

她嘴上说着没事，声音还是因为痛苦产生了变化。叶音竹实力超强，就算心神还没有完全稳定下来，还是可以察觉到周围的变化。他立刻发现了安雅的异常，他也顾不得那么多了，安雅的生命安全最重要。他转过身，重新回到了床前，眼前的安雅让他吓了一跳。

安雅全身都变成了火红色的，还带着淡淡的金色，呼出来的全是热气，令树屋内的温度不断升高。

安雅紧闭着双眼，背后的三双翅膀软软地垂在床上，身体轻微地颤抖着，她体内的生命能量并没有变少，反而在飞速增多。

大惊之下，叶音竹一只手快速按上安雅的额头，将自己的原力源源不断地输入安雅体内，可是，他的原力刚刚进入安雅的身体，安雅的体温就再次升高了。

安雅"哇"的一声，喷出一口鲜血。

鲜血落在那由永恒之树变化而成的木床之上，竟然直接将木床烧出了一个洞，可见这血液有多不一般。

怎么会这样？百试不爽的原力竟然失去了作用。叶音竹释放精神力，发现安雅的身体并没有任何问题，问题就出在她体内那无法控制的生命能量上。叶音竹的生命能量也很强，可他能够用强大的精神力将其压制，才没有出现安雅这样的情况。

叶音竹的生命能量如此强大，一旦他将其输入安雅体内，只会适得其反，就像火上浇油一般。

走火入魔，叶音竹立刻想到了这个词。

安雅的身体明显快要承受不住了，再这样下去，那些生命能量必定会让安雅爆体而亡。

不论叶音竹的实力多么强大，他也无法代替安雅，帮她控制体内的生命能量。

"你想让她死吗？"冰冷的声音响起。

一道金色的身影闪过，一名女子出现在叶音竹身边，正是小龙女。她就像炎热夏天中的一口冰水，让树屋内的温度降了一些。

看到小龙女，叶音竹就像找到了救星一般，毕竟，小龙女是这个世界上唯一一条活着的神龙，实力已经达到了恐怖的次神级九阶巅峰，而且她知晓东龙秘技，各方面都强过叶音竹。

"快，快救救安雅姐姐。"叶音竹急切地抓住小龙女的手。

小龙女看看叶音竹，再看看安雅，淡然地道："玩火自焚，我救不了她。"

叶音竹一愣："什么叫玩火自焚？"

小龙女用一只手贴上安雅的额头，顿时，安雅体内的生命能量稳定了几分，体温降了不少。

小龙女瞥了叶音竹一眼，冷冷地道："你以为，神龙的血液谁都能够承受吗？尽管你通过这棵树达到了过滤的目的，可是，血液中庞大的生命能量又岂是普通族类所能承受的？她因外力突破瓶颈，没有发挥她自己的力量，瓶颈突破后，她的实力瞬间提升，她自己又无法控制体内的生命能量，结果只会使得体内的生命能量失控，最终爆体而亡。"

叶音竹感觉到安雅体表的温度降低了几分，心中重新燃起希望："小龙女，我知道你一定有办法的，算我求你，救救她吧。"

小龙女淡然地道："我从来不说谎，既然说了我救不了，就是救不了。你自己作的孽，自己还吧。"

叶音竹急了，他怎么也没想到，自己原本好心帮助远古之树进化为永恒之树，并借助这个机会帮助安雅突破了魔武极壁，却造成了这样严重的后果，一时间，整个人都慌了。

叶音竹看着痛苦的安雅，双眼已经变得一片通红。

小龙女显得有些惊讶，她还是第一次看到叶音竹这个样子，当初就算他自己处在生死边缘，他也没像现在这样激动。

"你想救她？"小龙女冷冷地道。

叶音竹怒视她一眼："这还用说吗？只要能治好安雅姐姐，付出什么我都愿意。"

小龙女淡淡地道："她是女性，吸收了过多的生命能量，又无法控制，体内燃烧起了阴属性的生命之火。生命之火用任何东西都无法扑灭，除非它燃烧殆尽。如果她死了，那么，这里的一切也将被生命之火点燃，不光是这永恒之树，就连这片森林也会化为灰烬。

"想要救她，就只有一个方法，那就是用阳属性的生命之火，通过阴阳调和进行转化，令生命之火逐渐熄灭，恢复为正常的生命能量。而在这个世界上，能够燃烧阳属性生命之火的，就只有一个人。"

第二百九十一章
生命之火分阴阳

⋮

小龙女淡漠的话语给叶音竹带来了希望。

"是谁？快告诉我，哪怕他在天涯海角我也要把他找来。"叶音竹急切地道。

此时，安雅的体温再次升高，快要接近刚才的温度了，他心中已是万分焦急。

"想要主动燃烧生命之火，需要的生命能量何其多！在这个世界上，拥有如此多生命能量的，就只有你和我。我是女性，属阴；你是男性，属阳。"

叶音竹一愣："你是说，我就是那个人。"

小龙女瞥了他一眼："就是你。现在开始吧。阴阳调和该怎么做不用我教你吧？阴阳调和归太极，燃烧你自己的生命之火，与她的生命之火融合，将她体内过多的生命之火吸入你体内，与你自身的生命之火融合，让她能够控制体内的生命能量，至少不要让生命之火重燃。这样的话，不仅可以救活她，而且能让她真正突破到次神级，只是，今后她要是再想提升，就不会那么容易了。毕竟，她冲破魔武极壁时，依靠的并不是自己的力量。不经历一番磨难是不可能达到魔武极壁次神级的。"

阴阳调和？

叶音竹看了一眼安雅那通红的身体，再看看小龙女："你，你不会是让我和她……她可是我的姐姐。"

小龙女冷冷地道："我管你们是什么关系，她是你姐姐？那她刚才怎么会主动吻你？你们体内的生命能量引发了剧烈的能量波动，你的生命能量比她的强大太多，这才让她的生命之火剧烈燃烧。这都是她自己造成的。更何况，你刚才不是说了，只要能救她，做什么都愿意吗？"

"可是……"

叶音竹仍然十分焦急，心中多了几分顾虑，他怎么也想不到，居然会是这样的情况。

小龙女淡然地道："太极分阴阳，过刚则易折，过柔则易破，阴阳调和本就是天伦大道，乃我东龙必修之术。她又不是你亲姐姐，有什么关系？这唯一的办法我已经告诉你了，救不救她是你自己的事，与我无关。"

说完这句话，她便消失了。

其实，小龙女的天人合一能力还在叶音竹之上，琴城内发生的一切她都能看到。

之前，叶音竹帮助远古之树进化，以及帮助安雅冲破魔武极壁的事，她虽然知道，但什么也没说，毕竟，精灵族实力增强，他们未来对付母妖时才更有把握。

只是，她想不到安雅会在实力提升之后做这些，令她体内原本就不稳定的生命能量剧烈波动，燃烧起生命之火。

如果没有点燃生命之火，就算安雅无法完全控制体内的生命能量，只要她努力修炼，总有一天能够成功，自然不需要阴阳调和。

事已至此，以小龙女的性格，自然不会向叶音竹解释这些。她从未接触过外面的世界，当然不明白安雅心中复杂的感情。

小龙女走了，树屋内就只剩下叶音竹和安雅两人，安雅先前被压制的生命之火燃烧得更加剧烈。叶音竹实力如此之强，握住安雅的手时也能感觉到阵阵滚烫，他知道，如果再不救安雅，恐怕就没有机会了。

"安雅姐姐，对不起，这一切都是我造成的。可是，我真的不能让你死去。"

叶音竹颤抖着双手脱下了自己的神源魔法袍。他的心志如此坚定，此时竟也有几分慌张，当他接触到安雅时，受到阴属性生命之火的影响，他体内的生命之火也立刻燃烧起来。不同的是，叶音竹完全可以控制体内的生命之火。

精灵族不论男女都是极美的，而身为精灵女王的安雅更是绝色。尽管此时她的身体一片通红，可是依旧很美，就像是由红宝石雕琢而成的一样。

叶音竹张开手臂，深吸一口气，重新回到了之前的位置，抱住了安雅。顿时，一股灼热的感觉传来，他身体的温度上升，而安雅的体温则开始下降。

一切就这样发生了。

阴阳两种属性的生命之火升腾、交融、吸收、转化，一切都是那么自然。

谁能想到，在永恒之树进化完成的第一天就发生了这一切呢？他们两人本不应该在一起，可谁又能说，这是一个错误呢？哪怕这真的是一个错误，也是一个美丽的错误。毕竟，它蕴含着真挚的感情，叶音竹的出发点是想回报安雅。

不知何时，那三双软软下垂的翅膀重新归拢，阴属性的生命之火与阳属性的生命之火融合，生命能量归于平静。

一切都在那一刻归于平静。

夜幕降临，空中满天星斗，月光照进那充满生机的森林中。天气渐渐寒冷，放眼望去，布伦纳山脉却是一片绿色。

在那庞大的永恒之树树冠上，一男一女，一站一坐，他们看着天上的星斗。周围很静，他们都没有说话，气氛有些尴尬。

坐着的是女子，水蓝色的长发披散在背后，斜靠在树冠上的她，具有一种奇异的美感，三双翅膀舒展开来，撑着她的身体，防止她从树冠的缝隙落下。她的双腿被一层淡绿色的薄纱覆盖着，甚是美丽。

站着的男子一袭白衣，衣角被风吹得微动，看着星斗的目光依旧清澈。在那清澈的目光中，多了几分复杂的情感。

"音竹，叫我一声姐姐。"安雅轻柔的声音在叶音竹耳畔响起。

"姐姐。"简单的两个字从叶音竹口中吐出，却像经历了千难万险，听起来十分生涩。

安雅淡然一笑："记住这两个字，我永远都是你的姐姐。音竹，谢谢你。"

"谢我？"叶音竹看着安雅。

安雅认真地点了点头，脸上布满了笑容："是的，谢谢你。你带给我的，不仅是精灵族的本源，你还让我体会到了痛苦与快乐，帮我冲破了魔武极壁，这是我四百余年的生命中从未经历过的。其他人的生命终结时会想到什么我不知道，但我可以肯定，当我的生命终结的时候，我一定会想起今天发生的事情。谢谢你给予我这段经历。你还当我是你的姐姐吗？"

叶音竹默默地点了点头。

安雅淡然一笑，三双翅膀轻拍，站了起来："那么，你要记住，我永远都是你的姐姐。有些东西，并不会随着时间改变。就像我们精灵族中的一种花，昙花，尽管它绽放的时间很短，可它的美无可替代。精灵族，是追求完美的族类，既然这已经是完美的结局，那么，我不希望它被破坏。所以，我仍旧是你的姐姐。之前是，现在是，以后也是，我永远都只会是你的姐姐。"

"安雅姐姐，对不起。如果不是我的大意，也不会……"

安雅抬起手，示意他不要再说下去，她的声音在他心中响起："傻瓜，记住，我是你的姐姐。去吧，黎明即将来临，去你应该去的地方。"

话毕，安雅缓缓地朝树冠下方走去。

叶音竹没有追。他知道，安雅已经为他们这一天的缘分画上了句号。

当安雅的身影消失在树冠中时，她的声音再次传来："知道吗？音竹，我很喜欢你今天送我的礼物。我从未后悔。"

叶音竹茫然地站在那里，耳边回响着那声音，有些呆了。而在那消失的身影的脸上，却多了两串离线的珍珠……

直到传送门开启的那一刻，叶音竹依旧处于迷惘之中。他是被小龙女硬生生拉入传送门的。

"那个女人很聪明，这本就是个误会。"小龙女淡淡地道。

"聪明？"叶音竹有些讶异地看着小龙女。此时，他们已经离开了琴城，出现在了法蓝城外的琴城驻军营地。

天色依旧漆黑，黎明还没有到来。

小龙女淡然地道："你很迷惑吗？其实，只是你想得太多了。我能感觉到，她的话是发自内心的，她确实将今天的一切当成了美丽的回忆。她是一个理智的女人，连她都放得下，你有什么理由放不下？做好你自己，就是对她最大的帮助，否则，你只会给她带来困扰。"

听完小龙女的这几句话，叶音竹似乎想清楚了，他苦笑着道："你什么时候变成感情专家了？只是，发生了这么多事情之后，我和安雅姐姐的关系真的还能像以前一样吗？"

小龙女淡然地道："就算要烦恼，也得先做完你该做的事情。这里就是法蓝吗？"

她一边说着，一边将目光投向了法蓝城内那七座高塔。

其实，小龙女说得很对，今天发生的事情，对于安雅来说只有好处，她的实力提升到了魔武极壁次神级，而且也释放了多年以来的压力。安雅也感觉到了这一点，所以才会向叶音竹道谢。

叶音竹虽然聪明，天人合一的能力也不比小龙女弱多少，但他毕竟不是女人，无法像小龙女一样猜透女人的心思。

自从当年安琪背叛精灵族，险些将精灵族推入毁灭的深渊时，安雅就背负着复兴精灵族的重任。尽管表面上看不出任何异常，可是她的内心在这重压之下，早已疲惫不堪。

就在这个时候，叶音竹出现了，给了精灵族复兴的希望，安雅也抓住了这个机会，经过不断努力，终于让精灵族重新崛起。可是，除了她自己，谁又知道她为此付出了多少，背负着重任的她耗费了多少心力？为了精灵族的崛起，安雅可以说是呕心沥血。长久以来，她的心已经变得十分疲倦，情绪随时都可能崩溃。

叶音竹帮助远古之树进化为永恒之树，无疑让安雅完成了她最大的心愿，同时，叶音竹也帮她提升了实力，突破了魔武极壁。那时候，安雅心中一直紧绷着的弦松了下来，就在那一刻，安雅的精神也到了崩溃的边缘。后来发生的一切解开了她内心深处的结，消除了她的疲惫，学会控制生命能量之后，她也变得沉稳多了。可以说，叶音竹给了她一个崭新的人生，安雅得到了太多帮助。

小龙女虽然感受到了这些，但她对外面世界的了解太少，因此无法向叶音竹解释清楚。她能够感觉到，安雅从叶音竹身上得到的只有好处，叶音竹付出了太多。

小龙女劝说的话语虽然冰冷，但叶音竹心中已经舒服多了。当时的他没有选择，他不想看到安雅死去，一切都是迫不得已。他不是优柔寡断的人，收敛心神之后，他不再烦恼。今后如何，谁又说得清楚呢？对于他来说，最重要的是自己的妻子和孩子们，就让这件事过去吧。

听到小龙女的问话，叶音竹看向法蓝七塔，向她点了点头，飘然而起，朝着法蓝城的方向飞去。

现在天还没有亮，叶音竹不想吵醒营地内的琴城战士，否则，他的出现必然会引起极大的骚动。他并不希望面对众星捧月般的情景，终于回到这里，此时他最想与家人团聚，如果琴城战士发现他回来了，那么，与家人团聚的时间便要推后了。

小龙女跟在叶音竹身后，她的身体仿佛完全没有重量一般，轻飘飘地飞着。

琴城军队驻地离法蓝城非常近，转瞬间他们便可到达。因为叶音竹与暗塔之间的联系，法蓝的防御屏障悄然开启了一道缝隙，叶音竹和小龙女没有遇到阻碍，直接进入了法蓝城。以他们的实力，掩藏自己的气息再容易不过，所以，他们的到来并没有惊动法蓝骑士。

暗塔已然在望，此时此刻，叶音竹的心情无比激动。

苏拉、海洋、孩子们，我回来了！

二人落在暗塔前方，周围一片寂静，远处天空已经渐渐泛蓝，天就要亮了，黎明已经来临。

叶音竹站在暗塔前，心中百感交集。尽管在他的认知中，自己并没有离开多久，可事实上，他已经走了三年。

三年的时间啊！苏拉和海洋这三年是怎么过的？她们为了他，承受了多少痛苦！

一时间，他竟然无法迈出脚步，走入暗塔。他的心跳不断加速，情绪十分复杂，激动中，他双手紧握。

心中的思念越浓，此时的他就越不知道该如何面对自己的妻子，不论怎么说，不论出于何种原因，他和安雅之间的事已经发生了，他对不起苏拉和海洋。

就在这个时候，突然，一阵冷风从暗塔内吹出。没等叶音竹反应过来，一丝冰冷的气息已经悄然袭向他的胸口，那气息冰冷如刀，还带着腐蚀效果。

叶音竹受到攻击，体内的原力自行流转，化为一道水样波纹将那冷风化解，而这突如其来的攻击也令他清醒过来，下意识地朝暗塔并未关紧的大门看去。

一个稚嫩的声音突然传了出来："你是谁？竟敢到我暗塔来，你不知道这里是禁地吗？"

叶音竹愣了一下，没等他回答，另外一个同样稚嫩、却显得沉稳许多的声音响起："别和他多说，我们先打败他，昨天我刚学了一个很实用的魔法呢。"

话音一落，一道橙色光芒突然从暗塔内射出，眨眼间便飞到了叶音竹胸口位置。和刚才那阵冷风截然相反，这次的攻击不再是带有腐蚀效果的暗魔系魔法，而是纯粹的光明系魔法。

光芒中蕴含的光元素极为纯净，而且能量凝聚度高，绝对是一记正宗的光之箭。没想到那个橙级的攻击者竟然能发出这样的光之箭。

光明系魔法中，级别较低的攻击类魔法很少，光之箭就是其中之一。一般来说，实力达到橙级的魔法师才能掌握光之箭，可是，想要将它发挥得这么好，至少得修炼到黄级才行。只有拥有足够的魔法力，才能使这光之箭的凝聚程度变高。

叶音竹依旧没有动，应付这种程度的攻击，他根本不需要动用原力，神源魔法袍就能将其挡住。一圈光晕直接在他胸前散开。

叶音竹感觉有些啼笑皆非，他已经很久没见过橙级魔法师了，法蓝什么时候有这么弱小的魔法师了？而且，还是在自己的暗塔之中。他才回到法蓝就遭到了攻击，说起来当真有些可笑。

对方似乎也发现了，他们的攻击并没有对叶音竹造成任何伤害，两声轻咦声同时响起。

"他好像有点强。哥哥，怎么办？"娇嫩的声音再次传了出来。

"我们再试试，不行的话就叫人吧。用那招好了。"声音沉稳些的人很快就做出了决定。

紧接着，叶音竹就看到两道橙色光芒同时从暗塔中射了出来。

叶音竹面带笑容，看着两道橙色光芒朝自己射来，毫不在意。虽然这两名魔法师比较弱小，但他们的施法速度颇快。看来，他们的实力应该不仅仅是橙级那么简单。

他正准备依照之前的方法，让神源魔法袍将攻击化解，突然，空中那两道同时射向他的橙色光芒起了变化，两道光芒离叶音竹胸口还有一尺的时候，突然碰撞在了一起。

紧接着，一声爆炸声骤然响起，爆炸力混合着元素乱流，径直冲向叶音竹的胸口。

与之前的两次攻击相比，这一次，爆炸的威力至少是先前的五倍。尽管依旧伤不到叶音竹，可是也着实让他吓了一跳。这一记攻击分明已经达到了黄级高阶的水准，甚至接近绿级初阶。可是，根据他们释放的魔法来判断，他们分明只是橙级魔法师啊。这是怎么回事？

在爆炸力的冲击下，叶音竹的黑发向后飘扬，这次发出轻咦声的，是他身边的小龙女。

"阴阳相克，这临界点掌握得很好啊！"

小龙女当然不是因为这攻击的威力而惊讶。对于她和叶音竹来说，这种级别的攻击，无异于给他们搔痒，但是，这攻击的手段和方式令她有些吃惊。

听了小龙女的话，叶音竹也明白了。两种攻击拥有光明与黑暗两种属性，因为光元素与暗元素相互排斥，所以那两道光芒在叶音竹胸前碰撞后，产生了爆炸力，甚至还引起了元素乱流。

虽然从表面上看，这仅是两道橙级魔法，不会伤到叶音竹，但如果换成两个禁咒，结果又会如何呢？

要知道，光元素和暗元素可不是那么容易控制的，如果使用方法不得当，只会让两种元素相互抵消，而不会产生爆炸。从这一点上来看，攻击他的两名魔法师控制魔法的能力极强。听他们的声音，似乎不像是成年人，如果真的是这样，那么，他们的发展潜力一定非常巨大，前途不可限量。

正在叶音竹和小龙女惊讶不已的时候，三个小脑袋同时从暗塔大门处探了出来，三人看向叶音竹的目光中没有丝毫畏惧，充满了好奇。

之前出声的是两个人，现在却出现了三个人，刚才没有说话的那个人不满地道："大哥、大姐，你们的魔法不行啊！你们先走，我来保护你们。"

他一边说着，一边从前面两人背后跳了出来，摆出了一个很标准的战斗姿势，手里还拿着一柄短剑，面对叶音竹和小龙女。

如果这是在战场上，这三人是普通战士和魔法师，叶音竹一定会很欣赏他们。

先不说那两名魔法师的配合多么精妙，单是这战士能够挺身而出，挡在另外两人面前，他的勇气就很值得称赞了。

可是，叶音竹现在实在没这心情，他的心在颤抖，而且站在他和小龙女面前的这三个人，姿势也有些怪异。

三个人的身高差不多，最后站出来的这个略微高一点，但也只有一米，另外两个连一米都不到。三人俊美挺拔，娇嫩的肌肤似乎能滴出水来，投向叶音竹的目光中带着些许敌意，更多的是好奇。

即便在矮人族中，这三人也算是矮个子了，可他们不是矮人，他们是三个孩子，粉琢玉砌的三个孩子。

最可笑的是，站在最前面的这位小勇士，手中握着的竟然是一柄木剑。

看到这三个孩子，叶音竹的心跳不可遏止地加快，他的眼圈瞬间就红了。

三个孩子，出现在暗塔，这已经透露了很多信息，三个孩子的身份呼之欲出。

拿着魔法杖的一男一女相貌非常相似，极为俊美。不同的是，那女孩的头发是暗蓝色的，男孩的头发则是黑色的。手拿木剑的男孩，头发也是黑色的，相貌同样俊美。

叶音竹大步朝他们走去，他的心中满是柔情。

"站住，再向前我就对你不客气了。"站在最前面的小男孩举着手中的短剑，毫不客气地朝叶音竹喝道。同时，他将另一只小手背在身后，朝另外两个孩子不断地比画，似乎是让他们赶快走，可他做的这一切，叶音竹看得一清二楚。

后面的两个孩子对视一眼，男孩道："妹妹，你去叫妈妈，我在这里帮弟弟。男子汉大丈夫，怎么能临阵脱逃呢？"

男孩声音稚嫩，却表现出了非同一般的勇气，他举起了手中那根普通的木质魔法杖，就要开始念咒。

小女孩不干了："凭什么让我临阵脱逃？妈妈说过，不论什么时候都要勇敢，面对任何敌人都不能畏惧，要像爸爸那样勇敢。我也要帮弟弟！"

前面的小男孩急了："你们两个笨蛋，快走啊！"

早在手拿木剑的男孩出声喝止叶音竹时，叶音竹就停下了脚步。他身材高大，为了方便和几个孩子说话，便蹲了下来。

"慢着，你们不用紧张，我没有恶意的。"

叶音竹尽量让自己的笑容看上去柔和一些，强忍着不让眼中的泪水流出。

后面的两个孩子走了过来，三张粉嘟嘟的小脸同时转向他。

"你没恶意？"被称为"大哥"的孩子疑惑地问道。

叶音竹点了点头，道："当然，我怎么会有恶意呢？你们看，我像坏人吗？"

叶音竹对自己的外貌还是很有信心的。

可谁知道，三个孩子竟然同时点了点头，异口同声道："像。"

"啊？"叶音竹一愣，脸上的笑容顿时变成了苦笑。

年纪最大的男孩道："妈妈说，坏人都善于伪装自己。她告诉我们，不能被表象蒙蔽了双眼。虽然你看上去样子不错，但谁知道你是不是满肚子坏水呢？"

小女孩道："没错，天还没亮你就偷偷来到咱们暗塔，一定是妈妈讲的大灰狼与小白兔的故事里的那只大灰狼。"

"呃……"

自己竟然成了大灰狼，还是亲生孩子说的，叶音竹有些不知所措。

面对这三个可爱的孩子，别说是生气，他连一丝不悦都没有，心中只有深深的愧疚。孩子不认识他怪谁？只能怪他自己啊！

"那你们觉得谁像好人？"叶音竹有些茫然，下意识问道。

三个孩子的目光同时落在一旁的小龙女身上："这个姐姐像好人。"

叶音竹扭头向小龙女看去，只见小龙女也朝着他们走了过来。

令叶音竹吃惊的是，此时小龙女的神色不再冷漠。他从没想过，这个冰冷的女人竟也有满脸温柔的时候。小龙女看上去是那么温柔可亲，叶音竹甚至能感觉到她所释放的母性光辉。

眼前这人还是那个差点把他打死的小龙女吗？

小龙女在叶音竹身边蹲了下来，看着那手拿短剑的小男孩，下意识地伸出手，在他粉嘟嘟的小脸上摸了摸："你们真可爱，能告诉我你们的名字吗？"

只见那小男孩小脸一红，有些羞涩地道："姐姐，我叫叶念琴。"

另外那个被称为"大哥"的孩子道："我叫叶思琴。"

小女孩道："我叫叶恋琴。"

听到他们的名字，小龙女呆住了。当她转头看向叶音竹的时候，却发现他已是泪流满面。

叶思琴、叶恋琴、叶念琴，这三个孩子的名字肯定是他们的妈妈取的，这代表着什么？

叶音竹再也按捺不住内心的情感，看着面前的三个孩子，泪如泉涌。

叶念琴似乎最为单纯，看着叶音竹流泪的样子，放下了手中的小木剑："叔叔，你怎么哭了？好吧，我们不说你是坏人了，你别哭了好不好？"

叶思琴依旧有些警惕地看着叶音竹："小弟，不要被表象所蒙蔽。"

叶恋琴则扑哧一笑，用手指刮着自己的小脸道："不羞吗？这么大的人还哭。"

叶音竹的感情在这一刻爆发，他猛地张开双臂，一把将三个孩子搂入自己怀中，同时控制着三个孩子手中的魔法杖和木剑，让其飘浮在半空之中，唯恐伤害到孩子。

叶音竹搂着三个孩子，颤抖着声音道："我是你们的爸爸。"

三个孩子被叶音竹的动作吓了一跳。叶思琴脑中的第一个念头，就是自己的猜测完全正确，眼前这个人的眼泪就是为了蒙蔽他们三人的，而叶恋琴毕竟是女孩子，受惊的她差点哭出来。叶念琴则冷静一些，只有他听清了叶音竹的话。

"你是我们的爸爸？"

叶音竹泣不成声，只是不断地点头。

叶思琴和叶恋琴此时也听明白了。两人十分惊讶，对视一眼，叶恋琴道："妈妈说，爸爸是大英雄，你是大英雄吗？妈妈还说，爸爸去了很远的地方，不知道什么时候才能回来。"

叶音竹不知道该如何回答女儿的话。三个孩子的出现，对他产生了极大的冲击。他恨不得将自己的心掏出来给他们看。

第二百九十二章
一家团聚

叶音竹抱着三个孩子,擦掉脸上的泪水,柔声道:"我不能说自己是英雄,但我可以向你们保证,我会用生命守护你们和你们的妈妈。"

不知道是不是因为感受到了叶音竹内心真挚的情感,三个孩子都沉默了,三双亮晶晶的大眼睛看着他,不知道三个小脑袋瓜里在想些什么。

小龙女站在叶音竹身边,她的目光依旧那么柔和:"让我抱抱他们,好不好?"

叶音竹还没开口,一个冷冷的声音已经传来:"不好。"

一名女子缓缓地从暗塔中走了出来,她有着暗蓝色的长发,暗蓝色的眼眸。她冷冷地看着小龙女,不知道在想什么。

看到她,叶音竹的身体突然变得僵硬了,甚至连三个孩子从他怀中挣脱都没有发觉。

"妈妈!"三个孩子争先恐后地朝着那女子跑去。那女子下意识地弯下腰,首先将叶念琴抱入自己怀中,在他的小脸上亲了亲,然后对年纪最大的孩子沉声道:"思琴,带着弟弟妹妹回去。"

叶思琴看着那名女子，有些担心地道："妈妈，他们是敌人吗？我去叫亚父来好不好？"

女子冷冷地道："不需要。你们回去。"

她一边说着，一边将叶念琴放了下来。

三个孩子似乎都有些怕她，答应一声，对着叶音竹吐了吐舌头，这才朝暗塔内跑去。

"苏拉。"叶音竹的情绪刚刚平复，看到苏拉之后，又变得激动起来。他一个箭步就要冲上前去。

"站住！"苏拉厉喝一声，看着叶音竹，眼神复杂，"叶音竹，你真对得起我们啊！"

"我……"

尽管叶音竹知道，苏拉这句话是针对自己身边的小龙女，他和小龙女可是清清白白的，他想开口辩解，又想到了昨天和安雅发生的事，顿时哑口无言，不知该从何说起。他看着苏拉，脸色变得十分苍白。

不论他拥有多么强大的实力，在这一刻都毫无作用，他不知道该怎么开口。

苏拉双目通红，看着叶音竹，此时她的情绪已经到了崩溃的边缘。

孩子们每天早上都起得很早，一般来说，苏拉会让他们自己先玩一会儿，她收拾一下房间。海洋每天晚上睡得晚一些，早上自然也起得晚一些。

就在刚才，苏拉感觉到暗塔下方有元素波动。她怕孩子们不知轻重，破坏暗塔，这才急匆匆地跑下来。

还没到塔底，她就听到了叶音竹的声音，那时候，她心中无比激动。三年，已经过去整整三年了，他终于回来了吗？

可是，当苏拉来到塔底，首先看到的竟是小龙女。小龙女身穿一袭白色长裙，容颜动人，气质冷艳，各方面都极为出色，那一刻，苏拉心头的热情仿佛被冰水浇灭了，下一刻，她的心变得异常冰冷。

苏拉看着叶音竹，思念、痛苦、怨恨，各种情感不断在她心头交织。

和海洋相比，苏拉更加脆弱，毕竟，她的童年生活过得太惨了，给她留下了心理阴影。

她和母亲一样，也生下了一对龙凤胎，看着叶音竹和小龙女，她想起了自己早些年的经历。

苏拉的母亲身为宫女，无权无势，怀孕之后，便离开了蓝迪亚斯帝国皇宫，带着苏拉和苏拉的弟弟受尽苦难，最后苏拉的弟弟死去，苏拉的日子也过得生不如死。

叶音竹离开之后，苏拉和海洋辛苦养育着三个孩子，没想到叶音竹归来之时竟然带着一个女人。苏拉感觉很是心寒。

难道，当年母亲的苦难要在自己身上重演吗？

如果是海洋在这里，一定会先问个清楚，可惜站在这里的不是海洋，苏拉的心太脆弱了，她的敏感让她直接做出了判断，根本不给叶音竹解释的机会。

暗蓝色的身影飘过，苏拉没有攻击小龙女，直接朝着叶音竹的方向冲了过去，锐利的神之叹息划过，带着诅咒的气息，锁定了叶音竹的心脏位置。

苏拉的心在滴血，此时此刻，她已经失去了理智，心中只有一个念头，绝对不能让苦难重演。既然叶音竹已经背叛了自己和海洋，那么，就让这一切彻底结束吧。

苏拉和叶音竹在一起后，本来已经不再冷漠，经过三年的等待，她的心变得比以前更加脆弱。这三年间，她每天患得患失，精神状态不佳，如今见到叶音竹和小龙女在一起，她更是受到了极大的刺激，瞬间失去了理智。

心底的冰冷恨意被唤醒，此时在她眼里，叶音竹已经变成了她那不负责任的父亲。

叶音竹愣愣地看着苏拉朝自己扑来，并没有闪躲，心中的愧疚令他不愿意闪躲。他当然知道，苏拉的一击和刚才孩子的一击完全不同，苏拉是强者，可是，他依旧没有闪躲。

苏拉瞬间提升的速度让小龙女十分吃惊。小龙女就站在叶音竹的侧后方，这么近的距离内，她都没来得及挡住苏拉的攻击。

不论是人还是神龙，出手时总需要一定的反应时间，小龙女的实力如此强大，反应比普通人快千百倍，可在这一刻，她的速度也无法超越苏拉的速度。

暗蓝色的光芒闪过，苏拉到了叶音竹面前，她手上的神之叹息已经深深地插入了叶音竹的左胸。

哪怕是神源魔法袍，也无法挡住神之叹息。

叶音竹没有运转原力，没有抵抗，没有反击。

叶音竹心脏的位置有超神器枯木龙吟琴，神之叹息虽强，终究不是超神器，因此，在超神器枯木龙吟琴的作用下，神之叹息刺向了别处。

叶音竹看着苏拉，眼神依旧温和，仿佛神之叹息并没有刺中他，仿佛那最强的诅咒之力没有侵蚀他的身体。

这一剑刺出后，苏拉像是泄了气的皮球一般，气势全无，她呆呆地看着叶音竹，泪如泉涌。

我、我这是做了什么？

他才刚刚回来，我、我这是做了什么啊！

苏拉的神志清醒过来，心剧烈地颤抖着，她看着叶音竹，俏脸上露出一丝凄美的笑容。她紧贴着叶音竹的身体，口中喃喃地道："我会陪你的，到了地下，你不要再抛弃我。"

叶音竹抬起手，轻抚着苏拉那暗蓝色的长发，好像什么事都没有发生一样，道："傻丫头，我怎么会抛弃你呢？今生不会，来世也不会。我这一走就是三年，辛苦你和海洋了。都是我不好，这一切都是我不好。苏拉，对不起。"

叶音竹一边说着，一边搂紧苏拉，这动作也让神之叹息刺得更深了。叶音竹小心翼翼地亲吻苏拉的额头，生怕自己刺激到苏拉。

苏拉的表情有些呆滞，就在这时，小龙女悄然来到了叶音竹身边。她看看苏拉，再看看叶音竹身上的神之叹息，冷冷地道："这就是所谓的因爱生恨吗？你这个女人，速度倒是很快。可惜，如果你是因为我而出手伤他，那么，这一剑他算是白挨了。"

苏拉转过头，冷冷地看着小龙女。

小龙女淡然地道："你是他的妻子吧？你还想杀我吗？难道，人类都像你一样，恩将仇报吗？没有我，他在沉睡的三年时间里，怎么能吸收生命之水？他的视觉和味觉又如何能够恢复？恩将仇报，那老家伙的后代都是这样的人吗？不对，你好像不是东龙后裔。"

小龙女看了一眼苏拉那暗蓝色的长发，在叶音竹的肩膀上拍了一下，道："我去见那个老家伙，你到时候自己过来吧。"说完这句话，小龙女就像一道光一样，消失了。

"她、她究竟是谁？"

苏拉发现自己的心跳速度急剧加快，握着神之叹息的右手不停地颤抖。

叶音竹再次吻了吻她的额头，温柔地道："苏拉，别激动，听我说好吗？她是神龙王的女儿，也可以说是我的先祖，她一直守护着生命之水。她说得没错，确实多亏了她的帮助，我的视觉和味觉才能够恢复。我在生命之水中沉睡，感受不到外界时间的流逝，当我清醒后，她告诉我，已经过去了三年。这次，我是带她回来见神龙王的。"

苏拉看着叶音竹，美眸中满是泪水，她颤声道："你和她只是普通关系？我、我……"

苏拉的脸色已经变得十分苍白，作为神之叹息的主人，她很清楚神之叹息有怎样的效果。被神之叹息刺入要害，哪怕是光明塔塔主奥布莱恩也不可能活下去。

只是因为想起了自己痛苦的过去，她就亲手刺了叶音竹一剑，她都干了些什么啊？

苏拉心中悔恨万分，心脏仿佛被人狠狠攥住，她没有了其他的想法，猛地从叶音竹胸口处抽出神之叹息，朝自己的脖子刺去。

除了死，她想不出其他的办法。

因为一时冲动，她险些让孩子们失去父亲，让海洋失去丈夫，而她伤的，正是自己朝思暮想、最亲最爱的人，想到这些，苏拉就无法承受。

苏拉速度快，叶音竹比她速度更快，他一把抓住了苏拉的手腕，阻止了即将发生的悲剧。

"叮！"

只听一声轻响，神之叹息转而落入了叶音竹手中。

他心痛地道："苏拉，你这是干什么？难道你想让我痛苦一生吗？这剑在你手中实在太危险了，我还是暂时替你收着吧。"

叶音竹强忍着剧痛，搂紧了苏拉。苏拉的情绪极不稳定，他怕她再做出什么事情。

"为什么？你为什么不让我死？"

苏拉失声痛哭，紧紧地搂着叶音竹。

此刻，她感觉至爱的丈夫正渐渐远离自己，而这一切，都是她自己造成的。

"你是我的妻子，我怎么能让你死呢？我要你陪伴我一生一世。傻瓜，我知道，这三年来你承受了太多，今后我一定会好好补偿你的，好吗？"

叶音竹捧起苏拉的脸，看着她的眼睛，轻声安慰她。此时，他揪着的心才放松了一些。

苏拉愣了一下，看着叶音竹的眼睛，茫然地道："你、你说什么？今后？我们还能有今后吗？那是神之叹息，它的诅咒是无解的。"

叶音竹苦笑一声，道："傻丫头，在这个世界上，没有什么东西是绝对的。神之叹息的诅咒之力虽然强大，但并不是无解的。我在生命之水中浸泡了三年，吸收了生命之水。生命之水里面有庞大的生命能量，连六感换魂夺魄大法的诅咒都帮我化解了，又怎么可能帮我解除不了诅咒呢？你看，你刺我一剑，我都没有流血，不是吗？"

苏拉赶忙低下头，朝叶音竹胸口处看去。果然，虽然神源魔法袍上出现了一个缺口，但叶音竹胸前并没有血迹。

此时此刻，苏拉心中所有消极的想法都消失了，她只想着叶音竹对她有多好，过去的种种在她的脑海中浮现，可越是这样，她就越懊悔。

叶音竹轻叹一声，道："苏拉，你听我说。我知道，你受过太多伤害。我完全明白你刚才为何会那样冲动，因为你太在乎我了，才会有那样的反应。所以，我绝对不会怪你，你也不要多想了，好吗？一切都往好的方面想，我们有孩子，还是如此可爱的孩子，如今我终于回来了，我们一家人又能团聚了，这是何等快乐的事啊！乖，别哭，今天是我们一家大喜的日子，你应该笑才对。"

为了让苏拉的情绪稳定一些，叶音竹不得不使出了精神系魔法。

他对声音的控制力极强，在龙崎努斯大陆上无人能及。他的声音像是可以催眠一样，让苏拉的情绪渐渐平复下来。

顿时,苏拉眼神迷离,重复着叶音竹的话:"今天是我们一家大喜的日子,音竹回来了,我们一家团聚了,我应该高兴才对。是啊!我应该高兴!"

苏拉抬起头,看着叶音竹,脸上带着动人的微笑。

叶音竹暗暗松了口气,问题终于解决了,苏拉已经冷静下来,心态恢复了平和。看来,以后自己得好好照顾她,只有爱才能驱散她心中的阴霾。

这时,一个娇嫩的声音传来:"妈妈,别怕,我们来保护你!我们通知了亚父,他们马上就来。"

叶音竹和苏拉都吓了一跳。

此刻,苏拉的眼神不再迷离,她与叶音竹对视了一眼,脸上满是笑意。她并不知道,先前自己用神之叹息刺伤叶音竹的那段记忆,已经被叶音竹用精神力小心地抹去了。

叶思琴气喘吁吁地从暗塔内跑了出来,当他看到自己的母亲被那个陌生人抱着的时候,顿时愣了一下。

"妈妈,你、你们……"

叶音竹松开搂着苏拉的手。苏拉看到儿子,神色变得柔和了许多,此时,叶恋琴、叶念琴也从暗塔内跑了出来。

"你们三个小家伙都过来。"

苏拉蹲下,将三个孩子叫到自己面前,指了指身后的叶音竹,道:"叫爸爸。"

三个孩子看着叶音竹,脸上露出不解的表情。他们看了看彼此,谁都没有出声。看他们那古怪的表情,明显不是两三岁孩子该有的样子。

叶音竹微微一笑,道:"我说过,我是你们的爸爸。"

叶思琴道:"妈妈,他真的是我们的爸爸吗?可是,他看起来不像是大英雄啊!"

苏拉觉得有些好笑，便问道："那你告诉妈妈，大英雄应该是什么样子？"

叶思琴想当然地道："当然是像亚父那样，受到所有人尊敬的白胡子老人。那样的人才是大英雄。"

苏拉搂着叶思琴，在他那粉嫩的小脸上用力地亲了一下，道："你们的爸爸也是真正的英雄，尊敬他的人很多，绝对不会比你们亚父的崇拜者少。"

"音竹……"

正在这时，一个颤抖的声音响起，声音的主人站在暗塔门前。随后，那人奔向叶音竹，扑入叶音竹怀中，与他紧紧相拥。

叶念琴点了点头，道："从妈妈的行为来看，他可能真的是我们的爸爸。"

扑入叶音竹怀中的人正是海洋，她和苏拉一样，看上去比以前清减了几分，容颜依旧美丽，惹人怜爱。

海洋冲向叶音竹的时候，谁都没有注意到，叶音竹让自己的胸部和腹部往里缩了缩，脸色也变得十分苍白。

叶音竹紧紧抱住海洋，道："对不起，我走了这么久，辛苦你们了。对不起，海洋。"

海洋泪流满面，道："不要说对不起，不要说，回来就好！我这不是在做梦吧？音竹，你真的回来了，回来就好。其他的都不重要，只要你能回来，其他的什么都不重要。"

看着海洋和叶音竹，苏拉的心颤抖着。尽管叶音竹将她刺他那一剑的记忆抹去了，可她的脑海中依旧残存着模糊的印象。苏拉突然发现，与海洋相比，自己做得不够好，对叶音竹不够信任，否则，也不会误会小龙女和叶音竹。

她怎么能将叶音竹与自己那不负责任的父亲相比呢？尽管她现在的情绪已

经恢复正常,可她还是对叶音竹有些愧疚。

"爸爸。"

三声呼唤同时响起,将扑在叶音竹怀中哭泣的海洋惊醒。

海洋破涕为笑,道:"快来,三个小家伙,你们的爸爸终于回来了。"

叶音竹双手同时抬起,释放出柔和的原力,包裹住三个可爱的孩子。他们直接坐在了叶音竹的手臂上。

叶思琴三人看着叶音竹,敌意早已消失,此时他们眼中充满了好奇。之前,他们从没见过叶音竹,却听过很多关于他的故事。

叶思琴看着叶音竹,第一个伸出手来,道:"爸爸,礼物。"

叶恋琴和叶念琴也不甘落后,赶忙伸出手,向叶音竹讨要礼物。

叶音竹失笑道:"那你们想要什么礼物呢?"

离开了三年,如今回到暗塔,见到自己的孩子,叶音竹只想好好宠爱他们。

苏拉此时也走了过来,扑哧一笑,道:"这三个小家伙啊,恐怕比你更有钱呢!他们就是这样,不知道讹诈了那六位亚父多少好东西。要不是我和姐姐管得严,恐怕他们现在都用上神器级别的魔法物品了。"

叶音竹这才想起来,孩子们所说的亚父,不就是奥布莱恩大师他们嘛!

"什么人敢来法蓝捣乱?小宝贝们,亚父给你们做主!"

一个浑厚的声音响起,眨眼间,一道火红色的身影出现在暗塔门前,正是火塔塔主桑德斯。

"我的教子还用得着你管?"苍老而沉静的声音传来。

不用细看,光听声音叶音竹就知道,来的正是法蓝七塔塔主之首,光明塔塔主奥布莱恩。

桑德斯第一个赶到,并不是因为他最心急,而是因为他所在的火塔离暗塔最近。

法蓝的六位塔主相继出现，聚集在暗塔门前。

"叶音竹？"六个声音同时响起。

六位塔主都非常惊讶，当然，他们也十分欣喜。

"见过六位师兄。"

叶音竹抱着自己的三个孩子，向六位塔主行礼。

六位塔主飞速赶来，可以看出他们有多疼爱这三个孩子。一般来说，这个时候六位塔主应该在休息，恐怕只有叶音竹的这三个宝贝才敢在这个时候，通过魔法传信打扰他们。

奥布莱恩看着叶音竹，面露赞许之色，道："音竹，你的实力似乎又进步了。你这一走就是三年，我们法蓝可是好几次险些被拆了啊！"

叶音竹知道，奥布莱恩指的是他走了之后，紫和琴城高层找法蓝要人的事。

他抱歉地笑了笑，道："给各位师兄添麻烦了。只是，这三年在我的认知里，就是很短的时间，我一觉醒来，就过去了三年。"

"亚父们好。"三个孩子同时向六位塔主问好。看他们那样子，显然已经和这六位塔主熟得不能再熟了。

一看到三个孩子，六位塔主的脸上都露出了同一种表情，让叶音竹吃惊不已。

这就是所谓的眉开眼笑吗？怎么还有点谄媚的感觉？

要知道，这六位塔主可是龙崎努斯大陆上的超级强者，看他们的样子，却像是在讨好这三个孩子。

奥布莱恩笑道："思琴，你刚才怎么说有人袭击暗塔啊？这不是你爸爸回来了吗？"

叶思琴吐了吐舌头，道："那时候我们还不知道啊，当时妈妈的样子好吓人，我们还以为是敌人来了。爸爸，礼物。"

回答完奥布莱恩的问题，叶思琴马上回归正题。

一时间，叶音竹还真不知道送什么礼物给这三个孩子才好。普通的礼物他拿不出手，贵重的礼物他一时间又想不到，他能送什么东西呢？他的礼物能比奥布莱恩等六位塔主的礼物更好吗？难道要把自己的超神器给孩子们吗？不太好，不是他舍不得，而是孩子们拿着超神器太危险。

叶音竹思考了片刻，之后便有了主意。他微笑着道："先告诉爸爸，你们都有什么样的能力呀？这样，爸爸才好给你们礼物。"

没等叶思琴开口，叶恋琴已经抢着道："爸爸，我是暗魔系魔法师，是咱们暗塔的嫡传魔法师，先给我礼物吧。"

叶音竹道："我最惊讶的就是，为什么你哥哥是光明系魔法师，你却是暗魔系魔法师呢？我记得，你们还没出生的时候，你们的妈妈得到了奥布莱恩大师的神圣赐福。你们的魔法属性不同，这一点我可以理解，可为何会截然相反呢？"

奥布莱恩轻叹一声，看了苏拉一眼，道："音竹，你当时不在，你不知道，为了让这两个孩子平安出生，苏拉承受了巨大的痛苦。幸亏她在法蓝，还有我们几个老家伙帮忙，否则的话，恐怕她就……"

叶音竹看向苏拉，却见她一脸微笑。

苏拉道："奥布莱恩大师，事情都已经过去了，就不要再提了。"

叶音竹道："不，师兄，您说吧。这究竟是怎么回事？"

奥布莱恩道："在苏拉怀孕六个月的时候，我们就发现了不妥。神圣赐福并没有问题，因为在施展时，我已经将其中的光明能量去除了。你这两个宝贝孩子的身体出现了一些变化，或许是你和苏拉的基因实在太优秀了吧，他们这对同卵双胞胎的魔法属性竟然不同。

"要知道，一般来说，百分之九十九的双胞胎的魔法属性都是相同的，就算不同，两人的魔法属性也应该是相生的才对。像他们这种同卵双胞胎的魔法属性相克的情况，我们只在典籍中看过。这样的孩子降生时会让母亲非常危险，幸亏有神圣赐福的庇佑，否则，苏拉一定支撑不住，他们也无法降生在这世上。

"尽管我们尽了最大的努力，可是，在这两个孩子出生的时候，光明与黑暗两种属性的元素还是在苏拉体内碰撞、纠缠，险象环生，苏拉的毅力惊人，竟然挺了过来。

"那时候，她还一直呼唤着你的名字。我们几个老家伙也算是见过世面，可像她这么坚强的女子，我们还是第一次见到，实在令人钦佩。所以，就算苏拉叫我们不要再提起这件事，我们也必须告诉你，让你这个做爸爸的知道她的不易。以后你可要对苏拉好一点，否则，我们饶不了你。"

叶音竹看向苏拉，眼中泪光闪烁，他终于彻底明白，为什么苏拉看到他和小龙女在一起的时候情绪会那么激动了。苏拉为了他们爱情的结晶承受了那么多痛苦，她挺了过来，不就是为了等他回来吗？

"苏拉，我……"叶音竹的声音哽咽了。

苏拉微微一笑，道："傻瓜，都已经过去了，正像海洋姐姐说的那样，只要你能回来，其他的事情都不重要。你陪在我们身边，对我们来说就是最幸福的事。"

奥布莱恩微笑着道："是的，你终于回来了，你们一家也终于团聚了。说起来，这两个孩子出生的时候遇到了一些困难，出生之后却过得顺风顺水，他们是我们所有人的宝贝。他们自带光明和黑暗属性，一出生就是元素体。要不是我极力压制，不让他们的实力提升太快，让他们循序渐进地打牢基础，恐怕此时这两个小家伙已经达到黄级了。

"而且，因为他们是双胞胎，彼此的属性又相克，所以，只要他们发出的魔法相撞，就会爆炸。与同等级的魔法师相比，他们各自的攻击力强得多。这两个小家伙绝对是修炼魔法的天才，他们对于魔法的理解和运用能力极强，连我们这些老家伙都很惊讶。他们每天自己琢磨，竟然研究出来了让光明能量与黑暗能量碰撞的招数，差点把我的光明塔炸了。"

奥布莱恩的话有些夸张，叶音竹也明白了奥布莱恩的意思，他没想到，自己的两个孩子竟然是修炼魔法的天才。

"一出生就是元素体又是怎么回事？"叶音竹好奇地问道。

奥布莱恩道："就是说，他们在出生的时候，身体就像是由单一元素组成的，他们可以更好地运用与自身属性相合的元素。比如，思琴是光明系元素体，他吸收和使用光元素的能力就远超旁人。否则，这个两岁多的孩子怎么能拥有这样的魔法实力呢？我可以肯定，如果他一直这样修炼，未来的成就一定在我之上。

"恋琴这丫头的天赋一点也不比哥哥差，她学习的是暗塔的暗魔系魔法。这两个小家伙天天在一起玩耍，他们俩属性相克，感情却没有受到影响，关系好得不得了。我们最怕的，就是他们在打闹时出手没个轻重，所以，一直派人跟在他们身边。"

叶音竹看向叶念琴，也就是他和海洋的儿子，道："我们的小勇士，你擅长什么呀？"

叶音竹一直忘不了，叶念琴挡在哥哥、姐姐面前那勇敢的样子。

叶念琴眨了眨眼睛，道："爸爸，我擅长使用斗气。妈妈不让我用真的剑，爸爸，你给我一柄剑好不好？"

没等叶音竹开口，苏拉和海洋便异口同声道："不好！"

海洋道："音竹，你可千万不能答应他。他们三个里面，就属念琴的破坏力最大。没错，他擅长的是斗气，可是，他天生就是无元素体，对魔法有免疫的特性，而且，他那斗气有一种唤作'分解'的特性。普通的武器，只要他用过一次，就会立刻被毁掉，就算是神器也不例外。他现在玩的这柄木剑，之前几位大师联手在上面加了封印。"

奥布莱恩深以为然，点了点头，道："这小家伙斗气中的特性太恐怖了，我们从未听说过，连典籍中都没有记载。虽然他的斗气还很弱，但是，所有武器只要沾染上他的斗气，立刻就会被分解。不仅是武器本身，连神器上附带的魔法阵都无法幸免，他要是拿你暗塔的那颗宝石试试手，说不定，你这暗塔也会被他毁了。"

无元素体，具有分解特性的斗气。叶音竹看着自己这三个孩子，不知道该说什么才好。他心中暗想，自己的基因真的这么强大吗？怎么孩子们拥有的能力都具有很强的破坏性？现在就是这个样子了，等到这三个小家伙长大之后，实力达到紫级或者更高等级，那还了得？

叶音竹一边想着，一边喃喃地道："我记得，当初我对孩子们的期望很简单，我只希望他们健健康康的，当个普通人就行。"

奥布莱恩看着叶音竹，道："普通人？不可能了，海洋怀念琴的时候，我把最后一次神圣赐福的机会用在了她身上。你这三个宝贝，哪一个单拎出来都是千年难遇的天才，你认为他们会普通吗？"

第二百九十三章 礼物

听了奥布莱恩的话,其他几位塔主深以为然地点了点头。

魂塔塔主麦克米兰苦笑着道:"现在,这几个小家伙在法蓝可是大有名气。音竹,既然你回来了,那么,我们求你一件事,无论如何也要让这三个小家伙留在法蓝,否则,他们在外面一旦被人误导,误入歧途,那可就完了,到时候他们会比深渊位面的母妖更可怕。"

叶音竹眉头微皱,道:"这我恐怕不能答应您。他们是我的孩子,我不希望孩子们失去自由。不过,您可以放心,我答应您,如果将来他们真的做出什么危害龙崎努斯大陆的事,那么,我会亲手惩罚他们。"

奥布莱恩道:"音竹,你不要误会。我们绝对没有别的意思。你走了三年,这三个孩子也都两岁多了。现在他们在法蓝已经是无人不知,无人不晓,他们身上的光环太多了。麦克米兰说的一点也不夸张。"

海洋哼了一声,道:"他们不是大有名气,而是'臭名昭著'吧。大师,您不用替他们掩饰,这三个小家伙干了什么我们还能不知道吗?他们和七塔下属的魔法师较量,限制人家只能使用橙级魔法,而他们使出光明、黑暗能量爆炸术，炸得人家狼狈不堪。

"还有念琴，他和法蓝骑士比试武技，人家觉得他是小孩子，也没防着他，他就用斗气把人家那些魔法装备都摸了一遍，那些人的魔法装备就全废了。如今，他们身边每天至少跟着四个黄金比蒙，再加上几位大师又总是护着他们，弄得法蓝中人看到他们都立马跑得远远的。"

三个孩子听着海洋的话，也不敢再要礼物了，他们吐了吐舌头，使劲往叶音竹怀里扎，不敢吭声了。

叶音竹呵呵一笑，道："你们真的那么厉害吗？不过，海洋，你可不要指望我来严格管教他们，我可舍不得。"

叶音竹好不容易才回来，见到孩子，他是绝对做不了严父的。

海洋苦笑着道："现在谁拿他们都没办法，六位大师太护着他们了。其实，这样对他们的成长并没有什么好处。"

叶音竹道："所谓车到山前必有路，以后我们看紧一些就是了。"

奥布莱恩道："音竹，你好不容易才回来，你们一家也应该好好团聚一下，我们就不打扰了。等你休息几天，我们再一起研究一下现在的形势吧。"

叶音竹点了点头，把孩子们交给海洋和苏拉，道："我必须先去神龙王那里一趟，跟神龙王谈一些事情，过几天我再去拜访各位师兄。"

回到暗塔，叶音竹没有和苏拉、海洋多聊，直接开启了暗塔与封印之地连接的通道，进入封印之地内部。

通道关闭，当他来到那空间时，脸色已经变得极为苍白。他一手捂着自己的胸口，哇的一声，吐出一口鲜血。

要知道，叶音竹吸收了生命之水，那是神龙的血液，其中蕴含着庞大的生命能量。他吐出的这一口鲜血，比那天滴在永恒之树上的还多。顿时，庞大的生命能量从鲜血中释放出来，充斥了整个空间。

洞顶，神龙王的身体骤然亮起了金光，那庞大的生命能量像是找到了目标一般飞速而去，融入那金光之中。

吐出这口鲜血之后，叶音竹的脸色明显好看多了，他微微喘息，站在那里慢慢调理着自己的身体。

尽管叶音竹体内的生命能量极其丰富，可神之叹息毕竟是神器，就算他没有被神之叹息附带的诅咒所伤，想要将诅咒解除也绝非易事，他必须静心疗伤才行。

叶音竹身体的恢复能力极强，伤口很快就愈合了。在与奥布莱恩他们说话的时候，叶音竹就已经将神之叹息中的诅咒之力压制住了，但为了不让苏拉内疚，不让海洋知道这一剑的来由，他一直压制着诅咒之力，忍到此时才吐出鲜血，彻底解除诅咒。

虽然叶音竹的伤势并不严重，但是这样的情况已经很危险了，换作其他塔主挨上这一剑，定会有性命之忧。

三年的时间里，叶音竹的实力提升了两阶，现在的他，就算想死，也不是一件容易的事。

"解释清楚了？"小龙女的声音在叶音竹背后响起。

淡淡的金光闪烁，小龙女缓缓出现在叶音竹身后。

原力在体内自行运转。叶音竹微微一笑，道："一家人，有什么说不清楚的？已经没事了，谢谢你刚才帮我解释。"

小龙女冷冷地道："我不是帮你解释，只是说出了事实而已。"

"音竹，连我都没想到，你竟然真的成功了。"神龙王苍老的声音从四面八方传来，在空间中回荡。

"成功？"叶音竹一时间没明白神龙王的意思。

小龙女冷冷地道："那家伙说的是，你成功地通过了我的考验。"

叶音竹这才恍然大悟，苦笑着道："成功是成功了，不过，您所说的这小小的考验，还真是'小'啊！"

神龙王淡然一笑，道："破而后立，我其实只是想让你历练一番而已，并不曾想让你击败她。所以，你击败她，通过的并不是我的考验，而是她的考验。"

叶音竹愣了一下，道："这有什么区别吗？"

小龙女的声音突然变得尖锐起来："老头子，你的废话太多了。"

或许神龙王是觉得愧对小龙女，小龙女毫不客气的话语并没有激怒它，它微笑着道："也许我真的说得太多了，你们年轻人的事与我无关。音竹，现在你已经回来了，你做好进入深渊位面的准备了吗？"

叶音竹眼中流露出一丝不舍，道："神龙王，我随时都可以去深渊位面。只不过，我离家三年，想和自己的家人团聚几天再去深渊位面，可以吗？"

神龙王道："我已经等待了一万年，也不在乎再多等一段时间。你刚刚回来，确实需要时间调整。你觉得自己准备好了的话，就来这里找我。龙女，这些天你就留在这里吧，陪陪我。我已经告诉法蓝那几个塔主了，这段时间不会有人打扰我们。"

小龙女没有吭声，但叶音竹分明看到她的眼神变了，气息也不像往常那么平稳。

父女毕竟是父女，不论怎么说，两人身上流着一样的血。

叶音竹没有立刻离开，他在原地坐了下来，静静地修炼。

叶音竹不希望家人担心他的伤势，他想好好享受团聚的时光，而且，他心中已经想好要给孩子们什么礼物了，只有身体恢复了，他才能送出礼物。

小龙女在叶音竹身旁坐了下来，做出修炼的样子。她闭着眼睛，没有出声，但叶音竹感受到了空气中的精神波动，此时的小龙女应该在和神龙王交流，至于交流的内容，就不是他应该知道的了。

一个时辰后，叶音竹悄悄地离开了，返回了暗塔。他并没有发现，此时小龙女变得比之前平和多了，而当他起身离开时，小龙女看向他的眼神明显不像之前那样冰冷，甚至多了几分柔情。

当叶音竹回到暗塔的时候，暗塔中多了两个人——叶重和梅英。不光是法蓝其他几位塔主宠爱孩子，叶重和梅英对三个小家伙也宠爱得不行，他们正一脸笑意地和孩子们玩耍。

"爸、妈，我回来了！"叶音竹的出现立刻令暗塔内的气氛变了。

叶重抬起腿，一脚向叶音竹踢去，口中怒喝道："你这臭小子，还知道回来啊！"

尽管叶重嘴上这样说着，踢出的一脚也分外有力，可是，他并没有真的责怪叶音竹，实际上，他正对着叶音竹挤眉弄眼，似乎在暗示什么。

叶音竹何等的聪明，立马明白了父亲的意思。

叶重这一脚，明显是踢给苏拉和海洋看的。叶音竹一走就是三年，苏拉和海洋承受着生育孩子、养育孩子的辛苦，现在叶音竹回来了，他这个做公公的总要有所表示。当然，叶重这一脚看上去踢得很重，还带着斗气的光芒，可真到叶音竹身上时就没什么力道了。

不过，叶重这出戏也没能演下去。他那一脚还没碰到叶音竹，梅英已经一个箭步冲到叶音竹面前，她冲着叶重怒喝一声，明显对叶重很是不满。

梅英拦着，叶重这一脚自然无法再踢下去。

"你干什么？音竹好不容易才回来，你现在还要教训他？你要是把他踢坏了，我就跟你拼命！"

叶重一向有些惧内，看着梅英如此激动，他顿时无话可说，嘀咕了一句

"慈母多败儿"，便没有再多说什么。

梅英这才转身抱住儿子，不免又是一阵唏嘘。

此时一家团聚，叶音竹将自己此行的遭遇详细地说了一遍。当然，他将自己和小龙女的那一战简单带过，并没有把自己身受重创的事说出来，他不希望家人为他担心。

听了叶音竹的话，再加上之前小龙女的解释，不论是苏拉还是海洋，都理解了为何叶音竹这么久才回来。

"爸爸，我们的礼物呢？"

不论天赋多好，叶思琴他们三个还是有着孩童的天性，率真地表达着内心的想法。

叶音竹失笑，道："小家伙，放心吧，少不了你们的。"

一听说有礼物收，三个孩子立刻凑了过来，围在叶音竹身边。叶音竹手上抱一个，两条腿上各坐一个，看着三个可爱的孩子，他心中充满了温暖。

苏拉道："音竹，你不要太宠他们了。宠爱他们的人已经太多了。"

叶音竹微笑着道："没关系，宝贝们来到这个世界上两年多了，从没见过爸爸，如今我好不容易回来了，总要给他们一些礼物才对。从谁开始呢？念琴，你最小，就从你开始吧。"

叶音竹看着坐在他左腿上的小儿子。

叶念琴顿时精神起来，喊道："爸爸，我要剑，我要好剑！"

叶音竹微笑着道："你还太小，爸爸现在不能给你剑。不过，爸爸可以给你一件最适合你的东西。"

一听礼物不是剑，叶念琴沮丧起来，噘起小嘴，不满地看着叶音竹。

叶音竹身上发出了水波般的光芒，三个孩子的身体同时飘浮起来，悬在半空之中。

紧接着，叶音竹转了一圈，身上的神源魔法袍便到了他手上，此时的他穿着一件白色的普通魔法袍。

叶音竹将神源魔法袍递到叶念琴手中，将纯净的原力传入神源魔法袍，一会儿的工夫，神源魔法袍就缩小了，刚好适合叶念琴。

叶音竹抬手一招，飘浮在空中的叶念琴就来到了他面前，他拿起神源魔法袍，套在了叶念琴的身上。

"啊！"海洋和苏拉同时惊呼一声，她们当然知道神源魔法袍有多么珍贵。

海洋赶忙道："音竹，这怎么行？神源魔法袍对你也很重要，怎么能给念琴呢？"

叶音竹微笑着道："没关系，凭我现在的实力，已经用不上神源魔法袍了，而念琴的斗气与我的原力有些相似，都充满了纯净的无元素。他修炼的时候，很容易受到其他属性的元素的干扰，有了神源魔法袍之后，就不需要担心这个问题了。只是我们这个小勇士修炼的是斗气，却穿着魔法袍，显得有些奇怪。"

叶音竹这三个孩子都很聪明。本来叶念琴见叶音竹给自己的礼物只是一件看上去很普通的魔法袍，心中大为不满，可看着妈妈如此紧张，那魔法袍又会自行缩小，再听了爸爸说的话，顿时高兴起来，抓着身上的神源魔法袍，躲到叶音竹身后，说什么也不肯脱下来。

叶音竹把叶念琴拉到自己面前，正色道："念琴，你知道为什么爸爸愿意把这件比神器更加强大的神源魔法袍送给你吗？"

叶念琴毕竟还小，看着叶音竹严肃的表情，心中有些害怕，怯怯地道："不知道。"

叶音竹微笑着道："是因为你的勇敢。今天，你在暗塔前面对爸爸的时候，能够毅然挡在身为魔法师的哥哥、姐姐面前，很了不起，让爸爸看到了你的勇敢。作为小勇士，你有资格拥有这件神源魔法袍。爸爸答应你，等你的实力达到蓝级，或者等你到了十六岁的时候，爸爸就送你一柄最适合你的好剑，怎么样？"

得到一柄好剑显然是叶念琴的愿望，听到叶音竹的话之后，他大喜，道："爸爸说的是真的吗？不许耍赖。蓝级，我一定会早日达到蓝级的。"

叶音竹看着他，微笑着道："我本以为你会说，希望自己快快长大，早日长到十六岁呢。"

叶念琴傲然地道："要是我十六岁实力还只达到蓝级，那我就称不上勇士了。"

听了叶念琴的话，叶音竹和海洋对视一眼，都忍不住笑了。要知道，当初叶音竹十六岁的时候，也才拥有黄级的实力。看样子，他这个小儿子是要超越他，创造奇迹了。

"不过，爸爸，你真的有适合我的武器吗？"叶念琴有些不相信地看着叶音竹，"亚父他们拿了很多武器给我试，连神器我都试过了。只要我将斗气灌入那些武器之中，那些武器就变成废品了。"

叶音竹微笑着道："怎么？你不信吗？"

只见光芒一闪，一枚闪耀着淡淡光泽的乳白色戒指出现在叶音竹掌心之中。他道："我的小勇士，看好了。"

叶音竹将原力注入戒指之中，尽管他已经抹去了诺克希之剑上属于自己的印记，可他毕竟曾是这剑的主人，实力又如此强大，在他的原力作用下，龙魂戒光芒大放，眨眼间就变成了诺克希之剑。

诺克希之剑宽约一寸，剑身大约一米二，剑柄即龙身，可凭精神力改变剑身长短。看到这样神奇的剑，叶念琴竟然呆了。

叶音竹的手掌从诺克希之剑上抚过，将原力注入其中，消除剑身表面的杂质，诺克希之剑顿时变得更加闪亮。

叶音竹将诺克希之剑递入叶念琴手中，道："小家伙试试，看它是不是你希望得到的东西。"

孩子都喜欢漂亮的东西，诺克希之剑的外表已经征服了叶念琴，他将剑接了过去。虽然他只有两岁多，但实力不弱，他稳稳地拿着诺克希之剑，将斗气注入其中。白光绽放，诺克希之剑没有被分解，反而变得更加锋利。光芒闪烁，诺克希之剑竟然发出了一声嘹亮的龙吟，那是兴奋的叫声。

叶音竹还没反应过来，只见诺克希之剑突然缠绕在了叶念琴的右手手腕上，变成了一个龙形手镯。

"认主……"

叶音竹呆呆地看着叶念琴手腕上的镯子，一时间不知道该说什么才好。他怎么也没想到，诺克希之剑竟然会自行认主。

刚才，叶念琴将斗气注入诺克希之剑，虽然他的斗气不强，但诺克希之剑产生了极大的变化，原本乳白色的剑身在那一刻变透明了，变化的时候它抽干了叶念琴的斗气。

叶音竹知道，这柄剑只有在叶念琴手中才能发挥出真正的威力。

怎么会这样？连血液都不需要，诺克希之剑就自行认主了。这只有一个原因，那就是诺克希之剑完全认可了叶念琴，接受叶念琴当它的主人。

它一定感受到了叶念琴那具有分解特性的无属性斗气，那种特殊的斗气与诺克希之剑搭配在一起可以产生极大的威力，甚至比普通的神器更加强大。

天啊！我这儿子究竟是天才还是怪物？见此情景，叶音竹禁不住这样想。

"好棒哦！这真的是适合我的剑，爸爸你看，它都变成手镯了，我叫它龙魂镯好不好？"

"好。"

叶念琴在叶音竹面前晃动着自己的小手，故意显摆，而叶音竹则是一脸苦笑。

叶音竹之前还有些怕，怕诺克希之剑会伤到叶念琴，但现在诺克希之剑已经认主，肯定不会伤到主人，而且，看诺克希之剑的意思，是怎么也不愿意离开叶念琴了。

叶念琴一边说着，一边抬起手，将龙魂镯贴着自己的小脸来回磨蹭，那欣喜的样子真是惹人怜爱。

叶音竹轻叹一声，道："看来，你果然和它有缘。这柄诺克希之剑是用神圣巨龙诺克希的龙角制造的，极为锋利，而神圣巨龙又是全属性的龙族王者，所以，诺克希之剑肯定不会被你的斗气影响，这也是我认为它最适合你的原因。既然它选择了你，爸爸可以现在就将它给你，但是，你必须答应爸爸几个条件。"

"爸爸你说。"

叶念琴本以为叶音竹要将剑收回，却听他说现在就可以把这剑送给自己，顿时大喜过望。现在，在叶念琴心中，什么东西都不如这柄剑重要。

叶音竹正色道："首先，你要答应爸爸，不论将来你变得多么强大，都不能欺凌弱小、滥杀无辜，你能做到吗？"

看着叶音竹严肃的样子，叶念琴挺起胸膛，道："爸爸，我能！我还会保护弱小呢。妈妈说过，要做一个好人，力量不是用来杀人的，而是用来保护自己和帮助别人的，念琴知道。"

叶音竹脸上露出一丝微笑，道："妈妈说得很对。如果你能做到这些，爸爸就不提其他的条件了。"

叶音竹心中暗想，虽然这三个小家伙看起来颇为调皮，但他们毕竟是自己的孩子，本性还是纯良的。

此时，叶思琴和叶恋琴见弟弟得到了好东西，都忍不住了，同时向叶音竹道："爸爸，我们也要礼物。"

叶音竹微笑着将他们搂回怀中，道："放心，少不了你们的。爸爸先问你们一个问题，如果现在有一份礼物，你们三个人都很想要，你们会给谁呢？思琴是哥哥，你先说。"

叶思琴毫不犹豫地道："当然给弟弟，他最小。妈妈说过，当哥哥的要让着弟弟，我和恋琴都比他大。如果我们都想要这个东西，我想，我会先给弟弟。"

叶音竹的目光转向叶恋琴，道："恋琴，你呢？"

叶恋琴向叶音竹吐了吐舌头，道："当然给弟弟，弟弟最乖了，他说他是战士，要永远保护我们呢。"

"不，应该给姐姐。"叶念琴一边兴高采烈地把玩着龙魂镯，一边坚定地道。

"哦？为什么呢？"叶音竹问道。

叶念琴挺起胸膛，做出一副男子汉的样子，道："因为我和哥哥都是男孩子，姐姐是女孩子，男孩子当然要让着女孩子啊。"

叶音竹心中的最后一丝担忧也在这一刻消散，尽管他们三个年纪还小，可正所谓"三岁看大"，他们本性善良，三人之间感情真挚，这些是最重要的，其他的就顺其自然吧。

"你们都说得很对。思琴，你要记住，你是大哥，责任也最大，不论什么时候都要照顾好弟弟、妹妹。接下来这个是爸爸送你的礼物。"

叶音竹一边说着，一边抬起自己的右手，原力从他体内释放出来，在掌心处凝聚，渐渐形成了一个晶莹剔透的光球。

紧接着，叶音竹深吸一口气，原力开始变化，那个光球渐渐变成了金色的，包含着浓郁的光元素。

金光凝聚，叶音竹脸上的神色变得柔和了许多，他源源不断地释放着原力，使得原本只是能量体的圆球渐渐凝聚成了实体，圆球的体积则飞快地缩小，一会儿的工夫，圆球就变成了指尖大小的珠子。

水波般的光芒闪烁，原力仍在释放，空间中产生了剧烈的能量波动。一缕缕能量在珠子上跳跃，金光中的能量波动时而剧烈、时而轻微，不断变化着。

最后，当一切完成的时候，叶音竹用原力刺破自己的指尖，小心翼翼地将一滴鲜血滴入那金色珠子中。顿时，金光大放，庞大的生命气息充斥在暗塔之中。

叶音竹双手轻拉，从那颗金色珠子中拉出了两条金色丝线，那两条金色丝线缓缓延伸，最后连在一起，变成了一条项链。

叶音竹小心翼翼地将它戴在了叶思琴的脖子上。

叶思琴不解地看着叶音竹，道："爸爸，你在变戏法吗？"

叶音竹微笑着道："不，这不是戏法，这是能量的转换。等你长大了，拥有了和爸爸一样的能力之后就能明白了。你能感受到这珠子的特别之处吗？"

叶思琴握住金色珠子，一边把玩，一边道："它好像会不断吸收光元素，然后传入我体内，而且，它还特别温暖，让我不怕冷。"

叶音竹笑了，道："那温暖你的能量，叫生命能量。这股生命能量会潜移默化地影响你，同时，它也会保护你，如果你受伤了，它能让你的身体更快地恢复。作为魔法师，你的身体比战士的身体脆弱，这颗珠子每天可以释放一次防御屏障，只要对方的实力没有爸爸强，他就无法伤害你。它既然是你的，我们就叫它思琴珠好不好？"

"好！"叶思琴高兴极了。他能够感觉到，这颗珠子对他有极大的好处，有了这个宝贝，他就不再羡慕叶念琴了。

其实，叶音竹并没有把这颗珠子全部的作用都告诉叶思琴。除了可以保护叶思琴，为他提供生命能量之外，这颗珠子还能辅助他修炼。

原力凝聚成的珠子，包含的能量很多，叶音竹将其压缩之后还用原力在上面刻画了一个魔法阵，最后在上面滴了血液，叶音竹的血液可不是普通血液。这思琴珠显然是一件神器，而且专属于叶思琴，是叶音竹为他量身定做的神器。

叶恋琴得到的礼物和叶思琴的一样，也是一颗珠子，名叫恋琴珠，为黑暗属性。

这一对双生子，从此拥有了保护他们一生的宝物。他们此时还不知道，这被后世称为"光暗神珠"的宝贝，除了可以保护他们之外，还能够自行进化。它们会随着叶思琴和叶恋琴实力的提升而逐步进化，只有叶思琴和叶恋琴才能够使用它们。

叶音竹将恋琴珠给叶恋琴戴上之后，明显有了一丝疲倦之色，他消耗了体内九成的原力，要知道，他的实力已经不是次神级四阶了，而是次神级五阶，没想到凝出两颗珠子会让他消耗这么大。

连叶音竹自己都没想到，当他吸收了安雅的阴属性生命之火后，他的实力竟然产生了变化。原本在生命之水那里时，叶音竹的实力就达到了次神级四阶巅峰，阴阳调和之后，他的实力再次提升，达到了次神级五阶。

此时天色已经大亮，叶重站起身，道："听说你回来了，我们就赶了过来，现在也该回去补觉了。"

他一边说着，一边向梅英使了个眼色。

这次，梅英很快就明白了叶重的意思，她站起身，关切地向儿子道："音竹，你好不容易才回来，先休息吧，别累着了。我们先走了。思琴、恋琴、念琴，走，跟爷爷奶奶玩去，让奶奶看看你们新得的宝物好不好用。"

叶音竹父母离去，是要给叶音竹与苏拉、海洋相处的时间。为了叶音竹和孩子们，苏拉和海洋承受了太多，叶重和梅英都看在眼里。

叶重和梅英带着三个孩子走了，热闹的暗塔顿时安静下来。

海洋坐在叶音竹身边，让他靠在自己身上，道："傻瓜，你为什么要耗费那么多原力？原力凝成珠子，消耗实在太大了！"

叶音竹微笑着道："我这么久才回来，亏欠你们太多，为孩子付出一些，我心里才舒服点。"

苏拉也来到叶音竹身边，握住他的手，道："你要不要先休息一会儿？"

叶音竹点了点头，道："一大早，我就把你们都吵醒了，想必你们也累了，我们休息一会儿。"

海洋和苏拉没有多说什么，只是轻轻地点了点头。其实，孩子们每天都起得很早，她们早已习惯了这种作息时间。

三人回到卧室，躺在温暖的床上，叶音竹闭着眼睛，一动不动。

海洋有些担心地问道："音竹，你怎么了？哪里不舒服吗？"

叶音竹轻轻地摇了摇头，泪水夺眶而出，他哽咽着道："谢谢，谢谢你们。这三年来，你们为我付出太多了。"

"傻瓜，夫妻本就应该相互扶持，说这些干什么？"海洋的声音也哽咽起来。

三年的等待，那是怎样的煎熬？今天，他们终于团聚了。

叶音竹紧紧地抱着苏拉和海洋，身体虽然疲倦，但他内心很激动。他非常珍惜这一刻，只想静静地和苏拉、海洋待在一起。他闭着双眼，不知不觉中便睡着了……

对叶音竹来说，悠闲的生活本就是奢侈的。自从成为琴城领主之后，哪怕是和苏拉、海洋成婚那天，他也没有太多的时间休息。他必须努力修炼，为琴城的发展、壮大而努力。

第二百九十四章
开启另一位面的通道

虽然叶音竹才在龙崎努斯大陆上行走了数年,但是,这些年间,他经历了太多。他最大的愿望就是,有一天这世上不再有战争,他能够好好陪伴自己的家人、朋友,过上平静的生活。

或许很多人会羡慕叶音竹取得的成就,但是,那些人不知道,叶音竹为之付出了多少,他默默地承受了太多。

当叶音竹从睡梦中醒过来的时候,天色已经暗了下来。

叶音竹晃了晃头,这一觉他睡得格外香甜,或许是被幸福包围的缘故。

海洋和苏拉都起来了,叶音竹翻身坐起,调动精神力,检查了一下身体。

他的身体的恢复能力极其强大,尤其是当原力与生命能量混合之后,他的身体恢复得更快了。他休息了一天,原力已经恢复了四成。他不需要刻意修炼,再过一天,原力就能完全恢复,至于神之叹息在他胸口处留下的伤口,已经愈合了。

"你醒了?准备吃晚饭了。"

门开了，苏拉从外面走了进来，嫣然一笑，叶音竹都看呆了。

"看什么？还没看够吗？"苏拉有些羞涩地白了他一眼。过去三年，她从没像今天这么高兴过。

叶音竹笑着道："当然看不够，看一辈子也不够。"

苏拉道："快来吧。孩子们都说要跟爸爸玩呢。还有，我们知道你现在很累，就不给你举行欢迎仪式了，只将你回来的消息告诉了琴城战士，这样你也可以好好休息。六位大师已经下令，不许任何人来打扰我们。"

叶音竹由衷地感叹道："那真是太好了！我最怕的就是应酬，什么事情能比我们一家人在一起更美好呢？终于可以再次尝尝你做的美食了，这在我离开前还是我的奢望。"

听了这话，苏拉眼圈微微一红，显然是想起了当初叶音竹为救她而失去味觉的事，她看着叶音竹的眼神变得更加温柔了。

"音竹，和我在一起，是不是给你带来了太多痛苦？"苏拉低下头，走到床边蹲了下来。

"怎么会？"叶音竹握住她的手，"傻丫头，能娶你为妻是我这辈子最大的幸福。现在我们有了两个可爱的孩子，还说这些干什么？我真的好想永远和你们待在一起，再也不分开。"

苏拉轻叹一声，道："你身负重任，想必这个愿望短期内很难实现，有太多事情需要你去完成。最初认识你的时候，你的实力还不如我，可是，随着时间的推移，你变得越来越强大，现在，我已经远远不如你了。

"今天你睡着后，我想了很多，海洋姐姐说得对，既然我是你的妻子，那么，不论你做什么，我都应该无条件地支持你，这样才能让你没有后顾之忧。所以，今后不论你要做什么，我都不会阻拦你，我向你保证，我会在家好好照顾我们的孩子，等你回来。只要你还记得，家里有我们在等你，你能够早日回来，我们就心满意足了。"

"苏拉。"叶音竹十分感动，紧紧地抱住了苏拉。

苏拉感觉有些害羞，满脸通红。尽管已经为人母，可她毕竟年纪还小。她抬头看着叶音竹，只见他眼中闪着泪光。

苏拉在叶音竹肩头轻捶了一下，道："快来吃饭，饭已经做好了，我是特意来叫你起床的。"

法蓝六位塔主十分理解叶音竹，所以，在之后的三天中，没有任何人来打扰这一家人。叶音竹和父母、妻子、孩子们，在暗塔之中过了三天平静而快乐的生活。他知道，这短暂的平静之后，将有一场巨大的暴风雨降临，而应对暴风雨的主角正是他，只有咬牙挺过去，他才能回归平静的生活，否则，他们的生活将发生巨变。

光明塔。

七塔塔主齐聚。

这是叶音竹回来的第五天，叶音竹主动找到奥布莱恩，并派人请来了其他几位塔主。

"奥布莱恩大师，我想，我可以开始行动了。"

叶音竹的身体已经完全恢复，这几天平静的生活让他感觉很好，他希望自己能够早日过上这种生活，享受天伦之乐。与父母、妻子商量之后，他决定早点开始行动。

奥布莱恩微微一笑，道："音竹，你不再多休息几天吗？离开了三年，好不容易回来，你们一家也应该好好享受团聚的欢乐。"

叶音竹道："谢谢您，师兄。我觉得早点解决问题，我们才能早日过上平静的生活，所以，我准备开始行动了。"

几位塔主点了点头。其实他们比叶音竹更着急，想早点知道深渊位面的情况，毕竟知己知彼，才能百战不殆。

这三年间，法蓝全力备战，龙崎努斯大陆则像是一台巨大的机器，不停地运转，如今，筹备工作已经接近尾声，最关键的问题就是大家对深渊位面的情况并不了解。

既然法蓝决定要反攻深渊位面，就必须了解敌方的情况，可几位塔主又不好催促叶音竹，此时叶音竹主动提出来，他们终于松了口气。

奥布莱恩道："既然如此，我先将龙崎努斯大陆目前的形势告诉你。经过三年的时间，蓝迪亚斯帝国和米兰帝国那一战带来的负面影响基本消失了。虽然那一战十分残酷，但因为战场都在各国边境，除了佛罗王国损失惨重以外，其他各国都没有伤到根本。

"经过讨论，我们接受了米兰帝国的建议。龙崎努斯大陆各国在这三年的时间中，分别将本国的精锐部队召集起来进行训练。兵贵在精而不在多，现在人类八国的精锐战士加起来，差不多有两百万人，虽然数量不算很多，但战士们的实力都很强，这一点我可以肯定。同时，各国还储备了许多资源，让前线的主力军没有后顾之忧，后勤部队则有五百万战士，可以保证及时将物资送至前线。"

叶音竹有些惊讶地道："各国现在就已经准备好了吗？"

奥布莱恩道："基本上都准备好了。各国军队现在都在集中训练，譬如米兰帝国的精锐部队以北方军团为主，由奥利维拉元帅统一指挥，在极北荒原附近与兽人族的士兵一起训练。训练的时间越长，部队的战斗力就越强。

"八国的军事力量基本是这样的：在不考虑兵种区别的情况下，米兰帝国精锐战士有五十万人，蓝迪亚斯帝国基本与之相同，其他六国加起来提供了一百万大军。这三年以来，各国黄级以上的魔法师，都得到了法蓝的指点，可以在法蓝修炼，现在他们就在法蓝城城外。这样一来，我们就有了一支魔法师部队，按照我们的计划，所有魔法师由法蓝统一指挥。"

叶音竹点了点头。奥布莱恩说得很对，魔法师如果分散在各国军队之中，在战斗中发挥的作用就会十分有限，如果由底蕴深厚的法蓝统一指挥，那就不一样了，普通军队的攻击力再强，也不能与魔法师部队相比。在这场反攻深渊位面的战斗中，魔法师无疑是进攻的主力。

奥布莱恩继续道："除了龙崎努斯大陆各国的两百万精英以外，各国大概还可以提供两百万的预备兵力，一旦前方战事取得突破性进展，我们就可以派更多战士加入战斗。此外，主力军还有琴城大军和兽人族大军。在与法蓝的协定中，紫帝承诺派出以紫晶军团为主的百万兽人族大军参战，至于琴城大军的情况，就要由你决定了。"

叶音竹道："琴城必然会全力以赴。目前琴城有步兵二十万，骑兵三万左右，加上各族混合军队，琴城的参战人数应该会超过二十五万。"

奥布莱恩叹息一声，道："这场战争，决定着龙崎努斯大陆各族类的生死存亡。我们集中了各国的军队，总兵力超过五百万，这是我们手中的全部力量，所以，我们不能失败。

"音竹，你是这一战的关键。这次你前往深渊位面，不论能否得到有用的信息，都一定要以个人安全为重。为了龙崎努斯大陆，也为了你的家人和孩子，一定要平安归来。要是你真的出事了，我可没法向你的宝贝们交代。"

叶音竹微笑着道："师兄，您放心吧。就算不能打听到准确的消息，活着回来应该还是没问题的。现在，我十分珍惜自己的生命，尤其是在见过孩子们之后，我可不想让他们小小年纪就失去父亲。"

奥布莱恩微笑着道："这样我就放心了。关于整合龙崎努斯大陆各国的兵力、分配资源和调遣军队的事情，你就不需要操心了，我们会根据你带回来的消息决定如何展开行动。"

叶音竹想了想，道："不如，总攻的时间就暂时定在两年后吧。我想，有两年的时间，我们的准备工作应该也完成得差不多了，再拖下去也没有意义，越早开始反攻，封印对我们的帮助也越大。"

奥布莱恩道："你的意思是，琴帝号能在两年内造出来？"

叶音竹微笑着道："应该能造出来。真是不好意思，师兄，我也不知道他们会将大部分资源用在琴帝号上。"

奥布莱恩道："不，他们的决定很正确。我们对深渊位面的情况并不了解，我们问过地精部落的大师，琴帝号威力极大，这种战争利器一旦投入战场，杀伤力甚至超过百万大军。有了它，我们就能够夺取制空权，这样一来，我们进可攻、退可守，也能更好地掌握敌情。再说，不管那些母妖多恐怖，琴帝号一出，母妖一族必将毁灭。坦白说，我十分期待琴帝号的问世，迫不及待地想见识一下它的威力。"

叶音竹道："好的，龙崎努斯大陆这边的事就麻烦各位师兄了。两年内，我们一定要做好一切准备。这次我前往深渊位面，也不知道要多长时间才能回来，外面的事就辛苦各位师兄了。"

奥布莱恩点了点头，道："这边你可以放心，此行你还需要什么东西吗？譬如装备之类。"

叶音竹摇了摇头，他的实力达到了次神级五阶，装备对他来说作用不大，他完全能够自保，更何况他已经决定今后专注于修炼琴魔法，就更不需要其他装备了。

凭借超强的精神力，他能将琴曲的威力完全发挥出来。就算现在要和光明塔塔主奥布莱恩对战，叶音竹也有信心胜出。

"各位师兄，除了龙崎努斯大陆上的战备事务以外，还要麻烦你们帮我照顾家人。我去了。"

以奥布莱恩为首,六位塔主同时站了起来,右手抚胸,向叶音竹缓缓鞠躬。

要知道,这六位塔主中,年纪最小的也有三百多岁了,而且他们是龙崎努斯大陆上的顶级强者,此时此刻,他们同时向叶音竹行礼,可见叶音竹此行对龙崎努斯大陆意义之大。

叶音竹微笑还礼。

奥布莱恩开启了通往神龙遗迹的通道,叶音竹怀着坚定的信念踏入通道,眨眼间便消失了。

奥布莱恩六人并没有跟进去,神龙王几天前已经传出消息,除了叶音竹以外,任何人不得进入。

神龙遗迹里面依旧那么空旷,空中有七颗宝石,闪耀着淡淡的光彩。穹顶上神龙王那庞大的身躯闪耀着淡淡的金色光泽,小龙女则盘膝悬在半空之中,闭着双眼。

"你来了。"小龙女淡淡地道。

叶音竹向她点了点头,同样闭上眼睛,释放自己的精神力。

叶音竹感受到空间中有两道精神力与他的精神力相连,其中一道精神力是小龙女的,另一道精神力来自神龙王。三人的精神力形成了一个奇异的精神力场,他们通过这力场交流着。此时,就算奥布莱恩在他们旁边,也不可能知道他们谈话的内容。

神龙王苍老的声音在精神力场中响起:"你比我预想中来得早了一些。"

叶音竹微微一笑,恭敬地道:"身为东龙后裔、神龙的传人,没有什么事比完成先祖的遗愿更重要,而且,我也希望这一切能早点结束,您已经等待了太久。难道您不是这样想的吗？"

神龙王微微一笑，道："从你身上，我看到了希望。尤其当你和龙女一起回来的时候，我更加确信你会替我复仇。你将踏上征程，龙女会和你一起去。有她在，你不用担心自己的安全问题。音竹，告诉我，这次前往深渊位面，你准备怎么做？"

叶音竹毫不犹豫地回答道："这次前往深渊位面，我给自己设定了三个目标。第一，我们要掌握深渊位面的整体情况，主要熟悉环境。我会尽可能地多去一些地方，绘制出一幅地图，这样，方便战士们了解深渊位面的情况，几位师兄也能更好地指挥战斗。既然深渊位面能够孕育出母妖这种生物，我想，深渊位面的环境肯定非常恶劣，很有可能与我们这边截然不同。得到了这些信息，我们才好想对策，尽量避免出现非战斗性减员。

"第二，我们要查清楚深渊位面的族类情况以及那些族类所拥有的能力。想要达成这个目标应该很困难，毕竟，深渊位面中的生物不少，想将每个族类的特性弄清楚并非易事。我们只能尽力完成，掌握的信息越全面对我们越有利。

"第三，我们要弄清楚深渊位面中强者的数量，了解最强者的情况。如果深渊位面真的又出现了一位神级强者，那么，我们恐怕就要重新排兵布阵了。反之，如果深渊位面没有神级的强者，那么，我对我方攻入深渊位面，取得最终的胜利有信心。"

神龙王和小龙女都静静地听着叶音竹的话，听他说完，神龙王道："很好，对我们来说，这三个目标确实是最重要的，我没有什么要补充的了。现在，我将万年前那一战中，我们遇到的母妖的情况告诉你，应该会对你有帮助。不过，你也不要认为深渊位面的情况与我描述的情况完全一样。毕竟已经过去了一万年，龙崎努斯大陆都发生了翻天覆地的变化，深渊位面不可能没有变化。"

叶音竹点了点头,现在他最想知道的就是深渊位面中那些族类的情况。对他来说,一万年前发生的事情实在太遥远了,能够掌握一些深渊位面的信息还是对他有利的。

神龙王道:"一万年前,我们东龙大陆与西龙大陆相撞,引发了巨大的灾难。这灾难并不是指深渊位面的母妖,而是我们的生存环境发生了变化。大陆碰撞,引发了地震、海啸等灾害,东龙大陆上的火山相继爆发。尽管当时我们东龙帝国极为强大,可这么多自然灾害同时发生,还是给了我们很大的打击。"

神龙王似乎回想起了万年前的场景,其声音明显变得低沉了许多:"大陆的碰撞产生了空间裂缝,可想而知那碰撞是多么剧烈。在深渊位面的母妖到来之前,我们东龙帝国已经有三分之一的人死于自然灾害。如果我们没有经历那些自然灾害,或许,我们还有与母妖一战之力,不会落得如此下场。当时,很多神龙忙于对抗灾害、拯救灾民,就在这时,空间裂缝的另一边,深渊位面的母妖出现了。

"灾害使得大家手忙脚乱,我们无法把力量凝聚起来,又遭到了母妖的袭击,场面一度失控。当时局势很乱,母妖带来的瘟疫在东龙大陆迅速扩散,那瘟疫十分厉害,连我们神龙一族都无法免疫,一旦染上瘟疫,我们的战斗力就会大大减弱。

"总的来说,我们将入侵东龙大陆的敌人统称为母妖。这些年来,我反复思考,根据我的推测,它们应该是一种黑暗生物。它们可以运用暗元素的力量,还可以运用火和毒的力量。而最可怕的一点,就是母妖能将暗元素、火与毒的力量结合起来,让自身的攻击力大幅度增强。"

"那母妖是什么样子的呢?"叶音竹忍不住问道。

神龙王道："根据我的经验，不同族类之间有着相似的特性。我们这个世界如此，母妖所在的深渊位面也是如此。音竹，你告诉我，我们这个世界中，什么族类最聪明，创造力最强？"

叶音竹想了想，道："应该是我们人类吧。虽然人类本身的力量很小，但发展潜力最大。简单来说，普通人类和普通龙族相比，实力差距非常大，但是一名有一定天赋的人类战士经过修炼之后就有可能屠龙。龙族的实力能随着年龄的增长而逐渐增强，只不过提升的空间远远小于人类。人类充满智慧，创造性极强，其他族类都无法与之相比，哪怕是地精与矮人也只能被称为亚人类。"

神龙王点了点头，道："你说得没错，人类是最有智慧，也是最具创造力的族类。你发现没有，不管是何种魔兽，哪怕是我们神龙一族，进化到较高等级后都可以变化成人形，不应该说是变化，而是进化。"

叶音竹心中一动，道："似乎是这样的。我们评论九阶魔兽的时候，一般都会说其已经拥有了不次于我们人类的智慧，也能变化成人形。"

神龙王点了点头，道："正是如此。你明白我的意思了吗？"

叶音竹吃惊地道："您是说，高等母妖也拥有人类的外表吗？"

神龙王道："没错。我也记不清母妖有多少种了，但我可以肯定，外表越像人类的母妖，实力就越强大。尽管那些母妖和人类仍有一定的区别，可至少其外貌和人类已经没什么两样了，比如，当初被我打成重伤的母妖王外表就是人类的模样。

"你可以以此为依据来判断母妖实力的强弱。如果你见到的母妖全部都是人形外表的话，那么，这一仗我们就不用打了，我这封印恐怕也守不住了。当然，出现这种情况的概率不大。还有，当你遇到外表和人类相似度极高的敌人时，要尽可能地避免战斗。"

听了神龙王的话之后，叶音竹对母妖多少有了一定的了解，母妖擅长毒、火、暗三种属性的能力，高等母妖外表与人类相似。

了解了这些特点，想要击败母妖就要反其道而行之。

母妖擅长暗属性能力，可以用光明系魔法来应对，水可以克制火，至于毒，就需要小心防备了。一万年没有接触过母妖，神龙王也不知道现在母妖的毒究竟有多厉害。

神龙王道："当初，母妖王受到重创，回到了深渊位面，现在，我认为母妖王应该已经死了。母妖王手下有十二大母妖，只有七个和母妖王一起回去了，其中有几个母妖伤势很重，我想现在深渊位面的大母妖应该剩了不到一半。深渊位面的具体情况我不清楚，但从母妖王说的一些话来判断，深渊位面的环境应该非常恶劣，连母妖这些原住民也难以生存，这也是其攻入人类世界的原因。

"对于彻底毁灭母妖，我之所以那么有信心，也是因为这一点。一个族类想要发展，就必须有发展空间。如果环境条件十分恶劣的话，不利于族类的整体发展。我敢肯定，深渊位面绝对没有龙崎努斯大陆发展得这么快。一万年前，我们东龙近乎毁灭，母妖也没讨到便宜。音竹，这次能否将母妖彻底毁灭，就要看你的了。"

神龙王给叶音竹的信息并不算多，毕竟，神龙王也没有去过深渊位面，不了解那里的实际情况。

当初那一战并没有持续很长时间，虽然影响力极大，但母妖并没有在这个世界上留下任何痕迹。所以，叶音竹此次过去探察敌情才显得尤为重要。

神龙王让自己的气息笼罩在叶音竹和小龙女身上，低沉地问道："你们准备好了吗？"

叶音竹和小龙女同时释放精神力，给出了肯定的答复。

神龙王道："你们要记住，到了深渊位面之后，因为位面相隔，你们将无法与龙崎努斯大陆取得联系。也就是说，你们不能通过传送魔法阵直接回到这个世界。

"记住通道所在的位置，想要回来，你们就回到那个地方，呼唤我的名字，我可以将你们带回来。在其他地方，都是不可能的。所以，如果可以的话，进入深渊世界后，你们首先要做的就是在通道处留下记号。我想，在深渊位面中，你们应该还是可以使用传送魔法阵的。我把你们送过去的时候，会将深渊位面的语言烙印在你们的脑海中，用精神力去感受，你们就能听懂深渊位面的语言。"

一个个金色的光点开始出现在神龙王那庞大的身体上，几个、几十个、再到数百个，光点的数量呈几何倍数式增加，没多久神龙王的身体上就布满了光点。

与此同时，飘浮在半空之中的七颗宝石亮了起来。原本位置固定的它们奇异地动了起来，向周围散开，但依旧保持着北斗七星的形状。

分别代表七种属性的七道光芒同时亮起，刹那间，七道光芒闪电般射出，照在神龙王庞大的身体上，神龙王的头部瞬间亮了起来，发出耀眼的光芒，掩盖住了另外七道光芒。

空间中的能量开始剧烈波动，整个空间都扭曲了。

在神龙王头部发出的光芒的照射下，地面上，那一道道金色纹路发出了金光。

刹那间，一道道金光将整个空间照亮，金光闪耀，周围的一切都变得有些模糊了。

不论是叶音竹还是小龙女，在这一刻，他们通过天人合一感觉到了空间中蕴含的庞大能量，那能量如海浪一般朝他们涌来，让他们感觉自己是那么渺小。

"去吧,我的孩子们,我等待着你们的好消息。记住我说的话,想要返回龙崎努斯大陆,就必须回到通道那里呼唤我的名字。我等着你们回来。"

光芒闪烁,叶音竹下意识地握住了小龙女的手,两人同时闭上了双眼。

一股能量从地面冲天而起,半空中的神龙王好像活了过来,发出一声龙吟。在那嘹亮的龙吟声中,庞大的能量包裹了叶音竹和小龙女的身体,两人逐渐消失在空间之中。

当七颗宝石和地面上金色纹路发出的光芒渐渐变暗时,能量波动也随之消失了,空间不再扭曲,叶音竹和小龙女消失了,没有留下一点痕迹。

六位塔主同时睁大了自己的眼睛,这一刻,整座法蓝城都轻微地颤抖了一下,法蓝七塔塔顶上方的宝石变得异常明亮,而半空之中,一颗无比夺目的星星在北斗七星的照耀下突然闪了一下。

奥布莱恩的心忽然跳得很快,他默默地道:"音竹去了,通道开启了。"

法蓝境内,原本浓郁的魔法元素瞬间消失,而七塔塔顶的宝石变得更加明亮了,似乎是它们将空间中的魔法元素都吸收了。

所有人都感受到了这奇异的变化,每个人都望向空中那颗明亮的星。

暗塔。

两个女人握紧了彼此的手,她们的目光都已经痴了……

淡淡的金光逐渐变得耀眼,当叶音竹和小龙女再次出现时,两人同时察觉到了危机。

冰冷、邪恶、狂躁、黑暗、腥气,各种与龙崎努斯大陆完全不同的气息弥漫在两人周围。两人第一时间腾空而起,离开了先前所在的位置。

暗红色光芒闪过,一股难闻的气味冲入两人鼻中,刺耳的摩擦声响起,与此同时，诡异的咆哮声传来，咆哮声响彻天际，充满了震慑之力。

叶音竹和小龙女飞出数百米之后才来得及观察周围的情况。

即使是冰冷沉静的小龙女，看到深渊位面的情况之后，也不禁倒吸一口凉气。

深渊位面实在太恐怖了。

他们刚刚所站的位置是一个巨大的洞穴，洞穴内是黑色的。显然，这洞穴就是连接龙崎努斯大陆与深渊位面的通道。

绿雾在空中弥漫，放眼望去，周围是一片地形复杂的丘陵。山丘上有很多暗红色的石头，那些绿雾飘荡在暗红色的石头上方，红与绿两种颜色搭配在一起，格外刺眼。这还不算什么，更令他们难以忍受的是那刺鼻的气味。

第二百九十五章
初临深渊

叶音竹和小龙女终于来到了深渊位面。

刚刚来到深渊位面，两人就遭到了攻击。尽管两个人已经做好了心理准备，可深渊位面的生物还是令他们大吃一惊。

两人飘浮在半空之中，在他们脚下，方圆数千米内，遍布着一种奇怪的生物。

这些生物看上去异常庞大，身体为暗红色，外表与人相似，但是肢体比人类粗壮得多。

它们大约有八米高，身体极其肥胖，全身都是令人恶心的暗红色肥肉。那难闻的气味正是从它们身上散发出来的，它们不断地释放着绿雾。

它们的肩膀上有两个头，鼻子很小，嘴巴却大得夸张。两个头一大一小，没有头发，头上有暗红色的鱼鳞状纹路。它们呼吸的时候，身上就会释放绿雾。

在通道附近，有两千个这种双头怪物，它们同时抬头，注视着叶音竹和小龙女。

"嗷——"

所有双头怪物同一时间张开血盆大口，喷出暗红色的火焰，想烧死叶音竹和小龙女。

火还没烧到两人，两人周围的空气就被点燃了。最恐怖的是，这种火中还蕴含着浓郁的暗元素，带有腐蚀性。

这是暗火双系火焰攻击。

暗红色的火焰来势凶猛，铺天盖地。

小龙女眼中流露出一丝杀意，她刚要动手，就被叶音竹一把拉住了，只听他低喝一声："走！"

原力化为一层水波般的光芒，将两人的身体笼罩在内。

下一刻，叶音竹瞬间提速，带着小龙女，在那暗红色火焰到来之前迅速远遁。

那些双头怪物没有想到叶音竹和小龙女能够如此轻易地逃脱，没来得及再次发起攻击。

当那暗红色的火焰熄灭，空中的叶音竹和小龙女消失后，这些怪物安静下来，环顾四周，没有看到两人的身影，便放弃了寻找。

叶音竹和小龙女的速度极快，其实两人并没有飞多远，而是落在了数千米外，几座较高的山丘的山坳处。

此时，两人才有时间来观察这个陌生的世界。

周围的光线很暗，尽管两人已经远离了那些释放绿雾的双头怪物，可这里的空气依旧混浊。

通过天人合一，两个人能够感觉到这空气中蕴含着大量的暗元素、火元素。

空中没有太阳，只有一弯惨绿色的月牙。正是因为月亮光不亮，才使得这个世界十分阴暗。要不是叶音竹和小龙女的视力远超常人，恐怕也看不见远处的东西。

"这里的环境让人很不舒服，刚才你为什么不让我出手？"小龙女强忍着不适，皱眉道。

叶音竹苦笑着道："大姐，这次我们来这里的主要目的是探察情况，而不是消灭它们，现在还没到发起攻击的时候。对于我们来说，最重要的是掌握情报，和那些怪物纠缠下去并没有什么好处，如果我们把它们都杀了，肯定会引起其他深渊生物的注意。"

小龙女看了叶音竹一眼，道："现在你又探察到了什么呢？"

叶音竹沉吟道："这个世界的环境果然像我们预料的那样，比龙崎努斯大陆恶劣得多。就目前的情况来看，这里的光线很差，空气也极为混浊。想在这里短时间生存问题不大，可是如果时间长了，普通人的身体恐怕会吃不消。

"其次，深渊位面对于通道同样十分重视。刚才你也看到了，那些双头怪物守着通道，还有那么强的攻击性。

"虽然现在我们还无法看出它们的实战能力，但是，按照神龙王的判断，外表越像人类的母妖实力就越强。那些怪物除了有两个头以外，其他部分基本上已经变成人形了，又可以远距离攻击，还能释放毒素，即使它们的数量只有两千，战斗力也一定很强。

"如果我们杀掉它们，肯定会引起其他深渊生物的注意，那么，深渊生物就会加强防御，到时候我们的大军必然损失惨重。"

听了叶音竹简单的分析，小龙女缓缓地点了点头。

虽然小龙女活了很多年，但与外界的接触太少了，不如叶音竹有经验，在这些事情上，还是听叶音竹的比较好。

当然，就算小龙女心中对叶音竹多少有些佩服，她也绝对不会承认。

"那我们现在应该做些什么？"小龙女问道。

叶音竹道："我们先在这里留下记号，以便之后能快速找到通道入口。然后，我们在这个世界仔细探察一番。"

叶音竹一边说着，一边四处观望，他想找一块相对平坦的地方。

水波般的光芒悄然释放，叶音竹开始刻画传送魔法阵。他现在还不能确定传送魔法阵在深渊位面中是否有用，只不过，这传送魔法阵中有他的精神气息，至少可以引导他们找到通道入口。

小龙女站在一旁，缓缓闭上双眼，淡淡的金光围绕着她的身体旋转，她进入了天人合一的境界，仔细感受着周围的一切。

很快，叶音竹就将传送魔法阵刻画好了，但他的眉头皱了起来，眼神落寞，沉吟道："看来，我们对深渊位面的推测并不全对。这里空气中的魔法元素很浓郁，杂质也出奇得多。而且，我刚刚刻画传送魔法阵时，消耗的魔法力是在龙崎努斯大陆的三倍。"

小龙女淡然地道："不仅是这些，我的战斗力也变弱了。在短时间的战斗中，我的战斗力比你强，可是，要是陷入长时间的战斗之中，就很难说了。"

"哦？为什么？"叶音竹惊讶地看着她。

小龙女道："你应该感觉到了，这个世界的气息与我们那个世界的气息很不一样。你有没有发现，这个世界缺少一种最重要的东西？"

叶音竹的大脑飞速运转，仔细思考着自己遗漏了什么关键点，但他思前想后，还是想不出他漏掉了什么重要信息。

小龙女道："你不用想了，你肯定没注意到这一点。这最为重要的东西，就是生命气息。在深渊位面中，生命气息极少，到处都充斥着死亡气息。"

叶音竹皱眉道："我不明白。什么叫生命气息极少？难道刚才那些怪物不是生物吗？它们没有生命气息吗？"

小龙女沉声道:"从某个角度来看,它们确实不算生物。或者说,它们和龙崎努斯大陆上的所有生物都不同。

"因为它们的身体需要的并不是生命能量,而是死灵能量。我们依靠生命能量生存,一旦环境中没有了生命能量,那么,龙崎努斯大陆上的所有生物都会立刻死去。这里不一样,这里的生物并不需要生命能量,它们依靠的是死亡之力,或者说是死灵能量。

"刚才看到那些深渊生物的时候我就已经感觉到了,这也是我那么讨厌深渊生物的重要原因。或许,我们也可以称它们为死灵生物。"

说到这里,小龙女停顿了一下,似乎又想到了什么。

小龙女继续道:"万年前的大战,是在我们的世界进行的。因为我们那个世界充斥着生命气息,所以,老家伙也没发现这一点。老家伙只是痛恨那些无恶不作的深渊生物。现在我才明白为什么会这样,因为深渊位面与我们那个位面根本就截然相反。"

叶音竹吃惊地道:"死灵能量也能让它们活下来?"

小龙女冷冷地道:"当然可以。像我们神龙一族,依靠的就是生命能量。只要不断补充生命能量,我就能保持最强的战斗力。但是,在深渊位面中,我的实力不断被削弱,因为我在战斗中消耗的生命能量得不到补充。我们需要的生命能量都蕴含在生命气息之中,而这个世界的生命气息非常少。因此,我的恢复速度大大减慢了。"

听了小龙女的话,叶音竹渐渐明白过来,道:"那这种情况会不会对人类战士和其他各族类产生影响?"

小龙女道:"肯定有影响。在深渊位面战斗,必然会使龙崎努斯大陆的生物的抵抗力下降。暗魔系和火系魔法师受到的影响不会太大,其他各系的魔法师和战士的实力都会被削弱,完全不受影响的就只有一个人。"

叶音竹精神一振，道："你说的是我？"

小龙女点了点头，道："没错，就是你。你拥有无属性的原力，更容易适应各种环境。空间中的任何元素过滤之后都可以为你所用。所以，死亡气息多对你并没有影响。说不定，你的原力比生命能量和死灵能量更加高级。"

叶音竹微笑着道："放心吧，我会保护你的。"

小龙女冷哼一声，道："我还没有弱到需要你来保护的程度。我刚才说的这些是我们的劣势，我们也不是一点优势都没有的。

"首先，在这充满死亡气息的世界，生命能量的杀伤力最强。就像对我们那个世界的生物来说，死灵能量的杀伤力极强一样。虽然我们在这里很难补充生命能量，但是我们拥有的生命能量是深渊生物的克星。"

叶音竹道："那我的力量就能充分发挥出来了，毕竟，我体内也流着神龙的血。战斗时，我以原力吸收外界的元素，将它们转化为自身的能量，再通过生命能量的形式释放出去。"

小龙女点了点头，道："我要提醒你的就是这一点，你知道就好。"

叶音竹领首，道："好的，我明白了。"

叶音竹一边说着，一边小心翼翼地从须弥神戒中取出一个羊皮卷轴，缓缓摊开，卷轴宽约一米，长达两米。

他想了想，道："在龙崎努斯大陆，通道入口位于龙崎努斯大陆中心，我们就先假设通道出口也位于深渊位面中心好了。"

叶音竹用一根特殊的笔，在羊皮卷轴中央标出这片丘陵地带以及通道的位置。

"小龙女，帮我一下。"叶音竹盘膝坐在地上。

小龙女抬起右手，按在叶音竹肩头。顿时，两人都感觉到有一股温暖的能量从对方体内传来，令他们的气息融为一体。

两人天人合一的能力提升数倍，现在，他们能够感知外界的一切事物。

两人的精神力像一张无形的大网一样缓缓散开，叶音竹拿着笔的手快速动起来，在那张羊皮卷轴上记下获取到的信息。

为了准确地把握深渊位面各处的地形，他带了一百个像这样的羊皮卷轴。他要将这片丘陵地带每一个山包的具体位置标示出来。

当然，叶音竹并不是要将深渊位面的每一处都记录下来，他也没那么多时间来这样做。他之所以记下这片丘陵的样子，是因为这片丘陵将会成为龙崎努斯大陆军队进入深渊位面后的据点。

他画得越清楚，对他们越有利，将来到达深渊位面后，他们才能在短时间内建好要塞。

要想行军的话，丘陵地带其实比较困难，若是建设要塞的话，丘陵地带就比较好了，毕竟，这些山包都是天然的掩体。

叶音竹与小龙女的精神力飞速扩张，一会儿的工夫，就已经扫过了整片丘陵。

这片丘陵比他们想象中还要大得多，有很多低于五百米的山包，占地范围甚至比布伦纳山脉还广，只是地势没有布伦纳山脉那么险峻。

当精神力覆盖到丘陵边缘的时候，叶音竹和小龙女同时一惊。因为他们看到了许多深渊生物。

那些深渊生物并没有在丘陵外围建造房屋，只是在山包上凿出了许多洞穴，此时，一些深渊生物正在洞穴口进进出出。

这些深渊生物的样子可以说是千奇百怪，按照人类的审美，它们的样子都极其丑陋。有的头比身体要大几倍，有的脖子细，鼻子却很长，像大象一样垂着。

叶音竹释放精神力仔细探察之后，发现周围所有的山包上都有深渊生物，总数一时间很难判断，他只知道每一个方向的深渊生物数量都超过了十万。

丘陵外围的空气明显比中心地带的空气更加混浊，那里的深渊生物十分活跃，有的还会杀害同类，吞噬它们的尸体。

大部分母妖的血液是暗红色或者暗绿色的。浓郁的绿雾弥漫在山包上，尽管只是用精神力探察，叶音竹和小龙女也感觉到了难闻的气味，不禁眉头大皱。

地图画完了，两人同时收回了自己的精神力。

"看来，深渊位面的母妖对通道十分关心，难道母妖猜到了我们要攻打深渊位面，所以加强防御了吗？"小龙女皱眉道。

叶音竹摇了摇头，道："不太可能。刚才你也说了，这个充满死亡气息的世界最适合母妖生存，也就是说，在这个位面中，母妖的战斗力会大幅提升。如果我是它们，我甚至会敞开大门，欢迎龙崎努斯大陆的人攻入这里，在这里剿灭敌人之后，再反攻龙崎努斯大陆，这样对它们来说更有利。

"龙崎努斯大陆的生物无法吸收死灵能量，死灵能量对我们来说有剧毒。小龙女，你告诉我，深渊位面的母妖能不能吸收生命能量？"

小龙女道："老家伙说过，一旦龙崎努斯大陆的生物感染了母妖释放的瘟疫，身体就会产生变异，而母妖最喜欢的，就是吞噬这样的生物来增强自身的实力。

"我想，这些母妖虽然无法直接吸收生命能量，但可以通过某种方式将生命能量转化、吸收，而且，生命能量对它们应该有很大的帮助。

"母妖当初之所以攻入龙崎努斯大陆，一部分原因应该也是为了抢夺生命能量，而不单单是因为深渊位面环境恶劣。不然，母妖也不会大举进攻龙崎努斯大陆，毕竟，母妖在深渊位面能够更快地进化。"

叶音竹道："果然如此。这应该是我们最大的劣势。不过，我们也有自己的优势。"

"优势？你指的是什么？"小龙女疑惑地问道。

叶音竹指了指自己的头，道："是智慧。人类为什么会成为世界的主宰，就是因为人类有智慧，有创造力。

"刚才我们遇到的那些双头深渊生物的战斗力是很强，但你有没有发现，它们在攻击我们的时候，大多是出于本能。而且，我还感受到了它们的灵魂气息。

"如果我猜得不错，它们应该拥有自己的灵魂。灵魂与智慧密切相关。这个位面的生物虽然实力强大，还能运用死灵能量，但是，它们的智慧远不及我们。当然，深渊位面中可能有少量母妖，比较聪明。"

小龙女道："任何族类都有自己的优劣之处，希望你说的是正确的。"

叶音竹道："就目前的形势来看，如果我们攻入深渊位面，肯定会在这片丘陵开战。我们必须突破封锁，在这里建立我们的要塞，以此为基础向深渊位面其他地方发起攻击。因此，我们必须详细了解这里的情况。"

"详细了解？你打算怎么做？"

叶音竹微微一笑，道："想要了解敌人的实力，还有什么比战斗更好的方法吗？"

小龙女冷冷地道："我记得你刚才说不能开战，怕打草惊蛇。现在怎么又改变主意了？"

叶音竹道："战斗的方式有很多种，不一定要我们亲自动手。可能你还不知道，我还有另一个身份，那就是亡灵系魔法师。我想，这个充满死灵能量的世界就是亡灵系魔法师最好的舞台。我们走。"

叶音竹率先动了起来，脚尖在地面上轻点了一下，飘然而起，将自己送至几十米外。

为了避免染上瘟疫，叶音竹特意用原力罩住自己，悄然前进。

小龙女不紧不慢地跟在叶音竹身后，耳边传来了叶音竹的声音："待会儿你不要出手，你的生命能量在这个世界恢复得较慢。那些怪物交给我来对付。"

小龙女没有吭声，默许了叶音竹的话。

其实，神龙王让小龙女跟随叶音竹来到这个世界，只交给了她一个最重要的任务，那就是保护叶音竹。

叶音竹吸收了生命之水，可以说已经成了神龙一族中的一员，也是除了小龙女以外，唯一拥有神龙血脉的人，神龙王对他寄予了厚望。

如果小龙女对外界的了解再多一些，实战经验再丰富一些的话，神龙王可能会让小龙女独自来深渊位面，而不会让叶音竹冒险。

因此，神龙王给小龙女的任务只有一个，那就是保护叶音竹，不让叶音竹受到伤害。这个任务，甚至比探察深渊位面的情况更加重要。

神龙王已经等了整整一万年，叶音竹的出现，让神龙王感觉到这是一个难得的机会，神龙王不希望失去这个机会。

更何况，神龙王已经将最宝贵的东西送给了叶音竹，那就是生命之水。生命之水可是神龙一族在龙崎努斯大陆留下的最后的痕迹，有多么宝贵，显而易见。

虽然这一片丘陵面积不小，但叶音竹速度飞快，不久就来到了丘陵边缘。

两人远远地就看到了丘陵边缘弥漫的雾气。这种有毒的雾气分为三种颜色，紫色、绿色、红色。

绿雾的毒性应该是最强的，因为绿雾所到之处，地面上坚硬的岩石都会被腐蚀，染上淡淡的绿色。

叶音竹站在一个山包上，施展出天人合一的能力。

此时的叶音竹，就像山包上的岩石，岿然不动。除非敌人近距离观察，不然绝对无法发现他。

叶音竹的眼中亮起了淡淡的银光。表面上看，他很平静，实际上，他的精神之海正剧烈地波动着。

叶音竹精神之海内的两颗魂珠在转动。这一次，叶音竹的精神力不再向四面八方释放，而是朝着同一个方向缓缓输出。

叶音竹找到了自己的目标。

通过观察，叶音竹发现，山包上的那些深渊生物的样子不同，越靠近山顶的，拟人度越高。他能够肯定，越靠近山顶的深渊生物实力越强大。

"你在这里等我。"叶音竹向小龙女传音道。

小龙女点了点头，站在原地，同样施展出自己的天人合一能力。虽然她的身体没动，但精神气息牢牢地锁定叶音竹。一旦叶音竹遇到危险，她就能第一时间赶到他身边。

叶音竹再次飘然而起，他的身体周围有一层淡淡的黑色雾气，充满了暗元素的气息。

原力可以转化为任何一种魔法元素。叶音竹跟随菲尔杰克逊学习了亡灵系魔法，领悟到了亡灵系魔法的真谛。对他来说，使用暗元素是轻而易举的事。

深渊位面的暗元素极为充沛，甚至比法蓝的暗元素更多。尽管这些元素中的杂质不少，可当叶音竹将原力转化为暗元素之后，还是有大量外界的暗元素附着在他身上，令他看上去就像一团浓郁的黑雾。

空中的惨绿色月牙本来就不够亮，而此处地面上的岩石又都是黑色的，当叶音竹的身体被暗元素包裹之后，如果他一动不动地站在那里，旁人很难发现他。他仿佛已经与大地融为一体了。

尽管小龙女的实力比叶音竹的实力强，可说到用魔法进行伪装，她就比不上叶音竹了，毕竟她拥有的能量十分单一，只有生命能量这一种。

这一次，叶音竹不再像先前那样悠闲，骤然加速，不一会儿，就从之前所在的山丘到了最外围那座山丘的背面，那是他刚刚选好的地方。

叶音竹飘然而起，将自己的气息完全隐藏在那充满暗元素的黑雾中。

在深渊位面中，暗元素是最普遍的元素。叶音竹以黑雾作掩饰，便不会暴露自己身上的生命气息。

他悄然靠近山丘，在接近山顶的地方停了下来，释放精神力，探察着周围的情况。

这座山丘上，最靠近山顶的洞口处，一个身体庞大的怪物正坐在那里，它眼神冰冷，扫视着丘陵外围、山下的地方。和下面那些怪物相比，它的样子并没有那么怪异。

这怪物身高六米，四肢异常粗大。叶音竹之所以选择它，就是因为它的外表和丘陵中心地带的那些双头深渊生物非常相似，只不过它只有一个头，两只眼睛一大一小，闪着寒光，嘴角还流着淡绿色的液体，身上绿雾氤氲，散发着难闻的气味。

叶音竹距离这个怪物不到百米。他静静地蹲在山顶处，精神力高速运转起来。

虽然他可以肯定，这个怪物不是自己的对手，但是他还是很谨慎，因为他要做的事很难，并不仅仅是战胜或杀死对手那么简单。

这是他来到深渊位面后的第一战。

叶音竹悄然移动，刹那间消失，再次出现时，已经到了怪物背后。

这怪物的反应速度比叶音竹预料中的快一些，它竟然灵活地转了过来。不过，它也只来得及做这一个动作。

叶音竹的精神气息突然刺入了怪物的头部。

"嗷——"

怪物猛地站了起来，发出一声凄厉无比的怒吼，身上的肥肉都在颤抖。身体散发的绿雾变得更浓郁了。

叶音竹站在那里，静静地感受着绿雾带来的冲击。

这些绿雾显然是瘟疫的源头，腐蚀性极强。它看上去只是雾气，却能附着在人体上，甚至会附着在叶音竹身体外围的暗元素上。

绿雾找到附着物之后，立刻开始蔓延、腐蚀。可以肯定，它有很强的传染性。

怪物猛地挥动粗壮的上肢。它没有手，手腕处分别长着一个长达两米的大钩子，看不出材质，应该是自然而然生长出来的。

怪物的身体如此庞大，挥舞上肢的话，可以攻击到方圆十米内的敌人。

可惜，怪物比叶音竹高太多了，又是站着的，所以，它的双臂只能从叶音竹的头顶上方掠过，伤不到叶音竹。而且，怪物做了一次这样的动作后，身体就动弹不得了。

叶音竹感觉到有绿色的血液不断从怪物的口、鼻、眼睛处流出。

正如叶音竹所说，不论什么生物，都拥有自己的灵魂。他可以通过对方的灵魂来判断对方的状态。

眼前这怪物的灵魂之火已经熄灭了。

叶音竹的精神力如此强大，刚才又用魂珠对怪物发起了精神冲击，就算是龙崎努斯大陆上的紫级魔法师也无法抵挡，更别提这个怪物了。

尽管眼前这怪物的实力在深渊生物中也算很强的了，可依旧承受不住这么猛烈的精神冲击。毕竟，它的精神力不强，作战时依靠的主要还是强壮的身体。

怪物并没有摔倒，叶音竹已经强行将怪物粉碎的灵魂收入自己的脑海、重新凝聚，获取有用的信息之后，再将其注入怪物的身体，他自己则悄然后退，眨眼间就消失了。

怪物坐回了原本的位置，身上浓郁的绿雾渐渐变淡。

它用力地甩了甩头，将脸上的绿色液体甩开，重新保持刚才的动作。

第二百九十六章
灵魂操控

除了之前那一声凄厉的怒吼之外,怪物似乎没有其他的变化。丘陵地带边缘的每一座山丘上都聚集着大量的深渊生物,那种听起来极为刺耳的怒吼频频响起,所以,怪物怒吼时,就算这座山丘上的深渊生物都看向了山顶,却没有一个上来探察一番。

回到丘陵内部的山丘上,叶音竹站在小龙女身边,道:"把手给我。"

他向小龙女伸出了自己的手。

小龙女看了叶音竹一眼,发现叶音竹的脸色有些凝重,便没有多说什么,将自己的手放在了他的手掌之中。

两人双手相握,小龙女立刻感觉到叶音竹向她开启了他的精神之海,她可以感知到叶音竹精神世界中的一切。

小龙女脸上的神色变得柔和了许多。

要知道,将精神世界完全展示给另一个人是一种绝对信任的表现。别说小龙女比叶音竹强大,就算叶音竹比小龙女强大,这样做也是非常危险的。精神之海一旦被对方入侵,就算叶音竹的肉体还在,灵魂也很容易消亡。

当然，小龙女不知道，叶音竹的灵魂早已凝成了魂珠，现在，叶音竹的精神之海中有两颗魂珠。和灵魂尚未凝成魂珠的人相比，他的灵魂和精神力强大得多。

小龙女感受到叶音竹的精神之海后，也向他开启了自己的精神之海，两人的精神世界连接在了一起。

小龙女立刻看到了叶音竹之前所做的一切，感受到了叶音竹的情绪。

冰冷、嗜血、邪恶……小龙女感受到了无数负面气息，她有些吃惊地问叶音竹："这是什么？"

叶音竹回答道："这就是刚才那个深渊生物带给我的感觉。我用精神冲击粉碎了它的灵魂，再将它四散的灵魂暂时收入我的脑海中，从它的灵魂中读到了一些东西。

"这个家伙的灵魂比我预料中的强大一些，基本上和我们那个世界中的蓝级魔法师差不多。但是，你也感觉到了，它的灵魂中充满了残暴的负面气息，难怪它们攻入龙崎努斯大陆的时候会大肆残害我们的同胞，它们根本就不应该存在于这个世上。"

小龙女的脸色也变得有些难看。虽然蓝级的实力对他们来说不算什么，但这里的深渊生物数量非常多，而且，之前在丘陵中心地带遇到的那两千个大家伙，显然比刚才这个怪物强大。如果他们现在看到的，就是深渊位面的缩影的话，那么，未来那一战恐怕要比预料中困难得多。

况且，他们现在还没有遇到深渊位面中真正的强者。

叶音竹道："我从它的灵魂碎片中获得了一些有用的信息。按照深渊位面的说法，这种身体巨大，外表与人类相似的怪物被称为憎恶，是一种非常邪恶且实力强大的存在。它们的肉体很强壮，具有很强的攻击力。相较之下，它们的精神力并不算强大。它们肥胖的身躯里不是脂肪，而是庞大的死灵能量和被它们杀死的深渊生物的血肉。还有，它们自身的恢复能力也很强。"

小龙女道："它的灵魂碎片中有没有关于之前那些双头深渊生物的信息？"

叶音竹道："有，但是很少。通道那里的双头深渊生物的名字应该叫双头憎恶，是由普通憎恶进化而来的。至于双头憎恶的实力情况、进化的诱因和丘陵中心地带的具体情况，它都不知道。

"不过，有一个好消息，我现在可以肯定我的判断是正确的。这个憎恶的负面气息虽然很浓，但它的灵魂记忆相对简单。也就是说，深渊位面的生物并不具有高等智慧。

"从它的灵魂碎片中，我还得知了一点。那群双头憎恶中，似乎还有其他的生物存在，而且是令这个憎恶感到恐惧的生物。"

小龙女道："理应如此。就像我们那个世界的军队中也有统帅一样，深渊位面也不例外。当初，老家伙面对的母妖也有首领，最强的就是母妖王。"

叶音竹道："让我们看看，这些深渊位面的怪物是如何战斗的。"

两人的精神世界再次相连。在叶音竹的控制下，下一刻，小龙女就看到了山顶上那个憎恶所看到的一切。

瞬间击碎对方的灵魂，再将灵魂重新凝聚，注入其头部，达到控制对方的目的，而且还不能让周围的深渊生物发现异常，这恐怕只有叶音竹才能做到。

这看似简单的行动却将亡灵系魔法的精髓体现得淋漓尽致。

在叶音竹的操控下，身高六米的憎恶缓缓地站了起来，摇晃着身体朝山丘下走去。

叶音竹和小龙女发现这个憎恶的身体并不匀称，四肢的粗细竟然都不一样，再加上它的身体十分肥胖，走起路来非常怪异。它的身体不断地摇晃，手腕上长出的两个大钩子也随着身体晃动。

憎恶一动，这座山丘上的深渊生物立刻将目光投向它，带着冰冷和怨毒的眼神缓缓后退，看上去，它们很畏惧这个憎恶。

通过精神力远距离控制憎恶进行战斗，这就是叶音竹想到的方法。这样他们不会暴露自己，还能知道深渊生物的战斗方式和特点。

很快，叶音竹选定了一个目标。他选择了一个看上去身材瘦小，但离憎恶最近的骨质怪物。

这怪物看上去有点像人类世界的骷髅，它四肢着地，身体没有一点血肉，完全由黑色的骨架构成，头里面还有一团红色的火在闪烁。

就是它了。

叶音竹下达了攻击的命令。

憎恶低吼一声，晃动着巨大的身体直奔那怪异的骷髅而去。通过憎恶的灵魂碎片，叶音竹得到了关于这骷髅的一些消息。

在深渊位面中，这种生物的数量是最多的，而且攻击速度颇快，攻击力也不弱。这骷髅的名字，转换成龙崎努斯大陆上的人类语言，应该叫食尸鬼，是一种邪恶的存在。

在深渊位面之中，所有深渊生物的生存方式都一样，通过吞噬弱小的深渊生物，来使自身变得强大，敌人的身体就是它们的食物。而食尸鬼这种深渊生物，最大的特点就是喜欢捡别的深渊生物剩的食物吃，也就是一般意义上的捡漏儿。

跟血肉相比，食尸鬼更喜欢骨骼，即使不攻击其他生物，它们也经常能找到深渊生物的骨骼来吃。眼前这个食尸鬼比普通食尸鬼强大一些，叶音竹很快就知道了它强大的原因。

憎恶扑向食尸鬼，食尸鬼速度飞快，立马闪到一旁。紧接着，它那巨大头颅中的红色火光突然变得十分耀眼，覆盖了全身。身体上黑色的骨骼发出刺耳的摩擦声，原本不到两米高的身体竟然迅速变大，眨眼间变成了三米高。食尸鬼全身都散发着血腥气，向憎恶发出凄厉的咆哮。

进入嗜血状态的食尸鬼——嗜血食尸鬼，叶音竹从憎恶的灵魂碎片中得到了这个信息。拥有这样的技能，使得这个食尸鬼变得和普通食尸鬼不一样了，当然，这也是它能够在这座山丘上占据一席之地的重要原因。

憎恶接到叶音竹的命令之后，本能地发起了攻击，它似乎并不害怕那个食尸鬼。憎恶身上的绿雾变得浓郁起来，就像是朝着周围喷发似的。尽管食尸鬼的速度很快，可也无法逃脱，还是沾染上了绿雾。

沾染上绿雾之后，很明显，这个食尸鬼的速度顿时降低了许多，而且，它身上的嗜血气息也变淡了。

食尸鬼低吼着，快速后退。

憎恶不会再给它机会，骤然加快速度。

尽管憎恶的速度还是比不上食尸鬼原本的速度，可是，沾染上绿雾后，食尸鬼的速度已经大大减慢了。

只听见食尸鬼厉叫一声，两只闪着暗红色光芒的骨爪同时抬起，抢先一步拍在了憎恶的身体上。

刺耳的摩擦声中，憎恶身上出现了七八道血痕。

这个食尸鬼不仅移动速度比憎恶快，就连攻击速度也比憎恶快。但是，它的攻击到此为止了。

当食尸鬼的骨爪再次拍出时，憎恶粗壮的上肢已经抬了起来。

憎恶的攻击方式很简单，就是将自己手腕上的钩子抡向食尸鬼，直接发起攻击。

叶音竹注意到，在憎恶本能地进行攻击的时候，它只要抬起手臂，身上散发的绿雾就会变得比之前更加浓郁，而沾染上绿雾的食尸鬼，移动速度比先前慢了几分。虽然食尸鬼想要躲避憎恶的攻击，但还是力不从心，差了一点。

"砰！"

憎恶手上的大钩子直接打在了食尸鬼身上，将食尸鬼重重地拍了出去，令其飞出了二十米。

食尸鬼撞击在岩石上，很多骨头都断了。

叶音竹注意到，食尸鬼飞出二十米之后，身上仍有一层绿雾。

果然，这绿雾真可怕，附着能力很强，可以持续影响对手。

身受重创的食尸鬼已经没有机会了，憎恶再次扑向食尸鬼，用两个粗大的钩子不停地攻击食尸鬼，眨眼间便将食尸鬼打成了碎片。

眼看食尸鬼失去了抵抗能力，憎恶捡起一根食尸鬼的骨头，放在自己嘴里咀嚼了几下。

或许是觉得食尸鬼的骨头实在不好吃，憎恶很快就将骨头吐了出来，用一只钩子把食尸鬼的头勾了过来，放在嘴边用力地一吸。

顿时，叶音竹和小龙女就感觉到一个带着怨恨的灵魂消失了。

食尸鬼头部的火已经熄灭。

"看来，深渊生物不但可以吞噬族人的身体，连灵魂也可以吞噬。这个憎恶的实力似乎变强了一些。"叶音竹对小龙女道。

小龙女没有回答，但叶音竹可以感觉到，她有着强烈的杀意。

很显然，小龙女对这些深渊生物深恶痛绝。

那个憎恶吞噬了食尸鬼的灵魂之后，身上闪过一道淡淡的暗红色光芒。它一大一小的两只眼睛中，光芒都亮了几分，身体似乎也膨胀了一点。

憎恶低吼一声，听从叶音竹的命令，再次扑了出去。

这一次的目标换成了另一种深渊生物。

憎恶的本能被叶音竹激发出来，它的本能就是杀掉、吞噬其他深渊生物。不论是对手的肉体，还是充满负面气息的灵魂，它都不会放过。

按照叶音竹原本的计划，来到深渊位面后，他们首先要掌握这个世界的整体情况，绘制地图。在这个过程中，探察深渊位面各族类的能力和特性。但正所谓计划赶不上变化，进入深渊位面后，他们遇到了大量的深渊生物，所以，叶音竹索性决定先对这些生物的能力进行一些了解，再去深渊位面深处搜集关于这个世界的信息。

通过战斗，可以快速地了解一个族类的能力。在生死存亡的关头，这些生物是不会有所保留的。

憎恶确实厉害，不论是攻击力还是防御力都很强，再加上它们可以释放绿雾，就算在龙崎努斯大陆上，它们也是强大的魔兽。

此时，在叶音竹的控制下，这个憎恶的战斗力充分发挥了出来，它毫无顾忌地攻击山丘上的各种深渊生物。

在这座山丘上，那个食尸鬼已经算是比较强大的生物了，但也没能给憎恶造成多大的伤害，憎恶接下来的战斗就变得更顺利了。

憎恶不断用大钩子攻击深渊生物，深渊生物只要碰到大钩子，就会受伤。一旦被这大钩子命中要害，就会直接失去抵抗能力，最终成为憎恶的食物。

令叶音竹惊讶的是，在提升实力的方式方面，深渊生物和龙崎努斯大陆上的生物截然不同。

在龙崎努斯大陆上，哪怕是魔兽，想要提升实力也要不断修炼。虽然吞噬同属性的魔兽晶核会有一定的帮助，但主要还得靠自身修炼。

而在深渊位面，深渊生物提升实力的方式有了本质上的变化。憎恶每杀死一个深渊生物，吞噬其肉体或灵魂，它的实力就会增强一些，而增强的幅度和它所杀的深渊生物的实力有着紧密的关系。

憎恶的身体很快就染上了深渊生物暗红色、暗绿色的血液，身上释放的绿雾也变得更加浓郁了。

当第十个深渊生物被憎恶杀死之后，这座山丘上其余的深渊生物开始恐慌了。但是，这恐慌暗含着攻击性。

深渊生物自发地聚集在一起，一边发出凄厉的怒吼，一边缓缓包围憎恶。原本各自为营的深渊生物竟然开始联手了。

通过这些深渊生物的表现，叶音竹明白了憎恶之前不向其他深渊生物动手的原因。当山丘上发生争斗时，刚开始这些深渊生物不会管其他生物的死活，可当这个憎恶逐渐变强之后，它们就不会再视若无睹。因为它们知道，如果憎恶继续变强，那么，今天就是它们的死期。

叶音竹并不知道的是，在这些深渊生物集中时，尤其是大量族类聚集在一起的时候，每一座山丘上的深渊生物就相当于一个小团体。

在这个地方有一个规则：作为最强者的憎恶，每过一段时间，可以杀死并吞噬一个小团体内的三个对手来增强自身实力，如果数量超过了三个，立刻就会引起这个小团体的反抗，其他深渊生物会对它群起而攻之。

今天憎恶明显违背了这个规则。它快速地杀死了十个深渊生物，点燃了这座山丘上所有深渊生物的怒火。

一般来说，违背规则的深渊生物是不可能继续生存下去的。毕竟，憎恶就算实力再强，也势单力薄，它要面对的是成百上千的对手。

这些深渊生物不知道，它们这个团体的老大早已无法控制自己。憎恶背后还有一个实力强大、从另一个位面来的人类。

发现山丘上其他的深渊生物要对憎恶发起攻击，叶音竹不惊反喜，深渊生物群起而攻之，这下他可以清楚地知道它们的能力了。

通过之前的观察，叶音竹也大概了解了憎恶的特性。当众多深渊生物缓缓包围上来的时候，叶音竹立刻通过精神力控制了憎恶的身体。从这一刻开始，憎恶的所有行动都被叶音竹控制了，它不再凭借本能发起攻击。

叶音竹的实战经验何其丰富！眼看上千敌人同时冲上来，他立刻控制着憎恶朝山顶跑去。山顶的面积最小，还有憎恶原本居住的山洞供它避一避，在那里，憎恶可以尽量保全自己。

很快，憎恶摇晃着庞大的身体回到了洞口，它的身体比先前大了一圈。它站在洞口前，看着其他深渊生物。

此时，那上千深渊生物同时加速，朝着憎恶的方向冲了过来。

憎恶背后有山洞保护，叶音竹控制着憎恶，释放了绿雾，让绿雾完全朝着上千深渊生物扩散。

憎恶之前吞噬了十个深渊生物，自身实力大增。浓郁的绿雾弥漫在它身前数十米范围内，凡是冲上来的深渊生物，接触到绿雾之后，速度都会立刻下降，身体被绿雾腐蚀。

四个样子不同的深渊生物冲了上来，冲在最前面的是两个速度飞快，身高三米左右，前肢如大镰刀一般的深渊生物。

叶音竹从憎恶的灵魂碎片中得知，这种生物名叫恶镰，自身防御力很差，但攻击力非常强。

两个恶镰挥动前肢，砍向憎恶。它们的前肢长度超过了一米五，看上去十分厉害。然而，令恶镰吃惊的一幕发生了。

按理来说，憎恶的身体那么庞大，根本不可能闪得开，只能生生接下这一记攻击。恶镰固然会死，可憎恶也会因此受到一定的伤害。

可是，令恶镰吃惊的是，憎恶在它们扑上来的那一瞬间动了。

受到绿雾影响，两个恶镰的速度减慢了一些。憎恶先抬起前肢，然后分别向两旁重重地砸了下去，正好将两个恶镰的镰刀从中间砸断。

恶镰根本没伤到憎恶，憎恶在攻击的时候猛然前冲，硬生生地撞在恶镰那失去前肢保护的身体上。

憎恶的身体如此庞大，瞬间产生的爆发力十分恐怖。憎恶那看上去全是肥肉的身体中凝聚着各种深渊生物的能量。

"砰！"

两个恶镰被硬生生地撞飞出去，它们的防御力本就低下，这么一撞，身体立刻碎裂开来，眼看是活不成了。而且，两个恶镰还将另外两个扑上来的深渊生物撞得退了回去，阻碍了后方深渊生物。

憎恶并没有追击，撞飞恶镰之后，它快速后退两步，重新回到洞口处。

现在的憎恶是由叶音竹控制的。尽管这憎恶的身体和人类相比有很多不一样的地方，可相似度还是比较高的。真正的武技无法使用，一些战斗技巧还是可以灵活运用的。比如刚才那一下，动作很简单，效果却很好，可以在保护自己的前提下灭敌、退敌。

猛烈的攻击接踵而至。

大量深渊生物快速冲了上来，一个接一个地进入绿雾的影响范围，它们并没有因为两个恶镰的死而屈服。

在叶音竹的控制下，憎恶悍然迎战。它灵巧地挥动手上的两个大铁钩，每挥动一次，都会伤到别的深渊生物。

这个憎恶不愧是这座山丘上最强大的存在。它的实力极强，没有一个深渊生物能够和它相比。它只要用钩子砸中对方，就会让对方身受重伤。一时间，憎恶的洞穴前都是受伤的深渊生物。

憎恶原本笨重的身体此时变得十分灵巧，虽然不可能躲过全部的攻击，但是它总能用最小的代价换取最大的利益。它就像一台战斗机器，不断承受着敌人的攻击。

当憎恶撞飞那两个恶镰的时候，小龙女就把精神力从叶音竹的精神世界收了回来，对于这种深渊生物互相残杀的事情，她没有半点兴趣。

小龙女在一旁盘膝坐下，静静地修炼。至于叶音竹要做什么，她也不会多加干涉。来这里之前，神龙王就告诉过她，一切听叶音竹的安排，她的主要任务就是保证两人的安全。

叶音竹同样厌恶这种血腥而残酷的战斗方式。但是，为了将来那一战能够获胜，他不得不坚持下去。

憎恶击败了一个又一个深渊生物，叶音竹不断记录着每一种生物的战斗特性以及外貌特征，将信息烙印在自己的精神世界中。他的精神力很强大，记住这些并不困难。

战斗继续进行，当憎恶杀死上百个敌人之后，它自身的能量大大减少，体力也下降了很多。

所谓蚁多咬死象，叶音竹赋予憎恶的战斗技巧只能让它少受伤，不能帮它补充能量。

憎恶的身体快要承受不住了，双臂挥舞的速度明显减慢，释放的绿雾也不像先前那么浓郁了。再这样下去，用不了多久，憎恶就将被愤怒的深渊生物撕碎、分食。

叶音竹的目的还没有达到，他当然不会让这种情况出现。他缓缓抬起双手，从掌心处释放出一股黑色的能量，使之凝聚成一团，飘向那座山丘。

那些深渊生物眼看胜利就要来临，立马开始疯狂地攻击憎恶。就在这时，憎恶身上突然多了一层黑色的气流，紧接着，一声疯狂的咆哮从它口中传出，距离它最近的深渊生物集体后退。

憎恶的气息重新变得强大起来，甚至比之前更加可怕。它庞大的身体不再释放绿雾，剧烈的暗元素波动让下面准备攻击的深渊生物感到恐慌。

这是怎么回事？

深渊生物们不明白，它们只感觉到空气中的暗元素都在向憎恶肥胖的身体飘去。

不知道是谁凄厉地怒吼了一声，似乎在说如果不杀死憎恶，大家就全都要死。

深渊生物们听了这话，立马展开了第二轮攻击。

这一次，深渊生物们义无反顾地发起了冲锋。为了生存，它们疯狂地攻击着面前强大的敌人。

只是，有了叶音竹以原力转化的能量的支持，这憎恶已经不是先前的憎恶了。它那庞大的身体明显变得更加结实，身上的伤口也开始愈合。

杀，这是叶音竹给憎恶的唯一一条命令。

这台肥胖的绞肉机开始展现出它那恐怖的杀伤力。巨大的铁钩抡起，暗元素涌出，那钩子就像利刃一般，轻松地切割着这些深渊生物的身体。憎恶的每一次攻击都能杀死几个深渊生物，看上去极为惨烈的战斗却呈现出一边倒的态势。

憎恶不停地抡着铁钩，越到后面，它的压力越来越小。

最先向憎恶发起攻击的，自然是距离山顶最近的深渊生物，它们的实力较强，而越到后面，冲上来的都是山下的深渊生物，它们的实力不如之前的那些深渊生物。在憎恶的威压之下，它们甚至有些动摇了。

被叶音竹控制着的憎恶吸收了能量，渐渐扭转了劣势。它不再守住自己的洞口，开始主动朝这些深渊生物发起攻击。

战斗进行到这个阶段，结果已经没有什么悬念了。

叶音竹解除了自己对憎恶的控制，任由它凭本能杀掉其他深渊生物，同时他也飞快地将这些深渊生物的战斗特性和外貌特征记录了下来。

这场战斗持续了整整一个时辰。

战斗结束之后，叶音竹心中对深渊生物多了一条这样的评价：战斗一旦开始，只有一方全灭，这一切才会结束。

憎恶开始吞噬敌人，吸收深渊生物的灵魂，而叶音竹将精神力收回，开始归纳、整理刚才记录的信息。

根据憎恶的记忆和叶音竹自己的感知，他对见过的每一种深渊生物都进行了分析和归类。这山丘上的深渊生物有一千多个，叶音竹耗费了整整两个时辰，才将它们的情况整理出来。

通过仔细分析，叶音竹发现，其实这些深渊生物的族类并不太多。像这座山丘上的深渊生物，虽然有一千多个，而且外貌大多数都不相同，但其实只分为十几个族类。

这些深渊生物外貌不同，根本原因在于它们之间的进化程度有差异，也就是说，它们吞噬的深渊生物数量不同。

像最初看到的会进入嗜血状态的食尸鬼，应该是食尸鬼中比较高级的存在。它死后，也有其他的食尸鬼攻击憎恶，但不论是防御力还是攻击力，都比不上它。

这些食尸鬼，似乎是等级越高，实力越强，骨头越多，颜色也会有一定的变化，规律似乎是颜色越深，实力越强。

同样的，这些深渊生物中也有憎恶这一类生物，只不过它们的身高都不超过四米，九法对叶音竹控制的那个憎恶造成威胁。

通过分析，叶音竹归纳出来，深渊生物中，有几种族类的数量最多，分别是攻击力强，防御力弱的恶镰；攻防能力都不怎么强的食尸鬼；还有一种长得像蜘蛛的生物，攻击方式比较特殊，叶音竹暂且称它为魔蛛。

魔蛛这种深渊生物可以减缓对手的攻击速度。战斗中，它们吐出的蛛网给憎恶带来了不小的麻烦，它们的攻击力也不弱，防御力稍差，只要被憎恶手上的大钩子砸中，身体就会四分五裂。

在山丘上的一千多个深渊生物中，恶镰、食尸鬼和魔蛛的数量最多。除了这三种深渊生物和憎恶以外，还有两种深渊生物引起了叶音竹的注意。这两种生物的数量很少，能力很特别，类似于辅助魔法。其中，一种是身体肥大的家伙，它像一团肥肉一般堆在地面上，攻击力和防御力都很弱，憎恶对它的记忆就是母妖。

之前，深渊生物与憎恶对峙的时候，正是听到了几个母妖发出的尖锐的啸声，才开始群攻憎恶。显然，母妖能够蛊惑，甚至是指挥其他深渊生物。而且，叶音竹怀疑，母妖就是深渊位面中最强大的族类，是母妖带着深渊生物杀进了龙崎努斯大陆。

后来事实证明，叶音竹的判断是完全正确的。正是因为这些母妖发出了尖啸声，山丘上的深渊生物才发起第二轮更加猛烈的攻击。

（本册完）
《琴帝 典藏版》第15册即将上市！敬请期待！

本书由唐家三少委托中南天使（湖南）文化传媒有限公司正式授权湖南少年儿童出版社，在中国大陆地区独家出版中文简体版本。未经书面同意，本书的任何部分不得以图表、电子、影印、缩拍、录音和其他任何手段进行复制和转载，违者必究。